谷崎潤一郎

自己劇化の文学

明里千章
Akari Chiaki

和泉選書

谷崎潤一郎　自己劇化の文学——目　次

扉絵＝小出楢重「蓼喰ふ蟲」挿絵より

〈運命〉との戦い

文壇登場前夜

はじめに

　谷崎潤一郎は第二次「新思潮」創刊号（明43・9）に「史劇　誕生」を発表し、文壇に第一歩を踏み出した。続いて「象」「刺青」を発表したが殆ど注目されなかった。書評等で注目されはじめたのは「スバル」掲載の「少年」（明44・6）からである。そして、永井荷風の評論「谷崎潤一郎氏の作品」（「三田文学」明44・11）によって新人作家として脚光を浴びることになるのはよく知られている。谷崎は「三田文学」に「颷風」（明44・10）を書いたが、青年の性欲を赤裸々に告白した小説だったために、同誌は発禁処分を受けた。この発禁小説は期せずして二つの幸運をもたらした。この小説を読んで面白いと思った滝田樗陰は文壇の檜舞台「中央公論」に紙面を提供し、翌一一月「秘密」が掲載される。荷風の評論も同時に出る。そして同年一二月、最初の作品集である胡蝶本『刺青』が籾山書店から上梓され、谷崎はまさに名実ともに新人作家としての地位と名声を獲得した。不運が幸運を招いたのである[1]。

　しかし、この華々しさとは裏腹に、学生時代、文学を志した谷崎は神経衰弱に陥ったこともある。

谷崎の学生時代の習作・初期文章を読んでいて気付いたのは、「運命」という言葉の頻出であった。本章では少年谷崎がいう我が拙い「運命」が、処女作「誕生」に於ける歴史の偶然を必然にする「御運の強さ」に変転していく道筋をたどりつつ、谷崎のいう〈運命〉の意味するところを考察していきたい。

勝本清一郎「「狆の葬式」と「うろおぼえ」に就いて」(「文学」昭37・9)、小瀧瓔子「作家以前の谷崎潤一郎」(「立教大学日本文学」昭45・7)、遠藤祐「構成家・谷崎潤一郎の〈誕生〉―その作家的出発の一面について―」(「フェリス女学院大学紀要11」昭51・4)、佐々木寛「「刺青」読みかへの試み」(「文芸と批評」昭56・11)、前田久徳「谷崎文学の出発」(「金沢大学教養部論集」平3・3)などの先行研究から多くを学んだが、特に啓発されたものに中島国彦「作家の誕生―荷風との邂逅」(「国文学」昭53・8)、箕輪武雄「「史劇観」論争と初期潤一郎―文学的始発期をめぐる一考察―」(『論考谷崎潤一郎』桜楓社、昭55・5)がある。谷崎の「混沌」と「関係性の希求」を視座にして、谷崎による「「刺青」処女作神話の形成」を解き明かした中島の論考は画期的であった。また、箕輪は従来等閑に付されていた谷崎の史劇観形成とその実践を検証し、谷崎の「理想美」を追究した。また、史劇に見える「運命」の語が「新思潮」同人たちが一高時代から「共有する感傷性」に遡れるとする見方は、筆者も同感である。先にも述べた「運命」という語の変転を考察し、拙い「運命」を歎き続けた文壇登場前夜の谷崎潤一郎の文学的戦いを辿ってみたい。

谷崎は「いよ〳〵文筆で立たうと思ひ定めたのは、一高を出て大学へ入つた時である」（「『少年世界』への論文」大6・5）という。明治四一年九月、第一高等学校英法科から、東京帝国大学国文科に入学した。その直前のものと思われる弟精二に宛てた書簡で、

> 予は去年の夏より非常なる煩悶と苦痛と不平との渦中に在り、予も断然政治をすて、文学に志すべし。（中略）われら須く真率に、真摯に、真面目に宇宙と人生とに対せざるべからず吾人はまづ醒むるを要す。今後の小説家は宇宙人生の美を讃唱するよりもその苦に呻吟すべし。うたふ小説を作らずしてうなる小説をかけ、これ吾人の希望にして覚悟なり（傍点原文）

と述べている。ときに谷崎数えで二十三歳である。ここには人生の苦に呻吟する小説家を目指している青年がいる。またつづけて、〈予は白鳥と独歩を好む〉として「何処へ」「牛肉と馬鈴薯」他の著作を挙げ、〈自然主義が貢献したる顕著の産物なるべし〉と、自然主義文学に対して一定の評価を下している点は興味深い。同書簡に見える〈宇宙人生〉の語などに「牛肉と馬鈴薯」の感化が認められる。

また、この前年の明治四〇年に、やはり弟精二に書いた書簡が残っている。曰く、

御身は夏目先生の野分をよみて如何の感ありしか高柳が悲惨なる苦痛ハ今日多くの文学士連によつて実験せられつゝあるなるべし。樋口一葉、斎藤緑雨の如き偉なる天才すら苦悶の中に一生を終りしが如し、一葉緑雨の才なくして文学者たらんものハ非常の苦痛を予想せざるべからず、非常の抱負、忍耐なかるべからず、軽々しく純然たる小説家たり著述家たらんとするハ危険なりと云ハざるべからず

とあり、四つ年下の弟の進学相談に対して、兄として先輩として誠意をもって説得にあたっているのであるが、文学で身を立てることの困難さを諭す言葉の端々に、小説家になる覚悟を自ら確認しようとする谷崎を見ることができる。

五年前、谷崎家は父の事業失敗で零落し、兄は築地精養軒主人北村家の書生兼家庭教師として住込んで一高に通い、弟は昼間勤めて夜学の工手学校に通っていた。同書簡に見える「ゴルキーハ一銭蒸汽の水夫より起りイブセンハ商賈の丁稚より名を成せり」などの一節は、文豪の例を引いて弟を励ましながら、今の貧困から文学でもってはい上がろうとする兄の悲痛な願いでもある。この書簡には一月二一日の日付がある。そして、翌二月、一高の文芸部委員に選任された二十一歳の谷崎は文学に専門的に関わっていくことになる。その任期は一年間であったが、小説家を目指す習作時代として、注目すべき一年である。

第一高等学校『向陵誌』(大14)の「文芸部部史」明治四〇年の項に「部長　杉敏介／委員　田中

徹／谷崎潤一郎／岸巌／行森昇／杉田直樹」と記されている。同窓の津島寿一は、「校友会雑誌は文芸部委員の手によって編集されるのであるが、生徒のうちから文才があり、この仕事に堪能な人が選任された」（『谷崎潤一郎君のこと』芳塘刊行会、昭40・3）と述べている。谷崎は東京府立第一中学校（現東京都立日比谷高校）時代から「学友会雑誌」に多くの論説や創作を載せていたことから、その文才はすでに評価されていたとみてよいだろう。その仕事は編集の外に、創作の発表、掲載作品の批評、学校行事を取材して記事にするなど、月刊の校内誌としてはかなり本格的な内容である。

明治四〇年、谷崎は「校友会雑誌」に三篇の創作を発表した。「狆の葬式」（3月）、「うろおぼえ」（6月）、「死火山」（12月）で、いずれも谷崎の書生時代に材を取る自伝的要素の濃い作品で、主人公は谷崎自身とみてよい。各々の梗概を記しておく。

「狆の葬式」（「校友会雑誌」一六五号。分量は全集本で一四頁）

ある朝、一匹の犬が「運悪く」に撲殺されるところへ、「運悪く」遭遇した己は「何か身にふりかゝる災難の前兆であらう」と心配になる。殺された犬の見開いた眼が頭から去らぬ己は食事も喉を通らない。同日の夜、今度は己の書生先の養犬の狆が心臓病で死ぬところへ立ち合う羽目になる。狆の「思へば測り難き運命」を思う。『二度ある事は三度あると云ふから今度は戌の年の己がやられるのぢやなからうか』と不安にかられるのである（筆者註…谷崎は明治一九年、戌年の生まれである）。

ここには、「運」「運命」の語が散見されることに注意したい。また、谷崎が、「私はその頃の文学青年に共通とも云ふべき世紀末的病的思想の影響で激しい神経衰弱に罹り、絶えざる強迫観念、——

「死の予感」に悩まされ通したものである」（『小山内薫全集』第一巻「解説」春陽堂、昭4・12）と述べているように、当時の時代の雰囲気をよく写しているこの強迫観念が「狆の葬式」のモチーフであり、後の戯曲「信西」（明44・1）のモチーフでもある。谷崎にとって初めての小説の発表である。同誌翌月号（一六六号）に出た批評（評者行森昇）は、「一篇を通じて主観的な写生文」であり、「殊に犬殺の物凄さ光景、死んだ犬の眼球の恐ろしさ真に逼り思はず戦慄致候」と描写について褒めている。たしかに描写が緻密でディテールがよく描けていて、一読に耐え得る小品である。

「うろおぼえ」（一六八号。全集本で一〇頁弱）

己が九歳の折、父が商売に失敗、零落していく生家の〈拙い運命〉は如何ともしがたい。夫を余所の女に奪われた叔母。「渦巻く濁流の中に陥りつゝ、もがいて居る憫な運命を持つ人」のあることを知った主人公は、「きのふと云つてあすが日知れぬは人の運命」を思う。父も叔母も悪人ではないが、「叔母や父の拙い運命」は如何ともしがたい。「運よく」紳商の家に引き取られ、就学可能となった主人公の、「己は今年二十二だ。其の間に父も、母も、叔父も、叔母も、皆著しく変つて了つた、思へば拙い運命を持つて此の世に生れた人間の中に、育つた己の運命は亦どうだらう。」という述懐で締め括っている（筆者註…「二十二」歳は数え年。以降年齢は数え年で表記）。

次号（一六九号）の評者（岸巌）は、「「零落」の悲惨を眼前に見せられる心地がする」と、先ず人物及び情景描写の確かさを褒め、「総じて君の筆はのび〳〵して、前の「狆の葬式」と云ひ、此の篇と云ひ老練の致を極めたものではあるが、ちよい〳〵拵へ過ぎたと思はれる書き振り」を指摘する。

ここで指摘された文章の「老練」さは、のちに荷風が評価した「文章の完全なる事」（前述の評論）に通じ、「拵へ過ぎ」は谷崎がその重要性を主張する小説の構造的美感に通じるもので、谷崎文学の特徴がすでにここに見えていることが指摘できる。

「死火山」（一七一号。全集本六頁強）

親とも別れ、書生として暮らす我が身の辛さに、「浮世と云ふもの、冷かさ、貧といふもの、口惜しさ」から、自分を蔑む世の人々を見返してやろうと学問に励むが、「愛もなく歌もなく」味気ない日々。書生先の小間使いに恋をして相愛となるが、その娘は義理あって余所へ嫁ぐことになり、「これも運命なり」と別れを甘受せざるを得ない。この悲恋を小春と紙治、おせきと録之助、美登利と信如に擬して、「運命の神の御手に編まれたる宿命」を怨み、歎くばかりである。

前二篇が口語文体であったのに対して、「死火山」は擬古文体である。書生先の小間使いとの恋愛事件という内容を考慮したのか、あるいは、詠嘆的に心情をのべるにはふさわしい文体と思ったのであろうか。次号（一七二号）の評者（田中徹）は「文は実に美しい。が、取材が陳腐で描写も普通、想に縦横の馳奔なく筆に平生の精彩を欠いて居る」と厳しい。しかし「極めて自然で無理の無い事件の発展をなだらかな抒情文の上に描き出した」点は評価している。また「画かれたる未来を奪ふ運命の前に自己を捨て、結ばれざる愛の」「美しさ」にも言及している。的確な評言である。

このように三篇ともに共通して用いられている「運」「運命」は哀しみをもたらす巡り合わせ、非運を意味している。主人公はそれと戦うこともせず、不可抗力の宿命として受動的態度であることが共通している。

谷崎のこうした「運命」を悲観する傾向は、府立一中在学中の明治三六年一二月（谷崎18歳）、校内誌「学友会雑誌」に書いた自叙伝「春風秋雨録」や、翌三七年五月の論説「文芸と道徳主義」にすでに現れていた。「春風秋雨録」で

> もの、本など読まるるやうになりてはひたすらに西行芭蕉があとをしたひ、世はうきもの、あぢきなきものと思ふ心は胸にみちて、方丈記を繙きては長明が侘住居のさまを羨み、山家集をよみては西上《ママ》人が行脚のあとを恋ひ、あるは平家物語なる「ほとゝぎす花橘の香をとめて」とよみたまひし建礼門院の生涯に涙をそゝぎ

と述べているように、〈諸行無常〉を描いた「平家物語」の中で、最後まで生き残ることで最もその非運を体現し、「平家物語」において「天運つきて人の力にをよびがたし」、「悪縁にひかれて御運既につき給ひぬ」（岩波古典大系本に依る）と述懐する建礼門院に注目している。引用している歌の下の句は「なくはむかしの人や恋しき」（灌頂巻）である。ここから非運の建礼門院に自らを仮託した谷崎の共感が読み取れる。谷崎が非運を思う原因は父の事業の失敗にある。父は少年の谷崎を次の如く説諭する。

「富める家の子弟等は、これより中学の課程ををさめ、尚高等の学術を極むることもやあらむ。汝の望む所もまたげにさこそあらめど如何にせむ、あゝ、我昔の如き富裕の身にてあるならば、汝の望もかなはすべきも、不幸にして商業に失敗したる今となりては、それもかなはず。たゞ天運とあきらめて今より直ちに商店に雇はるゝか、銀行会社に通ふか、いづれか一に定めよかし。立身出世はたゞ学問によるとなおもひそ。無学なる賤しき身より起りて、巨万の富をなしゝ例も少からぬものを」

「中学に入る能はずして商売に入る」境遇に対する歎きや憤りを、父の言葉を直接話法で記録することで表したのである。そして「われ幼きより、最も嫌ひしは軍人にて、次は商人なりき」という谷崎は、宗教家・詩人・哲学者を志すと述べる。そのあとの「春風秋雨録」の記述に注目したい。丁稚にならざるを得ない「悲しさ、口惜しさ、一時に胸にせまりて其日〳〵を泣きあかしにき。」に続けて、

其折の父上、母上の御心やそもいかなりけむ、他の富裕なる家の子の中学に入るを見たまひては、あゝ我が子をもと思ひて、そゞろ果敢なき御身の上をかこち給ひし事もやありけむ。（中略）その苦しき御胸の中を察しまゐらせつゝ、なほあく迄さからひし、われの心の苦しさは、またそれにもまさりていくばくぞや、あゝ我は不孝の児なり。

ここには、ただ歎くばかりでなく、悲運ドラマの登場人物として自分たちを相対化し得ている谷崎を見出だすことができよう。それは「苦しきがうちに辛くも中学に通ふ身となりて、うれしさかぎりなく」という自覚が背景にあることはいうまでもない。

予や不幸幼にして人生の災禍に遭逢し、貧困の中に育ちて運命の神の手に奔弄せらる、こと茲に十九年、社会の下層に呻吟して恩人の慈悲にすがり、中学に通へる一介の貧書生に過ぎざるも、而も時に胸中に不平満々として僅に荘子、ニーチエを思うて自快となし、欝屈を遣る時なきにあらず。

右は論説「文芸と道徳主義」の一節である。この慨嘆も自分が「貧書生」であるが故である。とはいえ谷崎は非運の境涯に酔っているかのようである。ここに谷崎における「運命」の意味するところが見えている。というのも、「一介の貧書生」ではあっても、他人の「慈悲」により、ともかくも就学が叶えられているからこそ、自己劇化し、こう言い得るのである。現に谷崎は一中生で、「学友会雑誌」に文章が書ける身分である事実は看過できない。谷崎は自己を相対化し得る、「運命」を客観視し得る位地にいたのである。

この論説と同じ号に載った韻文「述懐」に、「師」（小学校の恩師稲葉清吉か）が、「あまりにをしき才なれば　簿記の筆をばなげうちて／（中略）聖の道を学べかし」と言ったと記す。おそらく本当に

あったことであろうが、自ら「あまりにをしき才」と言い放つところに谷崎の自身への多大な自負が読み取れる。また、続けて曰く

おのれ聖とならんにも　　あまりに迷多くして
われ詩人《うたひと》とならんにも　　あまりに才の鈍くして。

わが吐く息に炎あり　　おのが心にまどひあり
人をつめたくあさましく　　世をうらめしくあぢきなく
思ひみだれてこのごろの　　すねたる身とはなりにけり。

（中略）

あゝ君ゆるせ三尺の　　つるぎは腰にあらずとも
歌をしよまば世の人の　　罪をばとはにならすべく
文をしかゝばいつはりの　　世とたゝかはむおのが願を。

「人生の災禍」や「貧困」を「運命」と「すね」ている自分ではあるが、「文」を「つるぎ」として、拙い「運命」や「世とたゝかはむ」「願」を持ち始めているところに注目したい。しかし学生として、多少なりとも学問を積み、「貧学生」である自分を僅かながら客観視し得るようになったものの、一

年後に一中卒業を控えた「貧書生」には、来年も学生である保証はなかったのである。

貧乏ではあったが一応就学が叶い、己が境遇を客観視できるようになり、初めて谷崎に〈運命〉という概念が生まれてきたと思われる。

二

谷崎少年にとっての最大の悲劇、悩みの元は貧困であった。明治二七年（谷崎9歳）、日本橋の阪本尋常高等小学校尋常科にいて、首席で第二学年に進級した年、父の家業失敗により、生家は貧困に陥った。これが谷崎家零落の始まりであった。その影響は先ず、明治三一年四月（谷崎12歳）、高等科在学中に仲間と作った筆写本回覧雑誌「学生倶楽部」第三号に書いた掌篇「五月雨」に現れる（これは懸賞小説で第貳等とある。筆名は「谷崎笑谷」とあり、分量は全集本で二頁半）。

吉田金次郎は父の死後、「段々ト貧乏ニ成リテ」学校を退学し、下駄の歯入れ屋をしている。ある日、ある紳士の紙入を拾うが、礼も受け取らず立ち去った。紳士は金次郎の正直に感心して、「金次郎ヲ引キ取リテ後ニ金次郎ハ百万円ノ身代トナリケリ」と終わっている。金次郎というネーミングといい、貧しい少年が金満家になるという夢物語といい、他愛無い話であるからこそむしろ、十二歳の少年の貧困から抜け出したい切なる思いが伝わってくる。

谷崎家はなお貧しく、父は卒業したら潤一郎を商店の小僧にしようとしたが、潤一郎の希望と恩師稲葉先生の強い勧告により、府立一中に就学が叶った。が、二年に進級した年、父の再度の家業失敗により学校を続けるために、書生として他家に住込むことを余儀なくされたことはすでに述べた。〈運命〉という観念をテーマとして書かれた明治四〇年の習作三篇の主人公は、〈運命〉に対して受け身であった。幼少期に取材した自伝的作品[2]には、「運命」という言葉や非運を歎く箇所が散見される。中でも注目されるのは大正五年から六年に集中して発表された一連の自伝的小説、「神童」、「鬼の面」、「小僧の夢」、「異端者の悲しみ」である。これらの主人公たちの口にする「運命」は習作期とはその内実が変化している。つまり、負から正へ、受動的態度から能動的態度への転化である。この転化の原因を「小僧の夢」(大6・3〜4)の主人公庄太郎が語ってくれている。

　まあ己なんかは小僧の中で運のい、方なんだ(。)考へて見ると、己が自分の境遇を呪つたりするのは、我が儘過ぎる話なのだ……けれども或る一人の人間の境遇が、幸福になり不幸になるのは、主として其の人の客観的の位地に依つて決するのではなく、寧ろ彼自身の主観の状態に依つて決するのだ。

何と明晰な解説であろうか。要するに、気の持ちよう、ということである。幸田露伴「運命と人力と」(「成功」明43・10)に、「好運否運」は「人間の私の評価を附したるに過ぎ」ず、「人力と好運とを結び付けたいので、人力と否運とを結び付けたくない」のが万人の欲望であり、「成功者は自己の力として運命を解釈し、失敗者は運命の力として自己を解釈して居る」のであると、簡明な説がある。

これを谷崎が読んでいたかどうかわからないが、ちょうど明治四三年の文壇登場の頃の「運命」には、習作期とは違った意味が付与されていくのである。

文壇登場後の谷崎は〈運命〉を客観的に見られるようになった。それは「文」で「たゝか」う作家になる夢が叶ったからである。先に筆者は、貧しくても就学が叶い、貧しさを客観視できるようになったことで、初めて谷崎に〈運命〉という概念が生まれてきたといったが、これも同じメカニズムである。前田久徳は「『異端者の悲しみ』のモチーフ」（「季刊文学」平2・7）で、谷崎の異端者意識について論じ、文壇で地歩を築き「彼の存在が社会的に容認された時点で、存在が担った負性は、彼の意識内部に於ては消滅し」、「負性が正に転化され、積極的な価値すら付加され」るようになっていると解きあかしている。このような価値の転化は習作時代には見られない。〈運命〉の価値の転化について、自己分析できるまでには約一〇年必要だったのである。

中村光夫が、谷崎には「荷風のやうな半生の体験に裏付けられた批評的信念がある筈はありません。また谷崎の資性がその個性的体験を無償の思想に育てる能力をおよそ欠いてゐる」（『谷崎潤一郎論』河出書房、昭27・10）と言うように、習作時代の谷崎にとって「運命」とは単に貧乏を託つ不遇な身の上の謂で、それを超克する思想的基盤を持っていなかったし、その表現方法も手に入れていなかった。津田左右吉は『文学に現はれたる我が国民思想の研究』（東京洛陽堂、大5・8）で、仏教の宿命観に支配されている平安朝人について、運命といふことは、人生を思索するものの必ず逢着する観念である。けれども平安朝人は広い人類の上から見たのでも、深い人生の根本から考へたのでもなく、たゞ自己の現在の盛衰浮沈についての感じである。従つて運命に泣く涙は極めて利己的のものに過ぎない。

という。この津田の説はそのまま谷崎のばあいにも援用出来よう。習作時代の谷崎は「運命」に対して皮相的であり、受動的であった。その皮相性は「運命」を言うよりも、「貧困」を苦にする厭世的心情を言うべきであったところに起因する。端的に言えば「金の問題」である。「小僧」であることが、貧乏が厭だったのである。「あまりにをしき才」というプライドが許さなかったのである。前述した一連の自伝的小説から引用する。

○自分のやうな天才が、商店の小僧などにならう訳がない。自分は必ず、何とかして学問をやり通さねばならぬ。又やり通すべき運命に立つて居る。天が自分を捨てないならば、いかほど俗人共の妨害が這入らうとも、遂にはきつと自分の値打ちに適しい運命が自ら廻つて来る。

（「神童」大5・1）

○「あ、金、金、要するに金だ。金さへあれば凡ての人間の欲望は達せられる。金がなければ学問をしたつて何にもならない。若し神様が智慧と宝と二つのうちを選べと云つたら、自分は直に宝を所望するだらう。さうして見ると、己は生れながらにして不仕合はせな人間なのだ。（中略）

生涯碌々として、他人の栄華を羨みつゝ、空しく墓へ行つてしまふのだ。此れもみんな運命だ。」
（「鬼の面」大5・1〜5）

○一番社会のどん底へ堕落するだけ堕落して見るのも面白い。果して天才の素質を備へて居る運命の寵児であるならば、一度はどれ程零落しても、必ず再び浮かび上るに極まつて居るから。……
（「鬼の面」）

○「世の中の出来事は凡て偶然の寄り集まりだ。成るやうにしか成らない（中略）。無精をする為めに己の運命が壊れるものなら壊れて見ろ。」
（「鬼の面」）

○己は幼い時分から、極度に貧窮な家庭の暮らしを見て居たので、生活難の問題が非常に鋭く頭を刺激した。（中略）食ふと云ふこと、即ち金を得ると云ふ事が、生きて行くのに第一の必須條件であると思つた。
（「小僧の夢」）

○富裕な身の上が羨ましかつた。（中略）彼等に対して自分が持つて居る弱点の原因は、悉く金の問題に帰着するのである。金さへあれば、学識の広さでも頭脳の鋭さでも、自分は決して彼等に劣つて居るのではない。況んや自分には、彼等の到底企及し難い芸術上の天才がある
（「異端者の悲しみ」大6・7）

長い引用になったが、谷崎の抱える問題の根本に「物質慾」、「金の問題」があったこと、また前述の如く、「運命」の価値が負から正へ転化しているのを見るためである。再び津田（前掲）に従えば、

武士の運命観についていう「「運に任せて」事をしようとする能動的態度」が谷崎のそれにあたる。むしろ、「己の運命が壊れるものなら壊れて見ろ」と「運命」すら従えようとする語気の強さに、自己の才能への自負の強さを感ぜずにはいられない。これは華々しく文壇登場を果たし、非運を克服して、念願の小説家になれた人であるからこそ書けた文章であることはいうまでもない。自己劇化できる客観的視座を谷崎は得たのである。

「鬼の面」には、「幸福の神から見放されて、逆境に墜ち」た父が「何事も運が悪いのだから仕方がない」と言うのに対して、「決して運が悪いのではなく、父自らが招いた不仕合せに違ひなかつた」という見解が述べられている。「運命」を父は負の方向で、青年壺井は正の方向で受け取る人物として対比して見せている。「運命」の価値転化の跡がよく見えている。

谷崎は自分の逆境をひたすら父のせいにした。愛する美しい「四十に近き母上は、顔色やつれて色褪せたる髪をみだしつ、習はせたまはぬ賤しき業に、たゞ齷齪といそがしく」（「春風秋雨録」）所帯染みてしまった。その罪さえ、少年は父におっかぶせる。「異端者の悲しみ」でも、「鬼の面」同様、父について、「責任は父の無能と不見識とに帰着するにも拘らず」、「律義で頑固で小心な彼は、消極的な道徳をさへ守つて居れば、人間としての本分は完うされたので、其れ以上の幸不幸は凡て運命の仕業であると、観念して居るやう」な人物であると、主人公に言わせる。とすれば、「道徳」などというものには何の価値も力も無いということになる。ここは父を通して主人公章太郎の価値観を述べている件でもある。

前掲の論説「文芸と道徳主義」は高山樗牛の美的生活論に感化され、荘子やニーチェの思想に言及し、「現代の小理想偽道徳に反抗し、人間の大理想を齎すの人、今や一度出現せざるべからざる也」と結んでいる。谷崎自らその「人間の大理想を齎すの人」たらんとする意志が見える。当時谷崎には哲学者宗教家になるという希望があったようで、それは初期文章にも認められる。のちの小説「彷徨」（明44・2）でも、「宗教家哲学家を以て世に立たうと云ふ決心」を持つ主人公の言葉に、また「神童」の「偉大なる宗教家となつて人格の光りを世に輝かす積りであつた」という主人公にも、その痕跡が認められるのである。この経路は「麒麟」（明43・12）に象徴的に示されている。孔子の「徳」と南子の「悪」との対立の構図における、「悪」の勝利は谷崎の進んでゆくべき道を自覚した結果においてて書き込まれたのである。

三

次に〈運命〉に関連して、谷崎の歴史への興味を見ていきたい。「青春物語」（昭7・9〜8・3）の「中学時代から樗牛にかぶれて美的生活を論じた」という言を俟つまでもなく、谷崎の初期文章や論説には高山樗牛の影響が見られる。千葉俊二は「狐・ニーチェ・マゾヒズム」（「季刊文学」平2・7）で、谷崎への樗牛の「影響感化」に触れて、谷崎文学を考えていく上で「人生の至楽は畢竟性慾の満足に存する」という樗牛の美的生活論は無視できないのではないか、と述べているが筆者も同感である。明治三四年八月（谷崎16歳、一中時代）に出た樗牛の「美的生活を論ず」（「太陽」）は谷崎の道徳観、幸福観に影響を与えたと同時に、結尾の「悲しむべきは貧しき人に非ずして、富貴の外に価値を解せざる人のみ」、「貧しき者よ憂ふる勿れ。望を失へるものよ、悲む勿れ。王国は常に爾の胸に在り」という文言に、「貧書生」は勇気づけられたのではないかと思う。

谷崎の歴史趣味も樗牛に感化されたのではないか。例えば、「平家雑感」（「太陽」明34・4）は没落していく平家の運命と軒昂たる入道相国を歌いあげた滅びの美学ともいうべき一文である。変革期の歴史の面白さには誰もが引き付けられるが、なかでも非運を生きる人間像に、谷崎の境遇は共鳴し、自らの非運が重ね合わされていったのではないか。(3) この一文に「運命」の語が多く出ているから、谷崎の使う「運命」の典拠だというわけではない。「諸行無常」はすでに谷崎自身、身に染みていたことである。ただ、樗牛に感化され、中世史にも関心を持ち始め、「運命」ということにも思いをいたすようになったと思われる。

また、一高の「校友会雑誌」を見ると、和辻哲郎「炎の柱」（明40・2）、大貫晶川「花散る夕」（明41・5）ほか、谷崎以外にも「運命」を描いた創作が散見でき、当時の学生たちの間の一種の流行であった。その空気は「センチメンタルな」「藤村操流の厭世観」（「青春物語」）であった。

谷崎はもとより歴史好きの少年であった。明治三五年（谷崎16歳）一月、雑誌「少年世界」に投稿した「時代と聖人」が三等に入賞した。マホメットやルーテルを論じ、人間の意志を超越した天運や時代の流れが人間を形成してゆくという認識を述べ、「聖人は時代の産物也」と結論する。

明治四一年（谷崎22歳）四月、「学友会雑誌」に論説「増鏡に見えたる後鳥羽院」が載った。樗牛

の「菅公伝」（『単行』明33・3）を引きながら、

故高山先生嘗て菅公論を草し、菅公を以て政治家の才にあらず、日本有数の漢詩人なりとして其の政治に失敗し、筑紫に配せられて詩歌に想を馳するを得たるを寧幸福なりと云ひき。後鳥羽院亦かくの如し。院は文学に於いて話せるお方也。政治に於いては話せぬお方也。運命の神は能く個々の人間の特性を知る。

と、ここにも「運命」の語が見えている。この後鳥羽院への谷崎の共感は、自ら文学を志すものとしての自身を、不遇な後鳥羽院に重ね合わせているところから生まれたものであろう。「予も断然政治をすて丶文学に志すべし」という宣言が思い出される。

しかし、ここに見られる「運命」は習作三篇に見えていたそれとは、その内実に変化が見られる。前掲の「神童」「鬼の面」等に近い意味になってきている。つまり、自分には天命により、文学の才能が授けられており、その才能は開花する運命にある、と。「運命」というものに対して受動的であった谷崎は、徐々に「運命」に能動的に働きかけてゆく方向に転換しつつあった。この論説と同時期に書かれた、前引の弟精二宛書簡にあった「文学に志すべし（中略）須く真率に、真摯に、真面目に宇宙と人生とに対せざるべからず吾人はまづ醒むるを要す」という決意を思い出す必要がある。「鎌倉時代は日本国民が長き惰眠より覚醒して真率真面目なる新生涯に入りし時代也」と書き起こす右の論説とこの書簡とはその口吻から見てわかるように、[4] 文学者として立つ決意を表明した同根のものである。

＊

また、谷崎は右の論説で、新時代としての鎌倉時代に最も興味があるという。将門記、保元平治、平語、愚管抄、正統記等を挙げ、殊に人間の性格、「活ける人間」を描き得ている大鏡、増鏡の鏡類を愛するという。こうした点から、すでに初期の戯曲（史劇）が準備されつつあることがわかる。確かに栄枯盛衰、諸行無常の歴史は、谷崎が身を以て痛感した「運命」によって変転する人生を盛るには恰好の器であった。

関西移住（大15）後の谷崎は「恋愛及び色情」（昭6・4～6）や「源氏物語」の口語訳に見られるように、平安朝文学に傾倒してゆく。その意味でも、この時期の中世史、特に変革期への興味は自らの生活の変革を望む心と響き合っており、また、「増鏡に見えたる後鳥羽院」に見える時代認識は、「皮相的文明を打破して」「本邦史上の一大進歩を現はしたる時代」と述べる原勝郎『日本中世史』の鎌倉時代に対する認識と類似している。谷崎の在学中、一高で歴史を講じていた原の本は明治三九年に出版され評判になったし、谷崎の中世史への傾倒には、樗牛以外に、原先生の影響もあったのではないか。後述する「信西」の人物形象にも原の説く信西像が影響していると思われる。

＊

明治四〇年の習作以前は、人生の「真面目」を見ようとはせず、ただ拙い「運命」を悲しく歌うばかりであった。その惰眠の状態から醒めて、苦に呻吟する人間を「真率」に見つめて、それを書くという行為を通して、自らの新しい文学的生命を切り開いてゆこうとしたのが、谷崎の明治四一年であった。〈運命〉は谷崎の描くべきテーマとして持続されてゆくが、〈運命〉そのものを描き、それを悲観するのではなく、〈運命〉によって変転する人生を描く方向へ、その内実が変化しつつあった。個人の力では如何ともしがたい〈運命〉をも自分の力で切り開こうとする変化が、谷崎の中で生じつつあった(5)。ちょうど一高卒業、帝大入学を目前にして、進路決定が迫られていた。

四

谷崎は明治四三年九月、小山内薫を編輯兼発行人とする第二次「新思潮」創刊号に「史劇」と角書きした一幕物「誕生」を載せた。これは谷崎も「作者が昔文壇へ出た時の処女作は、栄華物語から材を取つた「誕生」と云ふ戯曲であつた」(「はしがき」、『盲目物語』中央公論社、昭7・2)と自ら認める文壇処女作である。谷崎は何故、史劇というジャンルに自己の文学を求めたのであろうか。その理由について考察をすすめたい。

「狆の葬式」を発表した「校友会雑誌」一六五号(明40・3)に、谷崎の史劇観を述べた文章(6)を掲げている。これは同誌上で三人の学生の間で繰り広げられた史劇観論争を谷崎が締め括ったものである。三者の論点が史劇の概念規定にあったのに対して、谷崎は史劇を創作する立場からの発言であるところに特徴がある。曰く、史劇はまず、過去の時代的、歴史的特色を出すことが第一で、その時代的特色は観客の聴覚と視覚に訴えるのが大切であり、作品のテーマはそれらを通して自然に観客に伝わるのがよい。時代的特色だけでも楽しめるものであるが、その特色さえ出していれば、その上にどんな空想を入れるのも自由である。しかし、作中人物やその行動には歴史的意義を持たせるべきで、主要な人物については必ず史籍に依らなければならない、と。[7] すでに谷崎には史劇創作の意図があったのかもしれない。そして、これは単なる史劇観に留まらない。つまり

実際的美換言すれば官能的快感の美感たり得べき一部即ち聴官視官に由りて感ずる美は芸術を賞翫するに重大なる要素にして、所謂理想美も此の官能的美を介して後に感ぜらるべきものたり。

とあり、女性の官能美を描くことをその文学的使命とした谷崎文学の萌芽をすでに見ることができる。しかし、谷崎はまだ描くべき対象としての「女性」は発見していなかった。

次に題材としての現代物について見てみたい。習作の三篇は神経衰弱、人間の運命、失恋の苦悩など、身辺に取材した写実的な小品であった。そして、「新思潮」第四号（明43・12）の消息欄に、「谷崎は始めて現代に材を取つた小説を書く。実はこの方が本領」だと予告された「彷徨」は、予定より原稿提出が一カ月も遅れ第七号に掲載されたが、途中までしか書かれず中絶した。これは失敗作で、谷崎が身辺を写実的に書こうとするとき、歴史物を書くときに比べて、別人のように未熟であったことを証明している。

描くべきテーマとしての〈運命〉は手にしていたが、その表現形式を手に入れていなかったといえよう。逍遙の史劇論や「桐一葉」（「早稲田文学」明27・11〜28・9。初演は明37・3、東京座）の成功など、史劇の流行は続いていた。かつて史劇論をまとめたように、史劇については自分なりの方法論を持っていた谷崎が史劇創作に進んだのはごく自然であった。しかし、荷風が「紅茶の後」で、「史劇はいくら内容が新しいにしても其の舞台面の外観に於て、此れまで吾々の見飽きた時代狂言に似通つた処が多くあ」り、「現在及び近き将来のわが劇界に向つて最も有力に清新なる空気を注入すべき戯曲は」「史劇ではなくて社会劇問題劇であらう」（「三田文学」明43・10）と述べる如く、時代は谷崎の傾向からやや逸れつつあった。

当時の文学者にとって、現代物を創作し、発表することを困難にしている外在的要因が検閲制度による発禁処分である。荷風が自分の理想とする「真の社会劇」への障壁は「登場脚本の検閲を掌る警視庁」で、「花よ鳥よと唯だ綺麗な文字を並べて当り触りのない史劇を書くより仕方があるまい」、「絶望なるかな」（前掲）と歎かざるを得ないような時代状況であった。これは谷崎もひしひしと感じていた。「刺青」掲載の「新思潮」第三号（明43・11）に「REAL CONVERSATION」という同人和辻哲郎、木村荘太、谷崎の鼎談がある。「刺青」の原稿を見ながら、「好い句が思ひ切り悪さうに抹殺してある。無惨至極だ」、「成る程肌といふ字が皮膚と直つてる」、「そりやあまだいいんだ。此れなんざあ作者の無念さ思ひやられるぢやないか「眠れる肌は柔かに一本一本尖つた針の鋒端を啣むだ。」」といい、検閲制度への憤懣が表出している。谷崎自身、「刺青」は「発売禁止が怖しさに、原作と違へて大分削り取つた」（「『少年世界』への論文」）と述べている。文学的血族と見做す荷風『ふらんす物語』（博文館、明42・3）、『歓楽』（易風社、明42・9）、鷗外「ヰタ・セクスアリス」（「スバル」明42・7）と相次ぐ発禁、そして雑誌「太陽」（明42・8、43・10）に見られる発禁をめぐる特集などから明らかなように、時代の社会的重圧が谷崎にものしかかっていた。「当り触りのない史劇を書くより仕方があるまい」と荷風のいう如く。

次に一幕物についてであるが、この年は、「比較的一幕物が多かつた。そこで「一幕物の功過」と云ふ様な事が云々せられた」（鷗外「一幕物の流行した年」、「新潮」明43・12）年であった。荷風は一幕物に流れざるを得ない時代状況を前述の如く述べていたが、逍遙の「桐一葉」の見事さに触れ、「ちぎれ〳〵の一幕物なんぞ書いてゐる今時の若い者達にはとても出来た仕事ぢやあるまい」（「紅茶の後」明43・11）と批判的である。そういう荷風も明治四三年九月、一幕物「平維盛」（「三田文学」）を発表、「材料も古い形式も古い」「拙き」戯曲（「紅茶の後」明43・10）と自嘲している。面白いことに、谷崎の「誕生」掲載の「新思潮」創刊号には和辻哲郎も「常盤」という一幕物を載せている。

小山内の自由劇場の運動とも連動して、ともかく若い作家たちの間で一幕物が流行していた。鷗外も「試作には短い物が好い」（前掲）というように、一幕物は人生のある一刹那の対立を捉えて、人間や人生を浮き彫りにできる形式であり、谷崎の持ち越してきたテーマ一刹那（偶然）による変転、〈運命〉を入れるに相応しい器であった。そして谷崎の初期戯曲「誕生」、「象」、「信西」すべて一幕物であった。

この史劇という戯曲形式には谷崎の文壇への野心が込められていた筈である。中島（前掲）がすでに、谷崎が「小山内薫との関係を志向」していたと指摘するように、第二次「新思潮」発刊に際して、偶然知遇を得た「文壇にも劇壇にも幅を利かせてゐた」（「青春物語」）小山内を通して文壇へ出ることを夢想するのは自然である。「青春物語」には文壇登場前夜の消息が興味深く書かれている。谷崎は「文壇へ進出する手蔓」が欲しかった。「栄華物語から材料を取つた純国文趣味の戯曲「誕生」を書いて、「帝国文学」へ送つたが、これは見事没書に」なり、「それで悲観して今度はいくらか自然主義に妥協した「一日」と云ふ短篇」の「早稲田文学」への掲載を人を介して頼んだが「握り潰された」。和辻哲郎から第二次「新思潮」同人に誘われた谷崎は、これこそ登龍門とすべく一高の学費を援助してもらっていた親友笹沼源之助に、その資金援助を申し出た。「これさへあれば僕は必ず文壇へ出てみせる。これで僕の運命が開ける。さう云ふ大事な金だと思つて融通してくれ」（「青春物語」）と。この「運命」はプラス志向である。

はたして思惑どおり「新思潮」は文壇へのステップボードとなった。荷風の「谷崎潤一郎氏の作品」が載った「三田文学」を「持つてゐる両手の手頸が可笑しい程ブルブル顫へるのを如何ともすることが出来なかつた」、「そして私を褒めちぎつてある文字に行き当たると、俄かに自分が九天の高さに登つた気がした」、「これで確実に文壇へ出られると思つた」と記す「青春物語」は、四十七歳の谷崎が二〇年前のことを回想したものだが、つい昨日の事のように鮮明で、かつその喜びが如何に大きかったかを伝えている。

五

次に谷崎の初期史劇に散見する「運命」について考察したい。

「史劇　誕生」は後一条帝の誕生を描いたもので、暗から明へと転換する、当時流行の気分劇の構成をとっている。明への転換は、この戯曲では、藤原道長にとってその娘彰子男皇子が生まれるということにある。周辺事情を告げる女房が登場し、

女房の一　さあ、ならう事なら男皇子をと誰しも願うて居りますが、女皇子やら男皇子やら今の中から判りませぬ。

女房の二　何の其れが今から判らいでか。今日此頃の大殿の御運の強さを御覧じませ。去ぬる長徳の流行病に御兄君はお二人ながらお薨れ遊ばし（中略）、大殿ばかりは愈〻栄え時めかれるではござりませぬか。この勢いでは必定男皇子が御誕生遊ばすでござりませう。

という。これによると男皇子の誕生は道長の「御運の強さ」によって保証されている。道長の権勢はその政治力によるものである。そして男皇子誕生は歴史の偶然であり、それはまた所謂道長王朝の第一歩でもある。しかし、男か女かということはいくら道長としても如何ともしがたいものであるが、その強い運で男皇子誕生を導いた、というのが谷崎の認識である。後半で道隆が悪霊として登場し、

「運拙くして長徳の世の疫病に、陰府《よみ》の人となりぬる口惜しさ残念さ」と言うに至って、もはやテーマは明瞭である。すでに見てきたように習作の拙い「運命」を嘆く姿は消え、この戯曲には「運命」に対する能動的態度、つまり歴史の偶然という「運命」を必然に変えてしまう強い力が描かれており、文学で自己の「運」を切り開いていこうとする谷崎の姿もその延長上に見ることができる。

しかし、「新思潮」創刊号が発禁になったこともあり、一、二の批評があるくらいで、この作品は殆ど無視された。この「誕生」は前述の谷崎の史劇観に忠実に作品化されていた。谷崎本人は後年、「今日になつてみると、「刺青」には歯の浮くやうなところがあるが、「誕生」にはそれがない。私は寧ろ此の方を気耻かしくない心持で読み返すことが出来る」（「青春物語」）と控え目ではあるが、作品の出来には満足している。しかし、当時の谷崎がそんなにのんびりと構えていた筈はない。結局七号まで出た「新思潮」も、当初は三号まで出せればよいと、同人たちは思っていた。その僅かのチャンスに自信のない作品を出すわけがない。しかも、やっとつかんだチャンスの一等最初、創刊号に、である。このような状況からもみても「誕生」は谷崎にとって、当時の最も自信作でなくてはならなかった。「誕生」の暗から明への転換は、谷崎の〈運命〉のそれでなければならなかった。その願いを込めた第一作だった。遠藤（前掲）も、「作家としての誕生のよろこびを、作に定着するのは必然のいとなみ」であると言い、箕輪（前掲）も、「誕生という題名のもとに「運の強さ」という「理想美」を暗示した作品だからこそ」創刊号に掲載したとする。この処女作に込めた谷崎の願いは、最早誰の目にも明らかである。比喩的に言えば、後一条帝の「誕生」を第二次「新思潮」誕生号に載せ、道長の強運に託して、作家谷崎潤一郎の〈誕生〉を図ったのが「誕生」であった。

最後に「信西」について述べたい。「脚本　象」（明43・10）に次ぐ三作目の戯曲「信西」（明44・1）は谷崎が「一番最初に書いた作品」（「『刺青』『少年』など―創作余談（その二）」昭31・10）と言うものである。「平治物語」冒頭の信西譚の戯曲化で、プロットもほぼ原典通りである。吉田精一は「運命をつかさどる星の光に、終始興味を集めて行く点も、日本の古典演劇に見られない新しさ」（『谷崎潤一郎と西洋文学』、『谷崎潤一郎の文学』塙書房、昭29・7）と指摘するが、この不吉な星は典拠に「大伯経典におかせる時は、忠臣君に替奉るといふ天変也」（岩波古典大系本に依る）とあり、信西の死に対する強迫観念がモチーフとなっている。この強迫観念は前述した如く当時の流行病でもあった。

殆ど主人公信西の独白というべきもので構成されており、その中に「運命」の語が多く見えているが、例えば

わしのやうに自分の運命が、あまりハツキリ見えすぎると、人は臆病にならずには居られぬものぢや。見す〳〵判つて居ながら、どうかして其の運命に打ち克たう、打ち克たうとしたくなるのぢや。

と言い、「わしは運命の前にお辞儀をするのが嫌なのぢや」、あるいは、「あの星の光が消えるまで、わしはさうして生きながらへ、運命の力に克つて見せるのぢや。」と言うように、「運命」に翻弄され

ながらも、ただ歎いているのではなく、それに抗して打ち克とうとする人間の苦を描きだすことで、信西という人間を描こうとした作品である。

谷崎は「新思潮」同人大貫晶川に「信西」の下書きを見せ批評を乞うた。信西の性格を誇大にしているとの大貫の評に、谷崎は書簡で「史劇ハ必らずしも過去の実在の人物をそのまゝに描写することが必須の條件なりとハ存ぜず候まゝ御推察の通り自己のイデアールを現さんが為めに殊更に誇張したる次第」[8]と応えている。すでに見た谷崎の史劇観が披露されている。谷崎はまた、信西を「死を恐怖する悟りきれぬ、個性のつよき人間」として描いたとも言っているのに対して、佐々木（前掲）はこれを受けて「二律背反的人物造型の難しさ」を指摘している。これは重要である。同書簡からは「信西」は当初二幕物として書かれたことがわかるし、前述した如く「誕生」より先に書かれたものであったとすれば、「運命」に対する信西の揺れ、つまり谷崎の「運命」への揺れが確認できる。しかし、その揺れは「死を恐怖する悟りきれぬ」弱い人間ではなく、死の強迫に抗する「個性のつよき人間」の方に止まった。信西を捕らえに来た光泰の科白、「たはけた臆病者だな。命が惜しさに、穴の中に埋まつて居るとは」に対して、「星はまだ光つて居るか。……」という噛み合わぬ信西の科白で幕となる。これは信西のこの世への未練ではない。また、箕輪（前掲）の言うように、「わが「運命」の拙さを嘆く信西を描いたとしか考えようがない」とは筆者は思わない。信西は最期の一瞬まで「運命」に打ち克つ望みを捨てなかったのである。つまり、抗しきれない時の流れ、「運命」であることを承知しながら、死を賭して「運命」に打ち克とうとした人間を信西を通して谷崎は描いたのである。それが谷崎の言う「個性」であり「誇張」である。つまり、「運命」に能動的に対抗して打ち克とうという意志が「自己のイデアール」であった。郎党師光の「力をこめて、運命の網を突き破つておしまいなされい」と言うが如く。

谷崎は自己の芸術に、自分の生活を合わせていこうとする芸術至上主義者である。谷崎の創りだした主人公は「運命」と戦った。谷崎は文壇登龍を望んでいた。「運命」と戦う人物を描くことで、作家になることをわが「運命」としたのが、文壇登場前夜の谷崎であった。「運命」を負から正へ転化させた谷崎は、道長の如く「運命」を味方に着けたのである。「運命」との戦いに勝利し、作家となった谷崎に最早〈運命〉というテーマは不要であった。

「運命」の衣を脱ぎ捨て文壇に颯爽と立つ谷崎潤一郎は、明治四一年一一月、「もツと色彩の濃い、血だらけな歓楽」（「秘密」明44・11）を纏い、文壇の檜舞台「中央公論」の初舞台を踏む。

註

（1）　この辺の事情については本書の次章参照。

（2）　幼少期を材として取り入れていった作品で「運命」の語が用いられているのは、本章で取り上げた作品以外に「母を恋ふる記」（「大阪毎日新聞」「東京日日新聞」大8・1〜2）、「不幸な母の話」（大10・3）、「少将滋幹の母」（昭24・11〜25・2）、「当世鹿もどき」（昭36・3〜7）等がある。

（3）　谷崎は「青春物語」で「平家雑感」に言及している。そして、樗牛を「下らない人間」と徹底的に非難しているが、この評価の転換は後のことであり、当時の初期文章などを見ればその影響は明らかで、前引の如く「樗牛にかぶれて」いた学生であったことは事実である。

（4）中島（前掲）に、この論説と書簡に「真率」「真面目」という「共通語彙」があるという指摘がある。

（5）明治三九年三月、国木田独歩の『運命』が上梓されている。国木田については先に触れた。管見によれば、国木田との関係は従来論じられていないが、谷崎の描く「運命」の変化を考えるばあい、独歩の『運命』は看過できない。ここには「運命」に対する負、正の両方が書かれている。「人は到底運命の力より脱る丶ことは出来ない」という「運命論者」では「運命の怪しき鬼」に翻弄される弱い人間が書かれているのに対して、「馬上の友」「非凡なる凡人」は「非運」を乗越え、「運命」を開拓し立身出世した人間への讃歌になっている。「馬上の友」の糸井少年は家が「零落」し、「尋常小学校まで」しかやってもらえなかった。「非凡なる凡人」の桂少年は「家運」が傾き、「破産」したため、中学校に行けず、「銀行に出ること」になるが、立身の決心をして上京、「工手学校の夜学部」で苦学し望みを叶えた。弟も同校に入れ、更正させる。桂は「一家は非運の底にあれど」、「運命に安んじて、そして運命を開拓しつ丶進んで行く」人物として形象された。この少年たちの不幸の境遇は当時の谷崎兄弟のそれによく似ているし、その不幸の原因はともに貧困という非運である。独歩の少年たちは自分の意志の力で貧困から脱出する。この構図は翌四〇年の谷崎の習作三篇には見出だせないが、前述した四一年頃から見え始める「変化」に独歩の影響が考えられるのではないか。ここでは指摘するに留めたい。

（6）〔批評〕欄に「前号批評一己の芸術観より栗原君の『史劇観を評す』を再評す──杉田直樹君」というタイトルで書かれている。

（7）これは明治三〇年代の高山樗牛と坪内逍遙との史劇論争をふまえており、谷崎のこの立場は、樗牛の空想本位論より逍遙の史籍中心の主張に依っている。

（8）谷崎全集では年月不詳となっているが、文中に「小山内」の名も見えることから、明治四三年六月以降のものと推定できる。

《付記》　本章は、慶應義塾大学国文学研究会第三五一回例会（昭56・6）で口頭発表した「明治期の谷崎潤一郎──『刺青』以前──」をもとにしているが、その後の発見も含め大幅に改変した。なお、全集未収録作品「小僧の夢」からの引用は「季刊文学」（平2・4）に依った。

なお、本書における底本は右のように特記したものを除き、愛読愛蔵版『谷崎潤一郎全集』全30巻（中央公論社、昭56・5～58・11）に依り、原則として旧字体は新字体に直し、ルビ等は簡略化した。

文壇の扉をこじ開けた小説

一　颱風

「三田文学」明治四四年一〇月号は、谷崎潤一郎が同誌に載せた唯一の小説「颱風《へうふう》」のために発売禁止となった。「颱風」に対する時評は前作「少年」(明44・6)、「幇間」(明44・9)と比べ、安易な作りであると否定的論調が多いが、一方「生地のまゝの鋭い新らしい芸術がある」(「東京日日新聞」明44・10・20)、また「之れ程の材料を之れ程大胆に真摯に描いて行つた作者の態度に、何よりの頼もしさを感ずる」(「早稲田文学」明44・11)などの評価も得た。同時代の評論で「颱風」を取り上げたものに、「近代生活における一種の病的な官能追求の一面の傾向」を明示したとする本間久雄の「谷崎潤一郎――『刺青』其他」(「文章世界」大2・3)や、「最も直截に、最も赤裸々に、作者のライフを現した」もので「主人公はあなた自身である」と指摘した谷崎精二の「谷崎潤一郎氏に呈する書」(「早稲田文学」大2・4)などがある。また佐藤春夫は、「颱風」の「失敗は当時の潤一郎が熱情ある装飾図案家であつて写実家ではなかつたことに原因してゐる。然し潤一郎は彼の芸術を大きくする為めには写実家の要素が必要であることを自覚したに相違なかつた」(「潤一郎。人及び芸術」、「改造」昭2・

3）として「有意義な失敗」、「よき試作」と評した。失敗と断ずるのは容易であるが、「飈風」における写実の試みがどのようなものであるか、明らかにされるべきである。

もう一つの問題として、発売禁止がある。「東京日日新聞」（以下「東日」とする）（明44・10・9）は「三田文学」が七日、風俗壊乱の廉で発売を禁止されたことを報じ、その原因である「飈風」は、「性欲に溺れる事が盛んに描写してあり○○も使つてあれど春画の如く随分猛烈なものなり発売禁止は蓋し当然なるべし」との見解を述べた。これに続く警保局長の談話では「淫猥極る」、この小説などは「文字となつて人の感情を唆るから春画以上に害毒を流す」と非難するが、具体的にどこが悪いとは語っていない(1)。

谷崎は「恐怖時代」（大5・3）が発売禁止となったとき、「今の当局者は、何故に、何処が悪いと云ふ事を摘示しない」といい、「私の書く物などは、永久に彼等と相容れる日がないかも知れない」（「発売禁止に就きて」大5・5）と述べた。谷崎は自己の芸術的理想と当局のいう普通の道徳との乖離を痛切に感じ、またそれには意識的ではあるが、やはり戸惑いは隠せないでいる。「飈風」のときも、「私も危いとは思ひましたが、遂々やられました、三田文学の人々にお気の毒です内閣も変つたし警保局長も判つた方といふので書きましたが」（「東日」明44・10・11）といっているが、谷崎が当時から自作の危なさを知り、当局の事情をも配慮していたことは、「刺青」（明43・11）を原作にかなり手を入れて発表したことからも窺われる(2)。

谷崎が写実の方法で、青年の性欲問題という「危い」ものを書いたのは何故か。従来「飈風」を一つの作品として論じたものは見あたらず、長く等閑に付されてきた観は否めない。
本章では、「飈風」を、谷崎の作風の転換点に位置する作品という視座から、初期文学活動の中に位置づけてみたい。

二

「飈風」の発売禁止直後、あたかも谷崎を弁護、発売禁止に抗議するが如きタイミングで「三田文学」一一月号に掲載された永井荷風の「谷崎潤一郎氏の作品」は、谷崎文学を賞賛し、その文学の特質を指摘したものとして、今日でも谷崎研究の源に位置する評論である。この一文の末尾にある「此は谷崎氏が『飈風』を公表する以前に書いて置いた」とする付記は、「飈風」がこの賞賛文の対象外にあることを示している。また「読まない前に」とも「発売禁止以前に」とも、解釈の余地を残す書き方である。

もう一つ、荷風が「飈風」に触れている「文反古」（「文明」大5・4）によると、谷崎に巻頭小説を依頼したところ、「送付の原稿編輯締切期日に遅れ候為め一読の暇無之直に印刷に付し申候処右は青年の性慾問題に関し厳密なる研究をなしたる作品なりし為め」発売禁止となったというのである。原稿では見られずとも編集人として校正段階では目を通せた筈であり、「九月三十日」という付記の擱筆の日付はその可能性を示唆している。「三田文学」所載の「飈風」本文には約二〇ケ所、一一七字に及ぶ○○（伏字）があり、明らかに編集者の手が入っている。同誌は同年七月号が創刊以来初めて発売禁止を受けたばかりで、このような危ない作品を、「編集兼発行人」の荷風が一読もせず公表するとは考えられない。

ここで荷風の発売禁止に対する対応を勘案すれば、公表を控えることもあり得た筈である。伏字という備えはしたものの、危険を冒して「飈風」を巻頭で予定通り公表したことは、編集人としてこれを評価していたと見てもよい。

この付記について野口武彦（『谷崎潤一郎論』中央公論社、昭48・8）は、「飈風」への「慊焉の念を表明」したものとし、笠原伸夫（『谷崎潤一郎―宿命のエロス』冬樹社、昭55・6）は、「その評価については、態度を保留」、「あるいは倦厭の情を示した」ものと述べ、両氏とも、荷風が「飈風」を否定的に見ていることを指摘している。はたしてそうであろうか。荷風の賞賛文は「The Affair of Two Watches」（明43・10）と「彷徨」（明44・2）には触れていなかった。つまりこの付記は、「飈風」は一読の上公表したが、その評価についてはこの二作同様、保留したいという意を示したものであり、これに否定的意味を与える必要はない。今回の賞賛文は「刺青」など浪漫的作品に対するもので、現代に材を取る写実的作品への評価保留は、それを評価し得るに足る材料、つまり作品数の不足に起因しているのである。

「三田文学」同四四年一二月号の裏表紙には「題未定　谷崎潤一郎氏」と新年号予告が載り、これはついに書かれなかったが、再び寄稿を依頼している事実から、荷風及び「三田文学」が谷崎を否定的に見ているとは思われないのである。ともあれ、付記を添えながら谷崎賞賛の文を「飈風」直後に発表すること自体、荷風の谷崎承認は動かないことである。かつて荷風は「眠られぬ夜の対話」（「三田文学」明44・8）で、「あの若い新進作家の書いた『少年』のやうな、強い力の籠つた製作」といい、谷崎に羨望すら抱いていたようだ。よって「氏の作品を論評する栄光を担ふ」とは誇張ではなく、「今日まで誰一人手を下すことが出来なかつた」「芸術の一方面を開拓した成功者」という評価は、谷崎作品の新奇さを珍しがる文壇への啓蒙をも意図していた。

荷風の一文に接した時の谷崎の感動は「青春物語」（昭7・9〜8・3）に記されているが、この付記については触れていない。この保留には何らかの感想をもったであろうが、谷崎は荷風の保留した方向へすでに歩みを始めていたのである。

三

「飇風」に次ぐ同傾向の作品として位置づけることができる「悪魔」（明45・2）「続悪魔」（大2・1）について、「それまで主として浪漫的な作品ばかりを書いてゐた作者は、此の作品に於てやや写実的な試みをしたつもりである」（「解説」『明治大正文学全集 第35巻 谷崎潤一郎』春陽堂、昭3・2）と谷崎は明らかにしているが、写実の試みは「飇風」において、また「The Affair of Two Watches」「彷徨」でも行われていた。ここにいう「浪漫的な作品」とは、「物語の気分」[3]を作り出す「書き出し」による枠組みをもつ観念的世界の中に、自己の「人知らぬ快楽と宿願」（「刺青」）を描いた作品であり、その営みは「秘密」（明44・11）まで続く。そして「写実的な試み」とは、自己と等身大の主人公に仮託し、自己の夢想を観念的世界にではなく、現実世界に見い出そうとする試みである。その意識的な試みは「飇風」に見い出せるのである。

「モデルは何もなかつたので舞台には今春友人と旅行した東北地方にした」（「東日」明44・10・11）というように、「飇風」は明治四四年二月の東北旅行の体験をもとに構想された。「一昼夜の汽車につかれて青森より二駅手前浅虫と云ふ処にやどる風雪烈しく終夜波の音をきく」（明44・2・22付、大貫雪之助宛）という通信文と同じ表現も作中に見えて、北国の厳しい冬を小説の背景とし、猛吹雪の中を進む実感的でリアルな描写は、体験者のみが書き得るディテールと説得力をもつ。

文学作品においてその小説世界を提示する「書き出し」は重要である。同じ現代小説においても、「少年」などの観念的世界を描くばあいと、写実的作品とは様相を異にする。たとえば「The Affair of Two Watches」は当時青年の間に流行した神経衰弱の「Terror of Death」を扱い、谷崎の一高時代の素描ともいうべきものであり、「彷徨」は生（死）の問題に悩む青年を主人公に、恋愛の始まりを匂わしたところで中絶している。これらの書き出しは、小説の中と現実の間には時間的隔たりはなく、小説内時間と作者の執筆時間とはほぼ同時期に設定されている。「飇風」もまた同様である。

何の苦労もなく育ってきた二四歳の青年画家の直彦は遊里の女に溺れ、身心ともに衰弱し、より強烈な刺戟に堪える健康な心と体を回復するため、東北へ静養の旅に出る。断えず彼を圧迫する自己の性欲と闘いながら、女に操を立てとおす六ケ月の苦行を終え、女の許に帰った夜、興奮のあまり脳卒中を起し死に至る、という筋をもつ「飇風」の冒頭は、「直彦が二十四になる迄は、別に何の話もない。」とあっけない、何の用意もない導入である。そして直彦は「係累」もなく、「率直な」性格で、「美貌」の顔立ちをもつが「道楽とか恋愛」の経験はなく、「日本画家の俊才」と目される「絵師」である、と紹介が続く。しかし、読み進むうちに、主人公に付与されたファクターが何ひとつ有機的に働いていないことに気づかされる。さらに恋人たる吉原の女も、男を弄ぶ手管のみの娼婦以上には描かれず、類型的で、実体のない存在である。つまり、人物の形象が十分になされていないのである。

「飈風」は作者の体験した現実世界に、自己と等身大の主人公を置いた。しかし、作者と等身大の主人公を虚構化しようとすればするほど、その付与されたあらゆるファクターが形骸化し、ついにはただ一人の若い男という主体のみが、またその男の「自分は今迄此れ程好色な人間ではなかつた筈だ」と深刻に悩む内面が、生《なま》の形で現れてきたのである。つまり、鮮明にされたのは一青年の性欲の問題である。

たしかに作者が丹念に書き込んだのは性欲と闘う主人公の姿であった。旅の途上、「性の慾求」が昂まる度に危険な行動をとり、内股の根太の疼痛すら「性慾の要求」を忘れさせるものとして歓迎する。この旅そのものが、「更に又豊かな生活の甘味をすゝり、強烈な刺戟に堪へ得る程の心を築き上げ」るため、つまり自己の性欲の充実が目的であった。「御身に対する恋慕の情を純粋にせんが為めに、斯く身命を賭して難行苦行する」というが、これは恋人に呼びかけるものではなく、エゴイスティックな自己愛であり、この「恋慕の情」とは自己の官能快楽であり、それに対する死を賭しての献身である。つまり死を賭して歓楽を極めること、「歓楽の為めに命を捨てる事」を描くところに、この作品の主眼があるのである。

谷崎作品において「飈風」の注目されるべき点は、初めて性欲そのものを描いたことであり、「歓楽の為めに命を捨てる」という作者の夢想を初めて、主人公の死という形で提示したことである。谷崎はのちに「父となりて」（大5・5）で、「生れつき病的な性慾を持つて居る」と告白しているが、「飈風」は自己の内面、つまり自己の性欲と夢想とが直結していることを表出した作品と見做してよい。自己の現実に観念を融和させたといってもよい。逆にいえば、作者が腐心したのは主人公の内面を写しだすことであり、その内面は作者の自覚する特有な性癖であることは言を俟たない。

直彦はまさに「官能生活を以て人間生活の究竟境と見なし、この究竟境を最も完全に、最も充溢的に実現しようと焦り踠いた人」（本間久雄、前掲）であった。谷崎を好意的に評してきた宮本和吉が、「いつでも自分の復活して来た性慾と闘ふ所が余りに度々だから可笑しい」（「新小説」明44・11）というように、あまりに歓楽のみの追究に終始し、作者自身が「焦り踠い」て書いている様子がその性急な書き振りからも窺われるのである。

直彦が「踠いた」結果として遂げるあっけない〈死〉を敗北ととらえる倫理的判断は不要である。「恐ろしい興奮」が「昏々と深い眠り」を招来した結末にこそ、直彦にとって自己の官能快楽への献身が最も純化されて顕現したのである。

「飈風」に対して、「性慾といふものの研究がどの位まで出来てゐるか」、「こんな一つの概念を説明するやうなものに数十頁を費すことを何故惜しまなかつたのだろう」（XYZ、「文章世界」明44・10）

という時評がある。このように「著者の筆には科学者のナイフのやうな率直な鋭さがある」（虚子、「ホトトギス」明44・11）、「論文のやうな書き方」（水上瀧太郎(4)）、「厳密なる研究をなしたる作品」（荷風、前掲）などという、一種の研究のような読みが目立つのも、この作品の特徴である。つまり、作者のモチーフが露呈している証拠でもある。

「未だ長く書きたかつたのだが締切の都合で彼麼《あんな》ものになつてしまつた」（「東日」明44・10・11）と谷崎はいう。谷崎はおそらく結末だけを用意して、主人公の官能のみを追求したために、人物形象も小説の広がりも描ききれなかったのであろう。筆者は「飈風」が人物形象が十分行われず、モチーフの露呈した作品であるといったが、それは失敗作だというためではなく、そのように描かれたところに、谷崎の作風転換、つまり写実的試みが明らかになっている重要な作品であることを示したかったのである。たしかにその描写も余裕がなく、同時代評も筆が荒れていると指摘していた。谷崎の目論んだ直彦像は「異端者の悲しみ」（大6・7）の間室章三郎をもって形象されることになる。

人間と人間との間に成り立つ関係のうちで、彼に唯一の重要なものは恋愛だけであつた。其の恋愛も或る美しい女の肉体を渇仰するので、美衣を纏ひ美食を喰ふのと同様な官能の快楽に過ぎないのであるから、決して相手の人格、相手の精神を愛の標的とするのではない。たとへ彼が恋愛に溺れて命を捨てる事があつても、それは恐らく、恋人のためよりも自分の歓楽の為めに献身的になるのであらう。

谷崎にはさらに具体的に直彦を形象する予定があった。つまり、「彼くらゐ食物と性慾との交渉を痛切に感じ、又其の為めに悩まされて居るものはなかつた」という人物像である。これは、貧しい家に生まれたために、才能がありながら書生として青年時代をすごすという自伝的な色彩の濃い小説の主人公、「神童」（大5・1）の瀬川春之助、「鬼の面」（大5・1〜5）の津村荘之助に引き継がれ、世俗的な欲に悩まされる即物的な人間として、より具体的に形象されるのである。

谷崎は「自己の存在と趣味に対しては熱心な追跡者」（吉田精一「谷崎潤一郎の人と芸術」、『近代文学鑑賞講座　9　谷崎潤一郎』角川書店、昭34・10）である。谷崎が現実世界に目を移したとき、その生いたちから生成された即物的人間としての自己、また現代社会が生み出した神経衰弱症に苦しみ、病的な神経をもつ自己に直面する。作者にとっての関心は、そのような自己の内面を、自己と等身大の主人公に仮託して、現実世界に写しだそうとすることにあった。「飈風」の頃、その自己の内面として写し取られたものは、あらゆる欲望の中で最も内的要求として作者を突き上げていた性欲の問題であり、それと直結した歓楽のために死をも甘受するという夢想であった。つまり、作者の官能のリアリティを写し取る営為こそ、谷崎の写実である。「飈風」においてはそれをデフォルメしすぎたというにすぎない。

そしてこの作者の営為は「饒太郎」（大3・9）の主人公泉饒太郎に仮託して、次のように展開されてゆく。

彼の所謂「美」と云ふものが全然実感的な、官能的な世界にのみ限られて居る為めに、小説の上で其の美を想像するよりも、生活に於いて其の美の実体を味ふ方が、彼に取つて余計有意味な仕事となつて居る。（中略）「己のほんたうの創作は著述よりも実生活にあるのだ。己の芸術家たる所以は、己のライフ其の者に存して居るのだ。」(5)

谷崎における現実、実生活と芸術との関係は右のように変転した。谷崎の写実の試みは、実生活の芸術化への試み、実生活と芸術とを一致させる試みへと発展してゆくのである。

「飈風」に戻るが、次に引く二箇所は直彦が官能快楽に帰依する感覚的人間であることを描写し得たすぐれものである。

刺戟の強い食物を口にしたあとでは、必ず其れだけの影響が体に起り、ともすれば忌まはしい魔夢に駆られて、うつゝの間に血を搾られることさへあつた。唯此の土地の林檎の味ばかりは、舌ざはりが爽やかで、ひやひやとした甘汁が、熱く渇いた口腔を湿ほす時の快感――味覚よりも寧ろ触覚の快感を、彼は殊更喜んだ。（青森・浅虫温泉の場面）

女の我が儘な、媚びるやうな態度や、浅黄色の、attractive な皮膚の色は、直彦の胸を物狂はしく掻き乱した。彼は腫物を押されながら、不思議な痴情に駆られて、苦しさうに呻いたり、女

の足へ武者振り附いたりした。　　（常陸・平潟の港の場面）

ここで次節のために、「悪魔」（正・続）に触れておきたい。「悪魔」は直彦の夢想をより現実的な小説世界に描いた写実小説である。主人公佐伯謙は、「鉄道病」など病的な神経を持ち、作者の現実に即して造型されている。〈悪魔〉照子に官能的に征服された佐伯と、照子を世俗的に搦め捕ろうとする書生鈴木との三角関係の上に、征服された男、つまり女への耽溺のため死を甘受する男を描きだした。「恋する女の為めに甘んじて殺されるところが主眼(6)」（「検閲官」大9・1）であるところは「飆風」とも同じである。

四

明治四四年一〇月一一日の「東日」に掲載された次の谷崎の談話は、今まで取り上げられたことはないが注目されてもよいものである。

来年は脚本を盛に書いて見る考へで劇でも今流行《はやる》やうな夢の様なものぢやなくて実世間に触れたものを書くつもりです。

実際には脚本は書かれなかったが、その言葉どおり谷崎の「実世間に触れた」体験に基づく作品が続いて書かれている。谷崎の関心が、荷風の賞賛した「江戸の魂」へではなく、「実世間に触れ」る自己へ向かっていることを表明しているのである。谷崎は明らかに作風を転換させようとしていた。一高時代の創作「狆の葬式」（明40・3）「うろおぼえ」（明40・6）「死火山」（明40・12）のいずれもが、神経衰弱、人間の運命、恋愛の苦悩など自己及び身辺に取材した写実的な小品であること、そして「The Affair of Two Watches」「彷徨」をも考え合せれば、持ち越してきたもう一つの方向へ重点を移し始めたということになる。

先に注目したいといったのは、この談話が「飈風」発売禁止直後であり、一〇月一一日のものであるという点である。この記事には次のように谷崎を紹介する文が付されていた。「沈黙せる文壇に彗星の如く現はれ来り『少年』を書きて文壇を騒がし今又三田文学に『飈風』を書きて発売禁止の厄に逢ひ」、「向島笹沼別荘に隠れて来月の中央公論に載すべき短篇を草しつ、あり」。この「短篇」とは「秘密」であり、その掲載号の広告（「読売新聞」明44・11・1）には「『少年』『幇間』を草して文名一時に昂り『飈風』は発売禁止されたる作者の苦心作」とある。この二つの記事からわかることは、この一〇月の時点でジャーナリズムは谷崎の評判作として「少年」をあげていること、「実世間に触れたもの」を書きたいと表明したときに「秘密」を草しつつあったという事実である。ここで考えねばならないのが谷崎の処女作品集の問題である。(7)

谷崎の処女作品集『刺青』は「刺青」「麒麟」「少年」「幇間」「秘密」「象」（明43・10）「信西」（明44・1）を小説と戯曲に分け、発表順に配列し、四四年一二月一〇日に「三田文学」と同じ書肆籾山書店から、胡蝶本の一冊として上梓された。ところが初めは『少年』と題して、「少年」「幇間」「麒麟」「刺青」の四編を収める小説集が計画されていたというのである。これについては中島国彦の「作家の誕生―荷風との邂逅」（「国文学」昭53・8）に詳細に報告されているが、そこでの資料によれば、早くて九月、遅くとも一〇月中に小説集『少年』が企画され、一一月中に『刺青』に変更されたことになる。この間に変わった点は、①表題、②戯曲の編入（小説集から作品集への質的変化）、③「秘密」の編入、の三点である。

逆に当初と変わらないのは「誕生」（明43・9）「The Affair of Two Watches」「彷徨」は依然として除外されていることである。「誕生」は所載誌が発売禁止となったためであろうが、他二編は写実的作品であることがその理由であろう。そして『少年』の計画が九～一〇月頃にあり、「飈風」「秘密」の執筆と並行していたことを勘案すれば、小説集『少年』の性格が明瞭になってくる。つまり、歴史小説と現代小説とが混在してはいるが、観念的世界に自己の夢想する美を描いた浪漫的小説集を刊行することは、谷崎にとって写実へ転換する前に、区切りをつける意義のある為事であった。「「少年」は前期の作品のうちでは、一番キズのない、完成されたものであることを作者は信じる」（「解説」『明治大正文学全集 第35巻 谷崎潤一郎』）と、他の随筆でも同様に評価するいわば作者の自信作であり、先に見たように世評に高い「少年」をその表題とすることは十分に考えられることである。

ところで、変更の①②については、前述の荷風の「谷崎潤一郎氏の作品」（明44・11）の影響が考えられる。荷風は「氏の作品中殊に注目すべきもの」として「象」「刺青」「麒麟」「幇間」「少年」の五編を掲げ、殊に「象」は「刺青」とともに「江戸の魂」を掴み得たものとして高く評価していた。小説集として計画されたものが、戯曲編入によって統一性を欠くことになるにもかかわらず、「象」を加えた事実は荷風の一文の影響を考えさせる。中島は、荷風の「自分の見る処この一作（筆者註…「刺青」）は氏の作品中第一の傑作である」という評言を入れ、表題及び編成が変更されたとする。表題も「少年」より知名度の低い「刺青」とした事実から、中島の説も首肯されよう。

しかし問題は表題が、「刺青」であれ「少年」であれ、作品集一巻のトータルな世界がどのようになったか、である。「象」を加えた以上、「信西」[8]も加えた。そして谷崎が浪漫的と認めるすべての作品を収めて再編成されたといってよい。そして③の変更、「秘密」を入れてこそ、当初の『少年』刊行の意図がより鮮明になったのである。

谷崎精二（前掲）は「飈風」との関連について、

> 「飈風」は「秘密」よりも先へ発表されたものだが、あなた自身の歴史としては「秘密」の次に起つた筈のものである。「秘密」の終りに於てあなたは「私の心はだん〱『秘密』等と云ふ手ぬるい、淡い快感に満足しなくなつて、もつと色彩の濃い、血だらけな歓楽を求める様に傾いて行つた」。と書いて居るが、「飈風」が即ちそれである。

と指摘しているが、これは正確に跡付けられる。「秘密」は重層的な〈秘密〉の構造とそれにより醸し出される緊張の類似性から、「少年」の世界と通底する構造を持つ。段取りによる〈秘密〉劇に感興を覚えなくなった作者は、〈秘密〉の女の居場所をあばき、劇を破綻させ、「「秘密」など、云ふ手ぬるい淡い快感」を脱し、より強烈な快楽を現実世界に志向するのである。その〈秘密〉という浪漫的な観念的世界を抜け出たところに「飈風」の現実がある。[9] さらにいえることは、〈秘密〉劇に現実を挿入することで破綻させた「秘密」のモチーフは末尾三行を付加することに存し、[10]『少年』刊行の意図に呼応して書かれたものといってよい。さらにその末尾の志向するところから、発売禁止となった前作「飈風」の目ざす方向を正しく弁明した書といってよい。誤解をおそれずにいえば、作品集『刺青』は「秘密」を加えたことによって、小説集『少年』の意図をより明確にし、「手ぬるい淡い快感」に充ちた観念世界への訣別、と同時に、「血だらけな歓楽」を現実世界に描く方向へ進むことを宣言した書となったのである。

そのことは第二短篇集として上梓された胡蝶本『悪魔』（籾山書店、大2・1）が裏付けている。これは「悪魔」（正・続）「The Affair of Two Watches」（これを入れたところに『悪魔』の編集意図が明確になっている）「朱雀日記」（明45・4〜5）の四編を収め、谷崎の写実的試みの諸作をまとめたものである。発表禁止という事態がなければ「飈風」も集中の一編となっていた筈である。この二冊の胡蝶本から初期谷崎の浪漫と写実の二つの世界を俯瞰でき、その移行の様も知ることが可能である。

以上見てきたように「飈風」は谷崎が初期浪漫的世界を締め括ろうとしていたときに執筆された。

それはそれら諸作が評価されはじめたときでもあったが、中絶していた写実的試みを敢行したのである。そしてその写実の内実は現実社会に生きる自己の内面を果敢に写し取ることであった。官能的リアリティを欲する作家の内的要求によるものであった。「飈風」は浪漫から写実への転換点に位置し、また「実世間に触れた」自己を写実する大正期の作品群の嚆矢としても位置づけられる。しかし、「悪魔」に対して、「再び「刺青」や「少年」の美しい官能の世界に帰つて貰ひたい」（「新小説」明45・3）という的確な評がなされていた。もちろん、この評は、「飈風」をも視野に入れてのものであることはいうまでもない。

ともあれ「飈風」は荷風の「谷崎潤一郎氏の作品」、谷崎の「中央公論」登壇とも密接に関連し、これらが文名確立の誘因となった事実から、外的な意味においても大きな転換点にあった作品である。

註

（1）「ヰタ・セクスアリス」（「スバル」明42・7）を発売禁止とされた森鷗外は、「フアスチエス」（「三田文学」明43・9）において、取締に対して当局側に何ら拠るべき「標準」のないことを暴露した。事実、「太陽」（明43・10）に載った内務次官、元警保局長の談話は、取締に基準のないことを明らかにしている。このような基準のない敵への戸惑いは永井荷風の例においても顕著である。荷風はその標準がわからない以上、「我々は文学者として信ずるところを書くばかり」だとして、実作者としても取締など眼中にないと語り、また書肆、編集者が「危険であると思へば、私はいつでもその発表を止める方が可いと思つて居る」との考えを述べた。（「発売禁止の命を受けたる時の感想」、「太陽」明42・8）ところがその直後、単行本『歓楽』（易風社、明42・9）が発売禁止になると、即座に「中央公論」の瀧田樗陰宛書簡（明42・9・27付）で、寄稿の作品に心配な部分があるので、「出来得べくば『帰朝者日記』全体を製本の節取除いて仕舞つて」ほしいと願い出た。この件は杞憂に終わったが、このような動揺を見せた荷風は八ケ月後、「三田文学」を主宰する編集人となるのである。

（2）「REAL CONVERSATION」（第二次「新思潮」明43・11）には、「好い句が思ひ切り悪さうに抹殺してある」（木村荘太）、「成る程肌といふ字が皮膚と直つてる」（和辻哲郎）と「刺青」の原稿を見ながらの会話が記されている。「『少年世界』への論文」（大6・5）には、「発売禁止が怖しさに、原作と違へて大分削り取つた」ともある。また前述の「内閣が変つた」云々については、同年八月、弾圧に苛烈を極めた桂太郎内閣から、第二次西園寺公望内閣へと代わり、少しは穏やかになるかと思われていた。

（3）荷風は賞賛文中、「刺青」「麒麟」（明43・12）の「書き出し」は、「氏が語らうとする物語の気分をば、簡短なる数行の文章によつて巧みに此れを作り出してゐる」と評価した。荷風は過去に材を求める作品のみを掲げてこの点を評価したが、この巧みさは現代小説（「少年」「幇間」）にも認められる。

（4）「夢がたり評議員会―明治四―四年十一月三日の夢―」（「スバル」明45・1）で、中谷紅雨（永井荷風）が「暴風」（「颶風」）についての見解を述べたことば。「颶風」の発禁問題を取り上げた作品で、水上瀧太郎のこの作品への読みを示したことばとして注目してよい。

（5）谷崎精二宛書簡（大2・10・23付）に同趣の記述がある。「「予は予のジニアスを悉く予の生活《ライフ》に費したり、予の著述には単にタレントを費したるのみ。」これはO. Wilde が友人の Gide に云つた言葉である。去年から今年の夏へかけての僕の生活も殆んど此れと同様であつた。（中略）僕に取つては life of art の方が art of life よりも重大であるから。」

（6）「恋を知る頃」（大2・5）の「僕はお前が死ねと云へば、何時でも死ぬよ」という言葉どおり恋した女に殺される仲太郎について、「殺されて始めて此の少年の命は救はれる」と「検閲官」において解説し、自己の芸術的理想を明らかにした一節による。「幇間」の三平も「梅ちゃんが死ねと云へば、今でも死にます」と仲太郎と同じことをいうが、観念的枠組をもつ小説においては実際には死なず、これも〈幇間〉という芸（「Professional」）の中に朧化させていた。

（7）谷崎によれば、「中央公論」編集者瀧田樗陰は「三田文学へ出した僕の『飈風』と云ふ小説が面白いから『中央公論』へ何か書いてくれ」（「瀧田君の思ひ出」大14・12）と訪ねて来たという。一方寄稿依頼に来た瀧田は「初対面録」（「中央公論」明44・11）で、「少年」「幇間」「飈風」を書いた谷崎を「ハイカラな、貴公子然とした、少し嫌味のある人だらう」と想像していたが、「想像と違つたハイカラでない人」「忌味のない人」であったと記している。ここでも谷崎は「実は小説よりも脚本を書きたい。来年は脚本の方を真面目にやつて見る積りだとも話された」とあり、前掲の「東日」談話と同趣の発言をしていたようだ。

（8）「象」と同趣の作風をもち、大貫雪之助宛書簡（明42〜43と推定される）、「当世鹿もどき」（昭36・3〜7）などでその自信あるところを語り、初めて「スバル」に出した意欲作である。

（9）興味深い事実がある。谷崎の『全集』はおおかた発表順に作品が配列されているが、谷崎初の全集である改造社版全集（全一二巻）（昭5・4〜6・10）中の第七巻『短篇小説（一）』（昭5・9・20）では、「刺青」「麒麟」「少年」「幇間」「秘密」「飈風」の順に配列されている。谷崎による配列か否か判然としないが、「飈風」の正確な位置づけといえる。なお、「飈風」は初出本文に、一六ケ所、一〇二字を新たに××（伏字）としている。

（10）「秘密」の末尾から、「従来の芸術から一歩踏みだそうとする自己の姿勢を、文壇登場の第一作に託した作者の心底を読みとってよい」とし、「その意味において『秘密』は第一創作集『刺青』の世界を締め括るにふさわしい作品」であるという遠藤祐（『谷崎潤一郎――小説の構造』明治書院、昭62・9）の指摘がある。

モラリストの面影

呪はれた戯曲 i

はじめに

おそらく人間なら誰しも一度は考えたことがある筈である。どうすれば、苦痛なく楽に死ねるかということを。切迫した現実もなく、リリカルの自殺願望の範囲を出ないときはきっと「楽に」の方に関心が行っている。また同じように、既婚者なら誰しも一度は考えたことがある筈である。どうすれば、苦痛なく楽に離婚出来るかということを。出来るなら「楽に」と。そのケースは様々である。トルストイも「幸福な家庭はどれも似たものだが、不幸な家庭はいずれもそれぞれに不幸なものである。」(『アンナ・カレーニナ』中村融訳、岩波文庫)という如く。

大正四年(一九一五)五月、二十九歳の谷崎潤一郎は石川千代(21歳)と結婚。翌五年三月に長女鮎子が誕生。すぐさま谷崎は芸術と実生活との間に揺れる自己を語ったエッセイ「父となりて」(大5・5)を発表。その半年後には、どうすればお互いに〈不愉快〉でない気持ちで離縁できるかをテーマにした「既婚者と離婚者—対話劇—」(大6・1)を発表。その直後に書かれた一幕物の戯曲「或る男の半日」(大6・5)の一節、間室（小説家）　僕はか丶あや子供なんぞちつとも可愛いとは思つてやしない。しかし兎に角、彼奴等を養つて行くだけの責任があるものだから、それで思ひ切つた真似が出来ないんだ。

鈴木（雑誌記者）　は丶、どうだかなあ。妻子を養つてやらなければ可哀さうだと思ふのは、つまり未練があるからだらう。（中略）なあに、君が居なくつたつて、後はどうにかなつて行くよ。

間室（相手に煽られたので、直ぐと其の気になる）ふん、それもさうだね。僕だつてやらうと思へばやれない事はないんだから、時機が来れば、いつでも家庭を打《ぶ》つ壊すさ。

鈴木　時機なんぞ自分で勝手に作れるぢやありませんか。（下略）

谷崎が「年齢三十二三歳、小太りに太つた」小説家間室に仮託して、自己のおかれている位置とその心情を語らせていることは容易に見て取れる。

自己の実人生での出来事をどのように作品化していくかということは、創作家すべての悩みであり、悩める自己との格闘の末、作品を拵えている。当時の谷崎にとっての悩みは離婚したいのに出来ないことにあるのではなく、その仕方（方法、型）にある。つまり、

何かにつけて細君の事を想ひ出す度毎に、良心が咎めるに違ひないと思ふ。未練は残らないにしても、溜らなく可哀さうになつて来て、細君を離縁した為めに、一生自分の運命迄が呪はれて

居るやうな、不愉快な気分になるに違ひない。それさへなけりやあ、僕だつて断行するんだがね。

「既婚者と離婚者」の離婚したいが出来ない文学士に語らせているこの悩みこそ、谷崎が一〇年以上も引きずっていくテーマであり、モチーフでもある。当時の谷崎作品の夫たちは、離婚出来たとしても、そのあとにやってくるであろう社会（経済）面と精神面の悩みを抱えていた。すなわち、別れても妻子を扶養する責任（義務）と哀れな妻子を捨てたことから生ずる良心の苛責と。そこで夫たちは考える。いかにすれば自分が傷つくことなく別れることが出来るか、出来得れば自分が捨てられる方にまわりたい。

作品理解のために殊更に谷崎潤一郎の伝記的事実を繙く必要はない。前述したように、大正四年に結婚、二年後に離縁をテーマとした作品を発表。その「予覚」を得て、「蓼喰ふ蟲」（昭3・12〜4・6）を書き、実際に昭和五年（一九三〇）八月に離婚する。すなわち、この作家には結婚後ほどなくして疎ましくなった妻がいて、子供が生まれても、この夫婦には子は鎹《かすがい》とならなかったらしい。離縁を題材にした創作群の背景には、この作家の結婚生活の体験があるようだ。実生活の体験に着想して創作するのはこの作家に限ったことではない。ただその表出の仕方が問題なのである。結婚生活を通して、作家は夫と妻というものに真摯に向き合い、芸術家としての人生をストイックに律しようとしたようである。そのために尾高修也の指摘する「芸術家オブセッション」（『青年期　谷崎潤一郎論』小沢書店、平11・7）が発生し、作家の双肩にのしかかる。〈悪〉の芸術を追求し、倫理的な善を善しとする実人生に背を向けた作家の実生活が〈悪〉の色に侵されて来るのも仕方のないことであった。そこでこの作家はもう一つの重荷〈夫（あるいは父親、家長）オブセッション〉というべきものを背負うことになったのである。

最近、中公文庫版『潤一郎ラビリンス』全一六巻（平10・5〜11・8）が完結した。谷崎研究者として嬉しいのは、主に大正期の作品が多く収録されていることだ。谷崎は「痴人の愛」（大13・3〜6、13・11〜14・7）で大ブレークするのだが、それ以前の大正期をスランプ期とする誤った評価がある。しかし谷崎文学の本当の奥深い面白さはこの時期にこそある。関西移住後の昭和初・中期が大輪の花火なら、大正期はまさに行き場のないエネルギーが充満している臨界前のデンジャラス・ゾーンである。昭和期の「蓼喰ふ蟲」の達成を疎ましい妻との離婚というテーマの終着点と看做し、その世界が構築されていく道筋で大正八年五月「中央公論」に発表された「呪はれた戯曲」の果たした役割を考えていきたい。

一

疎ましくなった妻を離婚するだけでは満足出来ずに、殺害に至る小説を書くとき、この作家は「夫婦」というものにどのように向き合っていたのか。

「呪はれた戯曲」には自らの手で妻を殺害する夫が登場する。これは悪人を標榜する芸術家が悪を追求する主題で、疎ましくなった妻との離縁という題材を犯罪推理小説仕立てで書くという、大正期の一連の系譜の一作である。この「芸術家」の「無慈悲な夫」と「貞淑で無邪気な妻」という組合せも、一連の作品と一般である。

ただ違う点は妻を殺すという解決法を選択、実行したことである。そして、夫は予定どおり妻を亡き者にしたのに自裁してしまう。「自己の罪悪に対する良心の苛責が主な原因」と推測される。せっかく成就した恋愛を全うせずに自裁してしまうところなどは夏目漱石の「こゝろ」(「東京・大阪朝日新聞」大3・4〜8)を想起させる倫理的な結末である。齋藤なほや(『妄想家の顚末』近代文藝社、昭59・1)が「女に呪縛されることを嫌つた男は、死者に〈呪はれた〉。大いなる皮肉」というとおりであるが、この「皮肉」は計算ずくであったろう。河野多恵子(『谷崎文学の愉しみ』中央公論社、平5・6)が指摘するように、この作品を「書き、発表する上での妻千代への作者の良心の苛責が、せめてそのような事柄を付け加えさせた」と考えてよい。谷崎とはそういう男であったと思われる。

「呪はれた戯曲」は前半と後半とに分かれ、人物描写において前半が優れている。そして、注目したいのは「蓼喰ふ蟲」の主人公斯波要は「呪はれた戯曲」の佐々木の末裔であるということである。「呪はれた戯曲」の佐々木と妻玉子は「蓼喰ふ蟲」の斯波要と妻美佐子と同じような感性をもつ人物として描かれている。

もちろん幾つも差異はある。不幸にも自殺を遂げる佐々木と違い、要は熟慮した結果、離婚成立の「予覚」を得て幸福な結末を迎える。苦痛なく離縁したいと願った二人の男の結末はあまりにも違いすぎる。もちろん、二人の年齢(人生経験)の差、さらに佐々木は「貧乏」な「芸術家」、要は「会社の重役」で「有閑階級」という階級、財産の違いがある。「それにつけても己はつく〴〵金が欲しい。金さへあれば恋愛の邪魔をする仕事なんぞやりたくない」という、次のような佐々木の悩みは一見自分勝手のように見えるが……。

離縁をするとしたつて、此の女を引き取るべき実家はない。さうかと云つて、貧乏な己は、此の女を別居させて、生涯扶養して行くだけの負担には堪へられない。そんな金があるくらゐなら、己は襟子の為めに使ふ。此の女の為めに余計な金を一文でも費したくない。するとやつぱり、己は生涯此の女と連れ添はなければならないのか。

佐々木の置かれた経済状況は深刻であり、妻殺害の一因となる。また、「呪はれた戯曲」の半年前に発表された「柳湯の事件」（大7・10）では、やはり「極めて貧乏な生活」を営んでいる「神経衰弱」の「絵かき」（芸術家）が、情婦の「瑠璃子に殺されはしないかと云ふ恐怖」に駆られ、その女を殺そうとする。結果的に殺されたのは別の男で、貧乏芸術家の情婦（妻）殺しの意図は誰にも気付かれない。そして、この貧乏芸術家は「瘋癲《ふうてん》病院へ収容され」る「奇怪な狂人」とされ、彼の語ることばは狂人の妄想として処理されてしまうのである。瑠璃子は「少しお人好しの、ぐづで正直な女」と一連の作品同様の女である。描かれた男の結末や女の性格にも、前掲の河野の指摘のように、谷崎自身の家族への配慮を垣間見ることができる。佐々木も、要のようにムシャクシャしたときに「ルイズ」のような高級娼婦と遊べる要のような身分であったなら、もう少し自分自身を緩やかに考える余裕もあったろうに、と思う。

二

「蓼喰ふ蟲」との比較で、最も重要な境遇の違いは、佐々木夫婦にはない「子供」が、斯波夫婦にはいるということである。佐々木の「日記」の告白は実に真摯である。

二人の間に子供がないと云ふ事は、いくらか此の問題（筆者註…「玉子の影響から完全に離脱する事」）の解決を容易にして居るやうに見える。子供と云ふ連鎖があつたら、此の問題は始めから解決の望みはない。いくら妻を遠ざけたところで、彼女の生命の一部、――彼女の分身とも云ふべき子供があつたら、己は到底彼女の影響から逃れ出る訳には行かない。

佐々木の、血族の連鎖を断ち切れない情に篤い人間性を垣間見る箇所である。しかも、まだ「子供と云ふ連鎖」を理由に離縁を諦められる、その程度のものであったともいえる。にもかかわらず殺害にまで至ったのは別に理由が存在したのである。

一方「蓼喰ふ蟲」の夫婦は、母美佐子はすでに息子に対しては踏ん切りが着いているようであるが、父要にはまだ複雑な情愛が残る。(1) 息子は「小学校の四年」で、結婚後一〇年余の年月が流れている。

「子供と云ふ連鎖」があるにも拘らず離縁の話が進行していくのは、「子供の愛に惹かされて自分たちの身を埋れ木にするのが愚かしいと云ふ考にも二人ながら行き着いてゐた」からであった。要は「彼女と結婚してからの此の歳月と云ふものを、自分は如何にして離縁すべきかと云ふことばかり考へつゞけて暮らして来たのだ、別れよう別れようの一念しかない夫」だった。このように「自分の冷酷な姿」を冷静に認識できる長い歳月を、佐々木はまだ過ごしていない。また、佐々木にはこの冷静さを保障する経済的余裕がなかった。要には「第二の妻」への緩やかな期待があったが、佐々木は「妻に対する根強い嫌悪と襟子に対する物狂ほしい愛慾と」、「病的な神経」と「放埒な、飽くことを知らぬ利己的な情慾」とが絡み合い「発狂」しそうな状況にあった。

要が「流れに身をまかせて」いる、まさにその大河であるのに比べて、佐々木は「苦悶」の果てに「悪魔の心」を持つに至る熱くたぎるマグマである。

それならどうして、彼は妻を殺さうと決心したのだらう？　彼女を離縁する事さへなし得ない、そんなに迄小胆な佐々木が、どうしてさう云ふ大それた真似をしたのだらう？　其れを説明するには、妻の玉子の態度を竝に少しく語らなければならない。

と、佐々木は妻殺害の動機を全集本で約一六頁にもわたって御託を並べ立てる。妻の「神経が鈍い」ことと、その「ヒステリカルな行為」に耐えられなくなったことを主な原因に挙げている。すべて非は妻にある。佐々木は「神経衰弱的敏感」で「小胆」とされている。その病的な弱さ故、妻の「圧迫」に立ち向かうことが出来なかった。妻の呪縛に耐えることよりも殺人の方がきっと精神的に楽だったのだ。正式に「離縁」して、そのリスクのすべてを甘受しようとする覚悟がなかったのだ。しかも「佐々木の恐れる所は「妻に不幸を齎す」ことではなくて、その後に来る長い間の「不快な記憶」が、彼の享楽生活の妨害になりはしないかと云ふ一事であつた」。妻への配慮がないのは仕方ないとしても、愛人襟子が負うであろう精神的苦痛などのリスクをどう考えているのか。(「佐々木は自殺する少し前に、彼の犯した罪悪と良心の苦悶とを残らず襟子に告白した」という。そして、語り手の「私」は「彼の犯罪の直接の原因となつた恋愛事件の当事者たる襟子から、此の物語を構成するに足る総べての材料を供給された」という。こんな話を他人に話したのは襟子の玉子に対する懺悔か、それともそんな秘密を公開してしまう無神経で薄情な女なのか。もしそうだとすれば、その女との享楽生活を夢見て、罪を犯し自裁した男が馬鹿に見えてくる)。静夫人に一切を打ち明けず黙したまま自裁した「こゝろ」の先生の心遣いが思い出される。愛する人への思いやりである。佐々木は妻にも襟子にも、すべてのリスクは女に負わしている。自分はただ「小胆」を盾に痛みを厭がるだけである。結婚で生じる配偶者として負うべき責任を回避している。こんな男が新しい恋人とどんな関係を作っていけるというのか。「二人」であること、二人で居ることの苦を受け入れてこそ、楽があるのではないか。苦を厭がり歓楽だけを求めている男。この作家が「呪はれた戯曲」を書いたとき、離縁に関する懊悩は嘘ではないにしろ、まだ「既婚者と離婚者」を書いた頃の知的遊戯の域を出ておらず、まだまだ現実味を帯びた問題にはなっていないことを佐々木の人物像は証明している。小説の中の佐々木の悩みは切実に見えるが、妻殺害をその解決法に選ぶのはあまりに安易な描き方である。作者谷崎の現実において、その方法はリアリティを獲得していたとはいえないからである。

＊

再び子供に話を戻す。「呪はれた戯曲」が一連の疎ましい妻を描いた作品群と違っているのは、「子供」が居ない設定にしてあるという点である。この系譜の嚆矢である「既婚者と離婚者」において法学士は首尾よく離縁できた日頃の準備を次のように披露する。

僕は機会のある毎に、女が子供の愛に惹かされて、奴隷的境遇に甘んじつゝ一人の夫に仕へて居る事の、いかに無意義であり、いかに意気地なしの骨頂であるかを、十分に力説して置いた。それに又、離縁はするが、子供が見たければいつでも遊びに来るがいゝ、私の方でもお前の家へ時々子供を遊びにやらうと云ふ条件で、私は彼奴に相談を持込んだのだ。

「蓼喰ふ蟲」の二人の会話、要が美佐子に示した離縁の条件がすでにここにある。「蓼喰ふ蟲」は「既婚者と離婚者」の後裔でもあるのだ。また前掲の「或る男の半日」でも「子供」は居た。初めて妻を殺害する「呪はれた戯曲」では「子供」は存在しないのである。「いくら妻を遠ざけたところで、彼女の生命の一部、――彼女の分身とも云ふべき子供があつたら、己は到底彼女の影響から逃れ出る訳には行かない」とは些か回りくどい。「子供」が居れば殺さなくて済んだのに、居ないから殺せた？　誰に対していっている？　読者に？　これも谷崎の家族への配慮か。

「子供と云ふ連鎖」があれば離縁を諦めるという佐々木、それをも乗り越えようという要との差異はどこで生じているのか。ここにはおそらく谷崎の結婚生活の推移がそのまま反映しているのであろう。「蓼喰ふ蟲」の「母が日蔭者のやうになつては、それが子供の将来に及ぼす影響も考へなければならない」などという一節にも、この作家の現実生活において問題解決が間近なこと、それに伴うリスクへの谷崎の配慮の深さが諒解されるのである。

離婚の可能性という点からいえば、佐々木の周辺はまだ「子供」が枷になるほど絶望的である。一方要の周辺はもう「子供」は錣にならないほど機が熟してきており、要は穏やかな気分の中に身を浸して、「流れに身をまかせて」いるのだ。とはいえ、「苦に病んでゐた最後の峠」を越えたあとの「別離の悲しみ」と「一人取り残された」「哀れな男」という現実を受けとめなければならなかったのであるが……。

以上のような差異をないまぜながら、「蓼喰ふ蟲」は「呪はれた戯曲」を正しく受け継いだ作品であることを次に述べていきたい。

三

新書判『谷崎潤一郎全集　第六巻』（昭33・6）所収の伊藤整の「呪はれた戯曲」に対する「解説」

を見てみたい。筆者もほぼ同意見である。

この作品は、愛情の失はれた夫婦の間に残る憐れみの情と、道徳的責任感とのために男性が悩む物語りで、男性のエゴイズムの残酷な描写としては、他に類を見ないほど迫真性を持つたものである。その戯曲的部分よりも、前半の夫婦生活の描写がすぐれてゐる。（中略）「蓼喰ふ蟲」等にもこの系統の発想があるが、そのリアリズムにおいては、「呪はれた戯曲」の前半の描写に及ばないと言つていいであらう。

「そのリアリズムにおいては」云々については納得できない。「呪はれた戯曲」と「蓼喰ふ蟲」のときでは、谷崎における夫婦生活のリアリティには差があり、優劣の比較は出来まい。「迫真性」というのも、その激しさ、熱さ、執拗さにおいてであり、深さ、重さ、冷たさでは「蓼喰ふ蟲」の方が「迫真性」は優れている。

やはり「蓼喰ふ蟲」との関連に注目した平野謙「『蓼喰ふ蟲』をめぐって」（『昭和文学私論』毎日新聞社、昭52・3）をみてみたい。的を射た聴くべき内容だから、少し長い引用になる。

無論、細君殺しは当時の谷崎潤一郎の空想にすぎない。現実に、女房謀殺を意図したわけではさらさらない。ただ自分の細君がどうしても気に入らなくなった場合、離婚などという中途半端な手段をいさぎよしとせず、細君の存在そのものの抹殺を希うところに、谷崎潤一郎独特のメンタリティをうかがうことができるのである。別れても、どこかで自分を恨みながらもとの女房が生きていることにたえられないエゴイズムか小心かが、作品の上で細君殺しを想像させるにいたるのである。（中略）／ありきたりの離婚話では気がすまないという点では『呪はれた戯曲』や『蓼喰ふ蟲』とでは全く軌を一にしているのだ。ただその発現のしかたが正反対になっていて、『呪はれた戯曲』では細君殺しというネガティヴな結論に到達しているのに、『蓼喰ふ蟲』では当事者の誰もが満足するような理想的な離婚というポジティヴな結論に到達しようとしているにすぎない。どちらもイデアールという点では表裏一体の作といえるのである。そのことを私はここで注目したいと思う。／『蓼喰ふ蟲』の主人公が離婚の条件を細君に示して、思わず細君がうれし涙にくれる場面がある。（中略）こんな離婚の条件が現実的にあり得べからざることは、細君が気に入らないからといって、すぐさま細君を謀殺することのあり得べからざることと一般である。そういう非現実的な世界を、あたかもあり得るかのごとく綿々としてうまずたゆまず築きあげるところに、谷崎潤一郎のイデアールな作風がある。

さすがの分析であるが、この二作品の「イデアールという点では表裏一体」ということ、言い換えれば特に人物造型において「蓼喰ふ蟲」は「呪はれた戯曲」を受け継いだ作品であることを次に考察していきたい。斯波要は佐々木の（また、離婚者の法学士の）末裔である。斯波夫妻の面影はすでに佐々木夫妻で造型されていたのである。

*

疎ましく思われる二人の妻がどのように描かれていたか。まず、玉子を見てみよう。

その肉体は、「どんなに虐待されても容易に心《しん》までこたへさうもない水々しい体質、苦労のわりには衰への目立たない、常に色つやのいゝ、豊かな肉づき」である。そして「馬鹿な女」で「愚鈍」、「無智な女」として「魂のない、人間の形をした肉体の塊」と、佐々木の「飽く迄も妻の存在を無視しようとする努力」は「煩悩解脱の工夫をする僧侶の苦心にも似たもの」があったという。語り手「私」の佐々木への揶揄であろうか。所詮このような悩みは他人には滑稽にしか映らないだろう、ということの作家の自嘲でもあろう。つまり佐々木は無理にも妻をそのように思い込まなければ、離縁出来ないという強迫観念に駆られているのである。「柳湯の事件」で瑠璃子は夫によって虚像に仕立て上げられていたことをぼくらは知っている。客観的に見ればというスタンスで「私」が紹介する玉子は、

> いかにも此の女は愚鈍であるに違ひない。（中略）けれども彼女が若し彼の女房でなかつたら、佐々木に対して其れ等の欠点がそんなに迄痛切に感ぜられるだらうか。愚鈍ではあるが、彼女の頭脳の程度は世間一般の無教育な女たちに比べて、少くとも同等の水平線には立つて居る。器量にしてもあながち美人でないとは云はれない。あかの他人に評価させれば、彼女は人の妻たる資格を立派に十分に備へて居る、と云はれてもいゝ女である。

しかし、「現在佐々木が、彼女に対して抱いて居る名状し難い嫌悪の情は、長年連れ添つた夫でなければ抱くことの出来ない、或る特別の情緒ではないだらうか」ともいい、これが殺害の動機となる。だからといって、この佐々木の感情は否定されず、むしろ同情をもって肯定的に紹介しているところに、この作家のこの問題への揺れを垣間見る。

一方の美佐子はというと、要の眼には「ちらと眼に触れる肉体のところぐ〵は、三十に近い歳のわりには若くも水々しくもあり、これが他人の妻であつたら彼はとても美しいと感ずるであらう」と映り、「しんは良妻賢母」であると普段は人格を認めているが、夜に「すゝり泣く」「女心の遣る瀬なさを訴へてゐる此の声に脅かされた」ときには「何と云ふ馬鹿な女だ」と腹立たしく思うこともある。なるほど、この二人の妻は重なり合う。つまり、この作家の書く疎ましい妻像には、客観的には何の欠点もない、むしろいい女であるが、不幸にして自分には合わない、という造型の基本、ステレオ・タイプがあるということである。谷崎は周知のように〈型〉でものを捉えようとする作家である。その点で、「呪はれた戯曲」冒頭の「私」の紹介する玉子の描写は出色である。「世の中には善人であると悪人であるとに拘はらず、生れつき多くの人々から同情をされ易い性格の女がある」といい、「哀れつぽい風情」で、「何と云ふ理由もなしに不仕合はせなと云ふ感じを与へる女」、「恋ひ慕はれるよりも傷ましがられる女」、「玉子はさう云ふ型の女だつた」という。放埒な血だらけの歓楽を謳いたいこの作家の最も厭うタイプ（型）の女であろう。執拗に書き込まれた哀しげな女の肖像。それだけに、その疎ましさを見事に表出している。

「水々しくむつちりと太つた、「貞淑」と「温順」とが雪のやうに白い皮膚の色にまで現れて居る柔かさうな肉づき」で、「少しく誇張して云へば天使のやうに浄らかな心と顔との持主である女」を「殺害」しようと考えただけで、佐々木は「もう其の瞬間に地獄に堕ちてしまつたのである」とは、これまた、件の配慮であろうか。

四

話を夫の側に移そう。二人の夫はそれぞれに夫婦観を述べている。佐々木はいう。

嘗て此の女とは夫婦であつた。けれども今は、断じて此の女を愛して居ない！　此の女と夫婦ではない！　たとひ世間的には夫婦であっても、精神的には決して夫婦だとは云はれない。（中略）己の心と玉子の心との間には、――いやそれどころか、近頃ではもう肉体と肉体との間にすらも、夫婦的関係は殆ど存在して居ないのだ。

しかし、玉子と「心の琴線」で繋がっていることを否定できないことを思い知り、「完全な離別」のためには、すなわちこの二人の心の「連鎖」／「心の琴線」を断つためには「殺害」しかないと決心するに至る。それは己の心を「悪魔の心」に置き換えてからのことで、それ以前の佐々木にはもう一人の彼の「良心の囁き」が、次のように聞えていた。

それ見た事か、やつぱりお前と玉子とは精神的にも夫婦ぢやないか。お前の心と玉子の心とは斯うして一つの情緒の中に融け合つて居るぢやないか。お前は此の女を嫌つて恋人の襟子に夢中になつて居る。だが恋人の心とお前の心とが斯うも美《うるは》しく融け合ふ事があるだらうか。恋し合ふのみが夫婦ではない。お前たちばかりでなく、世間一般の夫婦の間には、恋愛の泉が涸れ盡きた時、更に別箇の情緒が生れて、それに結び着けられながら彼等は生涯を共にして行く。――お前が今味はつて居る情緒がそれだ。（中略）それが世間の『夫婦』――憎んでも呪つても一生離れることの出来ない『夫婦』の間柄なのだ。

だから佐々木はこの「良心」の呪縛からの解放を殺人に求めるのである。

一方要はこの「良心の囁き」の認識に辿り着いていた。「蓼喰ふ蟲」冒頭の出掛けの身仕度を、「「あれ」と云へば直ぐその一と組を揃へることの出来るものは美佐子より外にないのであるから」、「要に取つて現在の妻が実際妻らしい役目をし、彼女でなければならない必要を覚えるのは、たゞ此の場合だけである」と思う要であるが、これは家政婦でも出来ることである。情緒ではない。これは谷崎に於いて「父となりて」（前掲）のときと考えが不変であることを示唆している。「父となりて」に曰く、「現在の妻に恋ひをした為めに結婚したのではない」、「自分の家を形作る道具の一つとして、妻を娶つた」のであり、「私の妻は、私の為めにいろ〳〵の意味の用達しをしてくれる高等 Dienerin（筆者註…独語で「下女、女中」の意）に過ぎない」と。これから思うに、要を「有閑階級」、「会社の重役」

に設定したことは「蓼喰ふ蟲」を成功作に導いた近因であった。貧乏芸術家としていたら、きっと「父となりて」から離れられず、「私にとつて、第一が芸術、第二が生活」で、「子供を持つた為めに」「それでなくても充分でない私の収入」と「私の芸術が損はれはしないかと云ふ事をも気遣」い、「子供よりはまだ妻の方がいくらか可愛い〻」などと嘯いていたかも知れないからである。もちろん貧乏芸術家の佐々木にも、「良心の囁き」をする分身が居たことは居たのだが。

ところで要は妻を家政婦として見ているだけではなく、佐々木の分身である「良心の囁き」の方を継承して、夫婦の情緒にも理解ある男として登場している。

誰が斯う云ふ場面を見たら、自分たちを夫婦でないと思ふであらう。（中略）何も閨房の語らひばかりが夫婦を成り立たせてゐるのではない。一夜妻ならば要は過去に多くの女を知つてゐる。が、かういふ細かい身の周りの世話や心づくしの間にこそ夫婦らしさが存するのではないか。これが夫婦の本来の姿ではないのか。さうしてみれば、彼は彼女に不足を感ずる何ものもないのである。………

要は高夏に次のように云う。「飽きたからつて、又おのづから恋愛ではない夫婦の情愛が生ずると思ふ。大概の夫婦はそれでつながつてゐるんぢやないか」と。また要の分身たる老人は、離縁を思い止まるように要を次のように説得する。

歳を取ると事勿れ主義になるせゐだらうが、性が合はなければ合はないでい丶、長い間には合ふやうになる。お久なんかも私とは歳が違ふんで、決して合ふ訳はないんだが、一緒にゐれば自然情愛も出て来るし、さうしてゐるうちには何とかなる、それが夫婦と云ふものだと考へる訳には行かんもんかね。

まさしく「事勿れ主義」以外のなにものでもない。要はすでにこの考えに行き着いている。老人の分身たる所以である。小説の上で、老人がこのように諭すべき相手はむしろ娘の美佐子である。

前述のように「呪はれた戯曲」には夫婦の機微も知り、その情愛の何たるかを知っている主人公がすでに描かれていた。佐々木の心情は要に受け継がれているのである。

*

佐々木の懊悩、殺意の大きな原因とされるのが生理的感覚上の悩みである。「まるで動物のやうな頑強な無神経な女」玉子の「眼」と「涙」による刺戟の強い「泣き方や口説き方」に耐えられなくなっていたのだ。「兎に角夜がいけないのだ。夜を警戒しさへすればい丶のだ」というように、それは生計(原稿執筆)のためにたまに自分の家に帰り、妻の玉子と寝るときに起こる。「肉体の嵐」と佐々木が恐れる玉子の過剰な「涙」の官能描写は「柳湯の事件」の「ヌラヌラ派」に匹敵する執拗さである。(2)「神経過敏」の佐々木でなくとも参ってしまいそうだ。「あなたの顔を私に一と目見せて下さい」

という玉子と眼が合ったが最後、「渾身から沸き上つて来る、煮え返るやうな」「夥しい涙」が彼を攻撃する。「彼は否でも応でも自分の眼瞼の内に滲み入る妻の涙を味はひ、自分の唇を割つて這入る妻の涙を呑み込まねばならなかつた」。泣き顔を見られたくないので、顔をぴったりと玉子の額にくっつけ、「四つの眼から流れ出る涙が己の頬ツぺたと彼奴の頬ツぺたとを一面の水のやうに濡らした」。「少年」（明44・6）、「悪魔」（明45・2）などですでに周知のこの作家特有のスカトロジーの描写は驚くに足りないが、あまりに執拗である。佐々木も「泣くと云ふ事は糞をたれるのと同じやうに一種の生理的快感だ」と余裕のあるうちはよかった。度重なる「ヒステリカルな行為」に耐えきれず、また経済的にも離縁出来ないと悟った佐々木は、「あの恐ろしい『夜』を此の後何年もく繰り返さなければならないのか」と絶望し、妻の殺害を決意する。

また、佐々木はこちらからは玉子を「しげく見廻」すが、視線を合わすのを恐れた。玉子は必死で「夫の眼の中を覗き込」もうとするが、佐々木は「涙が落ちて来さうなけはひ」を感じると「顔を背ける」。この作家は、「蓼喰ふ蟲」の冒頭において、このような、見まいとする視線／合わさない視線／覗き込む視線と、「けはひ」を感じ合う凄絶な緊張感を描写することで、一切の説明なしで要と美佐子の関係性を見事に描出したことをぼくらは知っている。「成るべく視線を合はせないやうにして眺め」る要、「夫の顔からわざと一二尺上の方の空間に眼を据ゑ」て話す美佐子。電車中、美佐子は「縮刷本の水沫集」を「屛風」にする。また、タクシーの中の二人を、もし第三者が四つのガラス窓の中に閉ぢ込められた彼等を見たなら、二つの横顔が額と額と、鼻と鼻と、頤と頤とを押絵のやうに重なり合はせて双方が脇眼をふることなく、じつと正面を切つたまゝ、で車に揺られつゝ、行くさまに気づいたであらう。

と描写し、会話を交わすときの描写も「けれども矢張正面を切つたまゝだつた」と、あまりにくどい。これなぞそれこそ第三者から見れば滑稽で失笑する場だが、二人の間を知る者には、これ以上無関心の寒さを感じさせる描写はない。このような場を執拗に描写することでこの作家がどのようなことを伝えようとしているのか、もはや説明する必要はない。

「涙」の「夜」の鬱陶しさに耐えられないのは要も同じであった。性的に美佐子を捨てた頃、「すゝり泣く」「女心の遣る瀬なさを訴へてゐる」「声の意味が分れば分るほど、可哀さうだと思へば思ふほど、なほさら自分と妻との距離の遠ざかるのが感ぜられ」、「何年となく夜な〳〵此の声に脅かされることを思ふと、もうそれだけでも独り身になりたかつた」要であった。良心の苛責を強いる涙にこの作家は耐えられないモラルの持ち主であった。

美佐子に阿曾との交際を告白されたとき、要はむしろこれを「道徳的に彼の負ひめを相殺するには事が足り」ると受けとめた。「自分が仕向けた」「卑劣さを咎め」もするのである。冷酷さの蔭に「小胆」なモラリストの面影が見え隠れする。谷崎の「父となりて」の次の言葉を思い出す。

私の心が芸術を想ふ時、私は悪魔の美に憧れる。私の眼が生活を振り向く時、私は人道の警鐘に脅かされる。臆病で横着な私は、動もすると此矛盾した二つの心の争闘を続けて行く事が出来ないで、今迄屢々側路へ外れた。

二つに引き裂かれそうな傷み、「悪魔」と「人道」との間を大きく振れる苦しさを告白している谷崎である。

佐々木と要の人物造型の素材は同一人物であることはわかっているが、このように「蓼喰ふ蟲」の登場人物の倫理観や感性はすでに大正期の「呪はれた戯曲」で造られていたのである。佐久間保明（『蓼喰ふ虫』の実生活的側面―推理怪奇小説を軸として―」『論考　谷崎潤一郎』桜楓社、昭55・5）が「既婚者と離婚者」が「実際的には離婚をしたことのない作者による離婚の理論編」で一〇年後の「蓼喰ふ蟲」を「実践編」としたのに倣っていえば、「呪はれた戯曲」は予行演習編あるいは試行錯誤用素材熟成樽ということになろうか。

註

（1）本書の「谷崎文学についての二、三の事柄」参照。

（2）渡部直己（「解説―「犯罪」としての話法」『犯罪小説集』集英社文庫版、平3・8）に視覚描写や触覚描写についての言及があるので、参照されたい。

劇中劇のリアリティ

呪はれた戯曲 ii

一

「自然は芸術を模倣する」とワイルドは云つたが、私が此れから話をする恐ろしい物語の中に現れるやうな意味に於て、「自然」が「芸術」を模倣した例《ためし》を、私はまだ外に聞いたことも見たこともない。

「呪はれた戯曲」（大8・5）の冒頭で、語り手「私」は、友人佐々木が妻の玉子を殺害するという犯罪の顚末を右記のように紹介し始める。この小説の後半には劇中劇として芸術家佐々木紅華が書いた戯曲「善と悪」が載せられている。この劇中劇は青年文学士井上とその妻春子を登場人物とする一幕物で、夫が妻を殺害するまでの話である。さらにこの戯曲「善と悪」の中に、題名も登場人物も内容も全く同じ「善と悪」という戯曲がまた劇中劇として挿入されていて、井上は春子に「善と悪」の内容を朗読して聴かせるという形式となっている。実際に「殆ど此の戯曲と同一の順序を履み、同一の形式を以て行はれた」夫佐々木による妻玉子の殺害という赤城山中の「犯罪」が、ここに「私」のいう「『自然』が「芸術」を模倣した例」なのである。（以下、谷崎の書いた小説「呪はれた戯曲」をA、佐々木の書いた戯曲「善と悪」をB、Bの中の戯曲「善と悪」をCと呼ぶ）。

＊

谷崎は「父となりて」（大5・5）において、「私に取つて、第一が芸術、第二が生活」で、「生活を芸術と一致させ、若しくは芸術に隷属させようと努め」たのも、「私は芸術を熱愛し、たゞ芸術に依つてのみ生きがひのある事を知つて居る」からであると述べていた。谷崎が青年時代、オスカー・ワイルドの影響（1）を受けていたことは右の言葉にも顕著である。また、弟谷崎精二に宛てた書簡（大2・10・23付）にも、

「予は予のジニアスを悉く予の生活《ライフ》に費したり、予の著述には単にタレントを費したるのみ。」これは、O. Wilde が友人の Gide に云つた言葉である。去年から今年の夏へかけての僕の生活も殆んど此れと同様であつた。（中略）僕に取つては life of art の方が art of life よりも重大であるから。

とあり、その心酔ぶりがうかがえる。さらに、芸術的空想に言及した「早春雑感」（大8・4）の次の言葉においても、それは指摘できる。

芸術家に取つては、何処までが彼の幻覚であり、何処までが自然現象であるか殆んど区別がつかない。（中略）所謂ロマンテイシズムの作家とは、空想の世界の可能を信じ、それを現実の世界の上に置かうとする人々を云ふのではなからうか。

当時の谷崎が理想としていた芸術至上の行き方〈生活の芸術化〉が表明されている。「呪はれた戯曲」の芸術家佐々木や、後述する「黒白」の小説家水野も谷崎の分身であることがよく分かるのである。「自然は芸術を模倣する」という言葉は、ワイルドの論文『架空の頽廃』（一八八九、明22）の「ライフのアートを模倣することが、アートがライフを真似るよりずつと上手だ」、「アートがライフを模するより、ライフがアートを一層模するといふこと」、「アートが、そのエナージーを実現し得る、ある美しい形式をライフに与へるといふ事実」、「外界の自然も芸術を模倣する」（本間久雄・小山内薫・矢口達・島村民蔵訳『ワイルド全集』第五巻、天祐社、大9・7）等に依っている。

＊

このワイルドの言葉をモチーフとして書かれたのが小説「呪はれた戯曲」である。

同時に作中の戯曲「善と悪」（B）を書いた佐々木のモチーフも作者谷崎のそれと重なっている。

Bは「単なる「戯曲」として書かれた物でない」。佐々木曰く、

書いて居るうちに彼はだん〳〵戯曲と実際との境界が余りに不明瞭になつて行くのを発見して、

此の原稿を妻の眼の前へ曝して置く事の危険さを、少しづゝ自ら警戒するやうになつた。けれども同時に、「芸術」よりは「実際」を目的として書き起こされた此の戯曲が、たまく「実際」の刺戟に依つて「芸術」としても優れた作品になりつゝ、ある皮肉な事実に動かされて、此れを此の儘篋底へ葬る事の残念さを感ぜずには居られなかつた。此の原稿の処置に関する彼の意志は、執筆中に何度も動揺した。最初は戯曲の仮面を着た精細なる計画書の積りで書き、中途で危険を顧みず雑誌へ発表しようとする虚栄心に駆られ、最後には危険の度が高まりつゝ、あるのに驚いて、絶対に秘密にしなければならない必要を悟つた。

Bは「戯曲の仮面を着た精細なる計画書」、「「芸術」よりは「実際」を目的として書き起こされた」妻殺害のためのシナリオであったと佐々木は告白している。右の引用部分にはそれ以外に、看過できない箇所が二つある。一つは「書いて居るうちに（中略）戯曲と実際との境界が余りに不明瞭になつて行く」という作品の構造に関するもので、もう一つは「危険を顧みず雑誌へ発表しようとする虚栄心」という芸術至上の問題である。

二

まず、構造としての劇中劇について見ていきたい。

谷崎は「呪はれた戯曲」について、「小説の中へ戯曲を入れてみたかつたので書いたのであるが、その戯曲がそれ自身で独立の価値があるのでなければ何にもならない。此れはその点で失敗してゐる」と述べた。これは円本『明治大正文学全集　第35巻　谷崎潤一郎』（春陽堂、昭3・2）所収の作家自身による「解説」の弁であるが、否定的見解を述べながらも、「呪はれた戯曲」をこのアンソロジーに加えているのも事実である。そして『呪はれた戯曲』（春陽堂、大8・7）と題する単行本もあり(2)、生前最後の自撰全集（新書判『谷崎潤一郎全集』全三〇巻、中央公論社、昭32・12～34・7）にも採られていて、この作品の履歴を見る限り、谷崎から嫌われている作品ではないようだ。

　しかし谷崎は劇中劇の戯曲「善と悪」（B）を「それ自身で独立の価値がある」ものにしたかった。「「実際」の刺戟に依つて「芸術」としても優れた作品になりつ、ある」と作者佐々木に言わせ、「彼が唯一の「傑作」」と語り手が客観的に評価するBなればこそ、なおさらであろう。そして「優れた作品」であったからこそ、「此の儘篋底へ葬る事の残念さ」や公にしたい芸術家の「虚栄心」が佐々木を自殺に追いやった(3)という筋の上からも、Bが「それ自身で独立の価値がある」「傑作」である必然性、そうあるべしと思う作家谷崎における完璧主義は十分理解できる。

　この劇中劇の構造に対する評価を見てみると、千葉俊二（「解説」、中公文庫版『潤一郎ラビリンスⅣ　犯罪小説集』平10・12）は前掲の谷崎の言葉を受ける形で、「作中で「傑作」と評される「善と悪」なる一幕物の戯曲が、それ自体で独立した価値をもち」得ず、「主人公の実生活とその作品化である戯曲部分があまりにも短絡的に結びつけられてしまったために、作品としての大きさと膨らみを欠いてしまっている」と否定的である。河野多恵子（『谷崎文学の愉しみ』中央公論社、平5・6）は「戯曲というものは、誇張性は許容されるばかりでなく不可欠なのである。『呪はれた戯曲』では、後半で戯曲を重ね合わせることによって、その異常な結末が無理なく膨らみをそなえることに成功している」と肯定的に評価した。石割透（「谷崎潤一郎「白昼鬼語」」、「日本文学」平9・6）も「現実の生活を材料にした戯曲を、作者の実生活が追い、やがて戯曲の筋が作者の生活を追い越すという、創作と作者の実生活との有機的な関係を捕らえた佳作」としている。

また、殺人という題材について、佐久間保明（「『蓼喰ふ虫』の実生活的側面」、『論考谷崎潤一郎』桜楓社、昭55・5）は「劇中劇を二重にも三重にも施した」構成は「ある種の殺意のため」で、「複雑な劇中劇の構成が結果的には一点の殺意を隠蔽している」と推測している。「隠蔽」のために、この作家特有の境界を曖昧にする朧化の方法を用いたのである。犯罪心理小説としても評価されていて、中島河太郎（「谷崎潤一郎の犯罪小説」（続）、「宝石」昭38・2。のち『日本推理小説史』東京創元社、平5・4）は、「戯曲中にまたそれと同じような内容の戯曲を織りこむという二重構造になっている。それが殺人へ導くものだけに見事に効果を挙げており、筋書殺人の先鞭をつけたものとして注目に価する」一収穫であるとした(4)。

以上のように見てくると、谷崎が不満に思う点はさておき、劇中劇の効果についてはおおむね好意的である。では、劇中劇という構造で谷崎が試みたことは何だったのか。

三

劇中劇、入れ籠型の方法はこの作家の得意とする手法である。「呪はれた戯曲」の後も、「人面疽」(大7・3)中の映画「人の顔を持つた腫物」、「黒白」(昭3・3〜7)中の小説「人を殺すまで」(5)、「春琴抄」(昭8・6)中の小冊子「鵙屋春琴伝」、「聞書抄」(昭10・1〜6)中の写本「安積源太夫聞書」、「少将滋幹の母」(昭24・11〜25・2)中の「写本の滋幹の日記」等々、道具立てとして劇中劇(作中作)を多く創作して用いている。これらは、当事者が、あるいは当事者以外の当事者をよく知る者が、事件を自分の批評眼から恣意的解釈で語り、また別の事件としてでっちあげ再構成するという、谷崎得意の手法である。また、作中の現実と劇中劇との境界を朧化させて、いつの間にか二つ、あるいはそれ以上の世界の関係をあやふやなものとして融合させていく谷崎固有の手法である。ともに小説世界のリアリティを獲得するために谷崎の創出した方法であった。

「「自然」が「芸術」を模倣した例」を書くことを目指した「呪はれた戯曲」であるが、道具立てとしての「芸術」＝劇中劇は、現実との境界の曖昧さを作り出した。現実のAの関係(佐々木と玉子)をB(井上と春子)に写し取り、いつのまにかBの中に挿入されたCとBと境界が判然としなくなる点にある。その境界の不明瞭さはまずBを書いている佐々木が感じる。すなわち、「書いて居るうちに彼はだん〳〵戯曲と実際との境界が余りに不明瞭になつて行く」のを感じはじめる。さらに、Bにおいて、井上がCを読んで聴かすうちに、Bの春子は「後生だから読むのは止して頂戴」と井上の企みに神経を尖らすようになり、その迫真性が読者にも伝わる。Bの井上は、なお続けてCを読むとき「いつの間にか脚本の台辞を暗誦するような、自分自身の言葉のやうな、孰方にも見られるやうな口調になつて居る」というト書が付けられているように、ここに展開される会話は台詞なのか本心なのか不明のまま、BとCの四人の言葉が交錯して、われわれ読者にも境界が不明瞭になってくる仕掛けなのである。安田孝（『谷崎潤一郎の小説』翰林書房、平6・10）が、「二つの鏡を向かい合わせに置いた間に物体を置くと、相互の鏡面にその物体の映像が無限に繰り返される。この小説が描こうとしたのはそのような繰り返しであり、間に置いた物体そのものよりも鏡面の映像の方が前面に出ている」と指摘するように、この仕掛けによってBとCの境界の曖昧さが弥《いや》増してきて、どこまでが現実でどこから芝居（虚構）なのかますます混沌としてくるのである。

また、語り手「私」は佐々木の書いた戯曲「善と悪」（B）を「敢へて「呪はれた戯曲」と称する」、その理由は「此の物語の進行につれて自ら諒解される」といい、「私の好きな小説の形」で事の顛末を語っていくというのだ。われわれ読者はこの「小説の形」で綴られた「物語」を読んでいる。この「物語」は谷崎によって「呪はれた戯曲」（A）と名付けられている。そしてAの「私」は戯曲「善と悪」（B）が「戯曲の仮面を着た精細なる計画書」、「「芸術」よりは「実際」を目的として書き起こされた」妻殺害のためのシナリオであったので「敢へて「呪はれた戯曲」と称する」というのだ。「呪はれた戯曲」と呼ばれる書き物も二つ存在する。戯曲「善と悪」も二つある。そしてその一つの「呪はれた戯曲」と戯曲「善と悪」（B）は同じ書き物を指す。谷崎は相対化を細胞分裂のごとく繰り返し、読者の境界意識を不明瞭にするように細工しているのである。劇中劇のリアリティのためである。

四

「呪はれた戯曲」はCがBを、BがAを脅かす重層的構造を持つ。戯曲「善と悪」（B）の中の戯曲「善と悪」（C）の役割は、Bの井上がCを朗読することで殺意を仄めかして春子の不安を駆り立てることにある。事実、春子は「はツとして云ひ知れぬ戦慄に襲はれ」る。あわよくば自殺してくれればよいとも願う井上。Bの春子は井上に、Cの春子は「お前がモデル」だといわれ、「もう後生だから読むのは止して頂戴。あたし何だか恐くなつて来たわ」とますます不安をかきたてられる。

戯曲「善と悪」（B）は殺人のシナリオとして書かれたものだが、書き始めたころの佐々木には殺人以外の別の目論見、すなわち玉子に殺意を仄めかし不安な心境に陥れ、脅かすことで、妻を追い出そうということも考えの中にはあった。当初、佐々木は書きかけのBの原稿をわざと見せびらかす。

> たま〳〵此れが単なる「戯曲」として書かれた物でない事に気が付いたら、どう云ふ結果になるだらう。彼女は恐怖と絶望の余り、佐々木の手を待たずして自殺するかも知れない。或は自殺しない迄も、夫の残忍狂暴な人格に愛憎を尽かして、自分の方から家を逃げ出してしまふかも知れない。さうなつてくれゝば佐々木には却つてもつけの幸である。戯曲は遂に単なる「戯曲」たるに止まり、而も其れを実生活に適用したのと同等の効果を収め得られるのである。——佐々木

が故意に妻の鼻先へ原稿を見せびらかすのは、多少さう云ふ目的を伴つて居るやうでもあつた。

佐々木は偶然を装いながら「故意に」原稿を見せて、妻が「恐怖と絶望」に陥り、自殺するか逃亡するかという「もつけの幸」の可能性（プロバビリティ）を夢想する。劇中劇を使ってこのような心理状態を作り出す手法は古くからある。「ハムレット」の劇中劇ゴンザーゴ殺しによって、真犯人クローディアスとガートルードが恐慌を来し、ハムレットに尻尾をつかまれる話は有名である。谷崎の頭の片隅にもあった筈である。

谷崎はこのような道具立てによって登場人物の心理を操作する方法をすでに用いている。まず「刺青」（明43・11）では、清吉に巻物の絵を見せられた娘は、「後生だから、早く其の絵をしまつて下さい」、「私はお前さんのお察し通り、其の絵の女のやうな性分を持つて居ますのさ」とその心は攪乱し、「娘」から「女」へ境界を越える通路に誘われる。まさに「自然が芸術を模倣する」話であり、娘は巻物の女に変身するのである。すでにワイルドの影響を指摘し得る。また「少年」（明44・6）においては、栄ちゃんが西洋館で、「西洋の乙女の半身像」が「光子の肖像画」であるのに気付いたことが、少年世界の力関係の逆転の契機となる。周囲の空気は一変して不思議な心境に陥り、光子の支配する甘美で「魑魅魍魎の跋扈する」未知の世界へと誘われる。「呪はれた戯曲」の道具立ての手法は「刺青」や「少年」のそれと通底している。

谷崎の用いる入れ籠型の劇中劇は、現実の作中人物（または読者）を異界へ引き入れるための道具立てである。或る強烈さや曖昧さに神経が奪われている間に、いつしか或る強迫観念が不安定な精神状態を招聘し、自分を取り巻いている境界が溶解され不明瞭になる。いつしか相対化された自分に気が付いても、自分が居る場所が現実なのか異界なのか判然としない。谷崎のこしらえた迷宮の中で、作中人物もわれわれ読者も浮遊せざるを得ないのである。

*

前述したプロバビリティについて述べたい。江戸川乱歩が谷崎の「途上」(大9・1)を「探偵小説に一つの時代を画するもの」(「日本の誇り得る探偵小説」、「新青年増刊号」大14・8)と評価して、日本における「プロバビリティーの犯罪」(「犯罪学雑誌」昭29・2)に先鞭をつけたものとして称揚したことはよく知られている。乱歩は「かうすれば相手を殺しうるかもしれない」という「一種の計画的殺人」を「プロバビリティーの犯罪」と呼んだ。とするならば、今見たように「呪はれた戯曲」の佐々木には可能性(プロバビリティ)に賭けているところがある。「途上」の湯河のように殺害の方法を試行錯誤し、研究や努力をしない分、割りのいい目論見である。『日本探偵小説全集　谷崎潤一郎集』(改造社、昭4・5)には「呪はれた戯曲」も「途上」も収録されているが、乱歩は「呪はれた戯曲」を探偵小説という範疇で見ていなかったのであろうか。佐々木がBについて「多少さう云ふ目的を伴つて居る」と表明している以上、「呪はれた戯曲」は「途上」に先んずるプロバビリティの仕掛けの導入として評価したい。

五

佐々木は作品と心中した芸術至上主義者であった。生活者としての佐々木は「蓼喰ふ蟲」（昭3・12～4・6）の要に受け継がれ、芸術家としての佐々木は「黒白」（昭3・3～7）の水野に受け継がれた。「呪はれた戯曲」の前半が「蓼喰ふ蟲」に、後半が「黒白」に分裂して継承されたともいえる（この二作とも新聞連載でその時期も近い）。

佐々木は、戯曲「善と悪」（B）による「もつけの幸」のプロバビリティも一度は夢想したが、Bはあくまでも妻殺害のためのシナリオであった（入れ籠型の構造）。Bに「自然が芸術を模倣する」この例を見出だしたのは語り手「私」であるが、佐々木は明白にその実現化を目的としていたのである。

書きつづける佐々木の現実と、BとCの戯曲「善と悪」とが錯綜し、三つ巴となって、「書いて居るうちに彼はだん〳〵戯曲と実際との境界が余りに不明瞭になつて行く」。それはBが「「芸術」よりは「実際」を目的として書き起こされた」ことに起因している。実生活をモデルにして、実効性をより重視するあまり、作品としての客観性が保てなくなってきたのであろう。佐々木は妻を殺すしかないと思いつめる。その意図が妻に気取られると、逃げられてしまうため、「此の原稿を妻の眼の前へ曝して置く事の危険さ」を警戒し始める。そして、「たま〳〵「実際」の刺戟に依つて「芸術」としても優れた作品になりつゝある」のを「此の儘篋底へ葬る事の残念さ」や芸術家の「虚栄心」はあるものの、一旦は「絶対に秘密にしなければならない必要を悟」る。しかし、佐々木は「芸術家の功名心」に克てず、「あの忌まはしい戯曲を大胆にも舞台で発表した事が、近因をなして」自裁というカタストロフを呼び込むことになる。

ここに見る〈生活の芸術化〉を願う芸術家の欲望は作者谷崎のものでもある。「前科者」（大7・2〜3）における、「己の芸術だけは本物だと思つてくれ」と叫ぶ「人格は最初からゼロ」の己や、「二人の芸術家の話」（大7・7、のちに「金と銀」と改題）における、「卑しい、さもしい、意気地のない人間は、ほんたうの僕ではなくつて、僕の芸術が真実の僕だと云ふ事を認めてくれ給へ」という青野に通底する。

戯曲「善と悪」（B）が「傑作」たるべき条件としては、春子の死（書き込まれる前に実際の殺人があったようだが）の後に、「井上の自殺」が書き込まれる必要があった。これが書かれていれば、Bの作者佐々木の自殺によって、Bは名実ともに「生活が芸術を模倣した」完璧な形となる筈だった。井上の自殺はなかったものの、佐々木は〈生活の芸術化〉を実現させ、自己の芸術に殉死した理想的な芸術家であった。これは谷崎の欲望の反映であることは言を俟たない。

*

「黒白」の水野は、「呪はれた戯曲」の佐々木をなぞったような人物として創出された。

現に彼の女房が逃げ出したのは、三度も四度も続けざまに女房殺しの小説を書いた結果であつた。（中略）[6]水野氏はまた細君を殺した、此れで二度目だ、これで三度目だと、文壇でも作品そのものの批評よりもその方の噂が高かつた。そして女房はとうとう恐ぢ毛づいて無断で家出をしてしまつたのだが、その時なぞは彼は明かに女房に悪意を持ち、追ひ出し策が主たる目的ではないまでも、その作品をそれに利用する気があつたのは確かである。

水野の書いた「女房殺しの小説」は殺害を仄めかし、佐々木が夢想した可能性をまんまと成功させた。「悪魔主義者」の小説家水野は「一人の男が全く痕跡をとどめぬやうに誰でもいいから他の一人の男を殺し得るや否やと云ふことに興味を持ち」、「首尾よく世間に知れないやうにその男を殺してしまふと云ふ筋」の小説「人を殺すまで」を書いている（入れ籠型の構造）。リアリティをもたすために、実在の人物をモデルとした。「殺す方の男のモデルは作者自身であるらしく」、殺される男のモデルは知人の児島で、作中では「児玉」とした。ところが、一箇所だけうっかり実名の「児島」と書いてしまう。モデルが現実に近すぎたことに起因する失策であろう。そこで水野はパニックに陥る。つまり、児島が小説と同じやうな状態で殺されることがあると自分に嫌疑がかかる、と。「実際創作してゐると盛んに空想が湧いて来て、神経が妙に興奮し出して、小説と現実との区別が付かなくなるもんだから、いろんなことを考へるんだよ。またそのくらゐにならなけりやあ、いい物は書けないんでね」というー方、水野はやけっぱちになって、

「己は創作のためにならば敢て生命の危険をさへ冒すところの、壮烈なる芸術家だ」と云つたやうな誇りを感じてゐるのであつた。（中略）己は普通の作家とは違ふ。己の書く物はいつもかう云ふ苦しみの中から生れるのだ。万一今度の作品のために己が殺人の嫌疑を受け、そして死刑になつたとしても、己は自分の芸術のために死ぬのだ。

とうそぶく。多少負け惜しみもあるが、「悪魔主義者」の芸術家としてはこのような最期を全く望まないわけでもないというのが本心である。佐々木同様、揺れている。図らずも〈生活の芸術化〉の実現ともなるからだ。水野が「芸術家の功名心」の誘惑に抗しきれなかった佐々木の正統な末裔という所以である。

小説「人を殺すまで」に「悪魔主義者の彼は遂に芸術を実行した」というコピーが編集者によって付けられ、再び水野は恐慌に陥る。ここにいう「彼」が「小説中の主人公でもあり又作者の水野でもあるやうな混乱した感じに読者を導き、無意識のうちに「作者が人を殺すのだ」と云ふ風」に誤解されるからだ。このように「黒白」で劇中劇の小説「人を殺すまで」をめぐって、二重三重に現実との境界が不明瞭にされていく行き方も「呪はれた戯曲」の手法を受け継いでいる。自分の意志とは別の力が働いて、自分が巧妙に仕組んだ迷宮にいつの間にか自分自身が迷い込んでしまう。はたして不安は的中し、予期した通りそっくりの状態で児島は殺された。間の悪いことに、水野のアリバイを証明できる女は姿を消してしまう。取り調べを受ける水野はもはや逃れられないというカタストロフの結末。皮肉にも、出口のない完璧な迷宮は水野がこしらえたものであった。水野もまた、期せずして〈生活の芸術化〉を実現させ、自己の芸術に殉死する芸術家となり得たのである。ここにも谷崎の欲望の反映を見る。

重層的構造を持つ、「自然が芸術を模倣する」サスペンスとして「黒白」は佳作である、と筆者は思う。なのに、はっきりした理由は分からないが、谷崎は「黒白」を生前最後の自撰全集（新書判）には入れなかった。

六

「呪はれた戯曲」は前述の初刊本の後、『新選谷崎潤一郎集』（改造社、大13・12）、『日本探偵小説全集　谷崎潤一郎集』などに、また江戸川乱歩推奨の「途上」は単行本としては『AとBの話』（新潮社、大10・10）に初めて入れられ、のち『現代小説全集　谷崎潤一郎集』（新潮社、大15・11）、『潤一郎犯罪小説集』（新潮文庫、昭4・5）、『日本探偵小説全集　谷崎潤一郎集』などに収録されていく。この経緯からみると、谷崎はこれらの作品が「探偵小説」と呼ばれることを許していたようである。のちに谷崎は「春寒」（昭5・4）において、乱歩が「途上」を探偵小説として称揚したことに対して、それは「過分の推奨」で、「今更あんなものをと云ふ気もして、少々キマリ悪くもある」と素直には歓迎せず、次のように述べた。

「途上」はもちろん探偵小説臭くもあり、論理的遊戯分子もあるが、それはあの作品の仮面であつて、自分で自分の不仕合はせを知らずにゐる好人物の細君の運命――見てゐる者だけがハラハラするやうな、――それを夫と探偵の会話を通して間接に描き出すのが主眼であつた。殺人と云ふ悪魔的興味の蔭に一人の女の哀れさを感じさせたいのであつた。

谷崎のねらい通りに、好人物ゆえの哀れさは伝わってくる。あくまでも谷崎の興味は人間そのものにあった。右記の「春寒」の言葉は、「夫と探偵」を「佐々木と玉子（井上と春子）」に置き換えれば、そのまま「呪はれた戯曲」に対するの自作解説となっていることに気付く。前章で詳述したように、「呪はれた戯曲」前半における人物描写がこのことを雄弁に物語っている。

また、前章でも指摘したが、「自己の犯罪に対する良心の可責」を佐々木自裁の「主な原因」としたところに意味がある。河野多惠子（前掲）が説くように、細君殺害を題材にした「呪はれた戯曲」を「書き、発表する上で妻千代への作者の良心の苛責が、せめてそのような事柄を付け加えさせた」と考えてよい。平野謙（『昭和文学試論』毎日新聞社、昭52・3）も、「無論、細君殺しは当時の谷崎潤一郎の空想にすぎない。現実に、女房謀殺を意図したわけではさらさらない。（中略）この二作（筆者註…「呪はれた戯曲」と「途上」）を併せ読むと、当時の谷崎潤一郎が尋常な離婚という条件では我慢のできない一種イデアールな傾向を、結婚生活についていだいていたことがよくわかる」と、谷崎の真情に迫る分析をみせている。

佐藤春夫は「僕らの結婚─文字通りに読めぬ人には恥あれ─」（「婦人公論」昭5・10）で、「谷崎にとつてお千代は大切な邪魔物であつた。谷崎はお千代を不幸にしてゐるのは自分だといふ自責の念を何時も忘れることは出来なかつた」といいきった。谷崎と離婚した千代と結婚した細君譲渡事件（昭5・8）の当事者として、佐藤の伝える谷崎像に決して嘘はないと信じる。また千代と結婚した佐藤だったから、見えた谷崎像であろう。

「悪魔主義者」のそれではなく、モラリッシュな人間像がそこには映し出されている。

次の引用は福田恆存がオスカー・ワイルドについて書いた「解説」（ワイルド『アーサー卿の犯罪』中公文庫、昭52・5）の一節である。

　オスカー・ワイルドはダブリン生れのケルト人であり、ペイターに心酔した唯美主義者だというのが定説になっているが、彼の真骨頂はモラリストにあると私は考えている。彼の唯美主義は時代が彼に強いた役割に過ぎず、仮面に過ぎない。（中略）これは常識的で強靭なアングロ・サクソンの性格に対する反動である。その結果、ア・モラル（非道徳的）な形を採ろうとするのだが、そうすればするほど、その姿勢が道徳的になってしまうのである。余りに道徳的であり、人間性が歪められそうになった時、その緊縛を一挙に解きほどこうとして、ワイルドは次から次へ逆説的警句を叩きつけるのだが、それこそ人間性恢復の為の頗る自然な道徳的行為ではないか。

この文章の主語を「谷崎潤一郎」に置き換えて読むことは可能であろう。類は友を呼ぶという安易な類似性の指摘ではなく、芸術的空想の存在を追い求めた芸術家として、血族として、通じるものがあったのかもしれない。ワイルドの芸術観を信奉した谷崎が、「自然は芸術を模倣する」小説を書くことはごく自然のことであった。

管見によれば、「呪はれた戯曲」は重要な作品であるわりには、論じられることが少ないようである。しかし、「呪はれた戯曲」は谷崎の私生活においても重要な位置にあり、小説作法においても、掘り尽くせない豊かな土壌である。「呪はれた戯曲」は小説作法の可能性を探り、実践した谷崎の小説の実験室であった。

註

（1）谷崎においては初期作品「The Affair of Two Watches」（明43・10）で初めてワイルドに言及したのをはじめ、諸作品にその影響が指摘し得る。中でも特筆すべきは『ウインダミーヤ夫人の扇』を翻訳して単行本（天佑社、大8・3）として出版したことである。その「序」で谷崎は、「予も嘗てはワイルドの好きな時代があつた」が、その後「だんだん厭気がさすやうになつた」と複雑な心境を語っている。これはかつて、高山樗牛に心酔し、のち醒めていった軌跡（本書三一頁の註（3）参照）を思い出させ、今後検討する余地のある問題である。

（2）「呪はれた戯曲」を巻頭に、「神童」「異端者の悲しみ」「晩春日記」「詩人のわかれ」「あくび」の六篇を収める。

（3）佐々木自殺の「主な原因」である「良心の呵責」については前章で詳述した。後述するが、語り手は「あの忌まはしい戯曲を大胆にも舞台で発表した事が、近因をなして居る」と断じている。

（4）伊藤秀雄（『大正の探偵小説』三一書房、平3・4）は中島と同様に「筋書殺人の先駆的作品」と、横山司（『日本ミステリー事典』新潮選書、平12・2）は「鍵」を評して、「19年発表の犯罪心理小説『呪はれた戯曲』を発展させたようなプロットで、探偵小説的技法を自家薬籠中のものとして」いるという形で取り上げている。

（5）「人面疽」中の映画の「人の顔を持った腫物」は英語の原題で、日本では「執念」という邦題が付けられ、公開された。この題名の二重性に注目して、新保邦寛は「「人面疽」論―〈活動写真的な小説〉から文明批評小説へ」（「稿本近代文学　第19集」平6・11）で、「「執念」という日本語の題名は、この映画の怪異な真相を包み隠すことになっている」と、本章にも係わる興味深い指摘をしている。

（6）この（中略）部分は、「当時女房のところへは方方から同情の手紙が舞ひ込んで、「奥さま、あなたの夫は恐ろしい人です。あなたはあれをお読みになつてどんな気持ちがなさいましたか」と云ふやうなことを云つて来た読者が幾人もあつた。」とある。具体的な記述であるだけに、妻殺しの作品を多く書いていた当時谷崎の周辺の事情を伝えているのではないかと想像される興味深い一節である。

〈気分〉を写す

蓼喰ふ蟲

はじめに

「蓼喰ふ蟲」は、昭和三年（一九二八）一二月三日から翌四年六月一七日まで八三回にわたって、断続的に「大阪毎日新聞」「東京日日新聞」（「東日」は一八日まで）に連載された。挿絵は小出楢重が担当、谷崎は「楢重君の素晴らしいさし絵に励まされつつ書きつづけて行ったので、あの作品の出来栄えは楢重君に負うところが少くない」（「『蓼喰ふ蟲』を書いたころのこと」昭30・2）という。

谷崎は「蓼喰ふ蟲」のモデルについて語っている。この小説は「当時私の生活上に起つた一つの事件に着想を得て書き出したもの」（「『細雪』回顧」昭23・11）であるが、「出て来る人物は、それぞれ多少の拠りどころがないでもないが、そつくりそのまま当て嵌まるやうな実在の人物がゐた訳ではない」（「リンディー」昭30・11）という。また「私の貧乏物語」（昭10・1）で、円本景気のため印税成金となり、「あの前後四五年と云ふものは殆ど生計の苦労を知らずに、極めて悠々たる月日を過したのであつたが、その数年間の生活があの作品を生んだ」と、一時的にもせよ経済的な生活基盤の安定から生じた心のゆとりが作品生成の土壌であったことを語っている。先の回想にあった「一つの事件」とは、大正一〇年（一九二一）の小田原事件から昭和五年（一九三〇）のいわゆる細君譲渡事件までをさし、「人物」「生活」とは関西移住後の谷崎家周辺の人々と生活である。

「蓼喰ふ蟲」は谷崎の離婚問題を抜きには成立しなかった。しかし視点人物に近い主人公要《かなめ》を谷崎として読むことは許されない。平野謙（「解説」岩波文庫『蓼喰う蟲』昭45・9）は、「すべての文学作品が作者の内的経験に発しているのはあまりに自明のことがらであって、そのことと私小説的ということとは厳密に区別しなければならぬ」と「蓼喰ふ蟲」を私小説として読む傾向を諫めている。また今村仁司（「中里介山とユートピア」、日本近代文学会「会報67」昭62・9）のいう、「著者の伝記的経験と主著におけるそれとの相関物を一対一対応させてみたところで、作品の理解が前進したとは思われない。作品にはそれ独自の世界があり、著者の伝記的事実から相対的に自立した真理内容がある」という認識は作品論における共通した了解事項であり、「場合によっては、著者が十分に自覚しないエクリチュールとそれ独自の表現運動がある」（今村）ことをさらに了解すべきであり、このことは殊に昭和初期の谷崎文学研究において肝要である。

たしかに現実と虚構との距離は測り難いのであるが、次にあげる小田切秀雄（『明治・大正の作家たちⅡ』第三文明社、昭53・12）の測定は正確である。「要と谷崎とは同じでない。要は〝臆病者〟と称してそれらしい〝方策〟をもちだしているが、谷崎は臆病者どころではない。谷崎は作品の主人公として〝臆病者〟を設定することで、夫婦の非人間的な共同生活の持続においてどういうことが生ずるかをつぶさに見、考え、味わったのであった」。これはモチーフについても正鵠を得た見解である。

また清水良典（「記述の国家—谷崎潤一郎原論」、「群像」昭61・6）は、「谷崎は私小説的な意味で現実をモデルに空想の世界を築いたことなど決してなかった。彼は空想に合致する現実を捜し出し、あるいは創り出したにすぎない」といい、谷崎における創作（芸術）と実生活の相関を看破している。

谷崎の実生活と虚構の距離に留意しながら本章はすすめていきたい。

一

谷崎にとって結婚は「life of art」（大2・10・23付、谷崎精二宛書簡）に奉仕するための実験であった。大正五年三月、長女誕生に際して発表した「父となりて」（大5・5）で芸術と実生活との間に揺れる自己を語った。子供の「盛んなる叫び声」に「第二の「我」に私の活力が奪ひ取られて行くやうな恐れ」を持ち、「子供を持つた為めに私の芸術が損はれはしないかと云ふ事をも気遣」い、自己の芸術のために自分の「エゴイズム」を押し通したいという（後年、三人目の妻松子夫人に子供を産ませなかったことが想起される）(1)。自分の自堕落な放浪生活を止めるための結婚であり、「現在の妻に恋ひをした為め」ではないという。

「此れではいけない。兎に角私は自分の家を作つて見よう。さうして暫く書斎の中に立て籠つて、静かに考へを沈めて見よう。」さう思つて、即ち私は自分の家を形作る道具の一つとして、妻を娶つたのであつた。／だから私の妻は、私の為めにいろ〳〵の意味の用達しをしてくれる高等

Dienerin に過ぎない。

自然主義文学がその傍らで「家」と苦闘しているときである。また、

妻とか家とか云ふ係累がどれ程自分の性癖を牽制し、矯正する力があるものか、我から其れ等の桎梏の中へ飛び込んで試されて見ようと云ふやうな覚悟もあつた。（中略）世間に関する経験を豊かにし、眼孔を広くする事は無益でないと考へられた。（中略）私に取つて、第一が芸術、第二が生活であつた。（中略）私の結婚も、究極する所私の芸術をよりよく、より深くする為めの手段と云ふ風に解釈したかつた。

「悪魔の美に憧れ」「『悪』の力を肯定し讃美」する芸術至上主義者にふさわしい文言である。野島秀勝は『「日本回帰」のドン・キホーテたち』（冬樹社、昭46・4）の中で「父となりて」について、「家庭を無いがしろにするというのではない、家庭の「束縛」も「桎梏」も「係累」も好餌としてしゃぶり尽そう」という「健啖の前に父たること、夫たること」は「二義的問題でしかなかった」と述べ、当時の谷崎の生活者としての意識のありようを明らかにした。ここに面白い指摘がある。芥川龍之介の通夜（昭2・7）で谷崎を見かけた野上彌生子[2]は、「山猫といふのが彼の仇名さうなが、全く山猫らしいどうもうな点がある。アクッぽく、臭く、野獣らしい臭ひがしさうである」と日記（昭2・7・

26）に記している。谷崎は結婚によって世間の信用を得たと同時に、社会への責任を負うことにもなった。それも餌であった。まさに「山猫」のように、「野獣」らしく、自己の芸術のためなら、何にでもむしゃぶりついていったのである。

　谷崎の目論見は成功しなかった。「父となりて」発表の四ケ月後、弟精二の結婚の相談に、結婚を「目下後悔してゐる」といい、「結婚をして金に追ひかけられた為に、「お才と巳之介」と云ふ悪小説を書いた。私は今度ぐらゐ不快な気持ちで創作をし《ママ》事はない」（大5・9・17付）と書き送っている。芸術が生活の、金策のための手段に成り下ったのである。谷崎にとって「art of life」が「life of art」に優ることは耐えられない。そして大正六年五月に思慕してやまなかった母が亡くなると、その翌月、予定していたかのごとく、妻子と別居する。二人を父と弟の住む日本橋区蛎殻町の家に預け、谷崎は小石川区原町の家に妻の妹せい子と書生と暮すことにした。このせい子を引き取ったことが夫婦間の確執の原因ともなるのである。結婚二年にして、事実上の家庭内離婚である。

　注目すべきはこの間に、「如何にせば夫婦が快く離婚する事が出来るかと云ふ問題を、慎重に研究し」、みごとにやり遂げた男がその戦術を愉快にかつ誇らしげに語る「既婚者と離婚者―対話劇―」（大6・1）を発表していることである。『全集』で九頁ほどの短篇であるが、〈理想的な離婚〉問題の嚆矢とすべき作品であり、作中の二人は「蓼喰ふ蟲」の高夏と要（その五）にそのまま生かされる。佐久間保明（『論考谷崎潤一郎』桜楓社、昭55・5）は、この「既婚者と離婚者」は「離婚実行者の報告という形をとっているが、実際的には離婚をしたことのない作者による離婚の理論編というべき」作品で、「実践編が書かれるのは十年後ということになる」と両者の位置づけている。谷崎が別居を実行にうつす前に、離婚の戦術に思いをめぐらしていたという事実を確認しておこう。ここで実際に離婚しなかったのは、「妻」、「結婚」は「好餌」としてまだ存在価値があったということであろうか。

あとは簡潔に記せば足りる。大正一〇年三月、妻千代を佐藤春夫に譲る約束を谷崎が一方的に反古にし、佐藤と絶交状態に入る（小田原事件）。以後、谷崎は「神と人との間」に、佐藤は『秋刀魚の歌』、「この三つのもの」等に、〈事件〉を書いていった。そして大正一五年九月、谷崎と佐藤は和解し、昭和五年八月、谷崎は妻を佐藤に譲り、有名な離婚挨拶状をもって離婚が事実のものとなったのである（細君譲渡事件）。これを報じた八月一九日朝刊に谷崎の談話が載った。「十六年間つれそつた妻です。女としてはこれといふ欠点もありませんが、僕がこんな性格だから性格的には少し合はぬところもありました(3)」と、責任は自分にあり、妻に世間の非難が行かないようにかばい、労っているようにも聞こえる。

谷崎は「AとBの話」（大10・8）で、小説家Aとその妻S子の関係を、「Aの芸術はS子のあらゆるものを糧として生れ、S子のあらゆるものはAの芸術に依つて養はれ」る、「芸術家の夫婦関係の最も麗しい」姿として描いている。このAとS子の関係は、谷崎が結婚、夫婦に対して抱いていた理想とすべき形であった。後年、松子夫人を得てこの形を実現してゆく谷崎であるが、この時期、〈結婚〉と苦闘しながらも実生活では離婚に踏み切らなかったのは、〈妻〉が、世間を含めた〈結婚〉という制度が〈好餌〉として十分存在価値をもっていたということに外ならない。

二

谷崎が「蓼喰ふ蟲」連載について再三述べている回想に筆者は疑問を抱く。谷崎は「同時に二つの創作に筆を執つた経験がなく、一つを完結した後でなければ他の仕事に移つたことがない(4)」といったことがあるが、これは正しくなく、創作が二、三誌（紙）並行のケースは散見される。「蓼喰ふ蟲」は「卍（まんじ）」と並行して書かれており、決して楽な並行執筆ではなかったことを伺わせる（B表参照）のであるが、谷崎はその連載・執筆が楽だったことを強調している。次にあげるものは夙に有名なものであるが、煩をいとわず再読したい。

○　大阪毎日から長篇の依頼を受けた時にも、何か書けさうな予感があつたゞけで、どんなものが出来るか自分にも分つてゐなかつた。第一回の筆を執るまではつきりしたプランの持ち合はせがなかつた。それでゐて、何の不安もなしに筆を執り、執つたらすら〳〵と書け出した。考へないでも、筋が自然に展開した。あの時ぐらゐ、自分の内部に力が堆積し、充実してゐるのを感じたことはなかつた。

（「私の貧乏物語」昭10・1。傍線筆者、以下同じ）

○　どういふものになると云ふことは考へず、ただ何となくその時の気分に任せて書いて行つた。終りにはちやんと結末がつくといふ自信が何とはなしにあつたので少しも心配はしなかつたが、見取図は全然なくて書いた。

（「『細雪』回顧」昭23・11）

○　生来遅筆の私は始終新聞社にしかられながら、途中で時々休載しつつ辛うじてつづけて行ったのであった。が、新聞社には大いに迷惑をかけたけれども、私は今までにこの連載小説ぐらい、毎日たのしく、楽々と、心を労することなしに書いて行ったものはなかった。私はほとんど、これから何を、如何にして書いて行こうかということを考えることなしに書いた。という意味は、最初からすっかり着想や構成が出来上っていたというのではなく、寧ろその反対に、その日その日の出たとこ勝負で筆を進めて行きながら、しまいには巧い工合にちゃんとまとまるという自信があり、それについて少しの不安も感ずることなしに書いた。

（「『蓼喰ふ蟲』を書いたころのこと」昭30・2）

みな判で押したように、同趣のことを語っている。野口武彦は『谷崎潤一郎論』（中央公論社、昭48・8）で、「作家にはだれしも生涯に何度か創造力のデーモンに乗り移られる時期がある」という。「饒舌録」（昭2・2～12）で、「物の組み立て方、構造の面白さ、建築的の美しさ」、つまり「構造的美観」そして「筋の面白さ」を小説の重要な要素として主張する谷崎が、準備も構想もなく、すらすら書いたとは俄に信じがたい。はたして本当に「デーモン」は谷崎に味方したか。野口（前掲）は谷崎が「現在いかなる過去と訣別し、いかなる方向を手さぐりで進みつつあるかを透視することができた」からであり、「作中の要、自己の夢想の分身の辿ったコースが実生活に適用できるような条件が、後に出現したことにある」と述べているのだが、むしろ実生活に根ざした問題、離婚に関わる記述にこそ、「創造力のデーモン」はそっぽを向き、「自己の夢想の分身」たる要にも「自己」谷崎にも苦悶の様子が見えることとは、〔B表〕にも明白である。

桜井弘（『論考谷崎潤一郎』桜楓社、昭55・5）は、「その八」の苦渋に対して、「その九」の淡路の場以降は発表が集中していることに着目し、未完の作「阿波の鳴門」の存在から、すでに用意のあった「淡路」をきっかけとして筆が進んだと分析する。また宮内淳子（「『蓼喰ふ虫』の頃」、「日本文学」昭57・6）は、「その二」「その三」の弁天座の場面、「その九」「その十」「その十一」の淡路の場面にほとんど休載がないのは、東西文化論、女性論、文楽論など「谷崎の既述の文章を下敷にした部分」とそれらが重複するためであろうという。また「その八」「その十三」「その十四」にかけて休載が目立つ部分には、「離婚問題に悩む美佐子が描かれている」が、美佐子がいても「その六」のように「束の間、離婚問題から逃れている場面では筆も滑らかだ」と分析している。いわゆる古典的雰囲気の中では筆も進み、しかもそこはすでに用意のある箇所であったという見解に筆者も従いたい。問題は斯波邸で、離婚が話題になったとき、谷崎の筆が鈍っていることである。谷崎がすらすら書けたと実際とは違うことを繰り返し語るとき、そこには隠したい何かがあるのではと思えてくるのである。

さて〔A表〕に示したように昭和初期の谷崎には、「卍」連載に重なるように四つの連載小説がある。「大体の腹案はないでもないが、要するに出たところ勝負である」（「序にかへる言葉」昭3・3・24）と「大阪朝日新聞」「東京朝日新聞」の朝刊に出した「黒白《こくびやく》」は、「なか〱筆がすすまず、一回分がやっとその日の組みこみに間にあうといった難行ぶり」[5]にもかかわらず、一一七回を休載なしで

〔A表〕

昭和3年（1928）	3月25日(日)	▲黒　白	▲その一　卍
	4月	大朝・東朝（朝刊）	二　改造
	5月	117回	三
	6月	117日	四
	7月19日(木)	▼	五
	8月		六
	9月		七
	10月		八
	11月		九
	12月3日(月)	▲蓼喰ふ蟲	十
昭和4年（1929）	1月	大毎・東日（夕刊）	十一
	2月		十二（削除）
	3月	83回	十三（削除）
	4月	夕刊発刊日	十四（十二）
	5月	165日	×〈休み〉
	6月17日(月)	▼	十五（十三）
	7月		十六（十四）
	8月		十七～二十（十五～十八）
	9月	▲三人法師	二十一～二十四（十九～二十二）
	10月	中央公論	二十五～二十七（二十三～二十五）
	11月		×〈休み〉
	12月	▼	二十八～三十（二十六～二十八）
昭和5年（1930）	1月		三十一～三十四（二十九～三十二）
	2月		×〈休み〉
	3月18日(火)	▲乱菊物語	×〈休み〉
	4月	大朝・東朝（夕刊）	▼三十五～三十六（三十三）
	5月		
	6月	148回	
	7月	夕刊発刊日	
	8月	148日	
	9月5日(金)	▼	

（注）上記の（　）内は現行の章題

（参考）**痴人の愛**　大朝（朝刊）大正13年3月20日(木)～6月14日(土)　87回／87日

終えている。因みにその四年前の「痴人の愛」（「大阪朝日新聞」朝刊）も、中途で打ち切られるまでの八七日間、休載はなく、翻って「蓼喰ふ蟲」の約一〇ケ月後、これも東西の「朝日新聞」夕刊に出した「乱菊物語」もついには中絶はしたものの、六ケ月にわたる一四八回を休みなく連載した。(6)「蓼喰ふ蟲」の異例さは明らかである。一九七日の内、夕刊発刊日が一六五日ありながら八三回の発表、ほぼ五割の掲載率である。

原稿執筆について周囲の人々の回想をみてみる。当時谷崎家に住み込み、「卍」「蓼喰ふ蟲」の大阪（京都）弁の助手をしていた高木治江の『谷崎家の思い出』（構想社、昭52・6）によれば、「初めの頃は書きだめ」があったが、その内に楢重宅へ「一日分宛を届けねばならないほど追いつまって来た」という。また谷崎は新聞連載開始の一ケ月前、小出楢重に書簡（二月四日付）を送り、原稿を「三回丈御届けいたします」といい、「此の中の男の歳八三十七八歳、女の方八二十八九歳に願ひます」と挿絵に注文を付けている。これで見ると、この頃すでに「その一」のほとんどは書き上っていたことがわかる。「最初のうちは書き溜めがあったらしく、原稿は二、三回分ずつ届いたが、そのうち締切りに追われ出したらしく、ほとんど毎日のように岡本から使いが持参するようになった」と前掲の書簡の紹介者小出龍太郎（『聞書き小出楢重』中央公論美術出版、昭56・4）は、先の高木の記述を裏付けている。

このように回数だけでなく、片寄った掲載状況を〔B表〕に示した。見てわかるように「その七の五」（2月4日）から「その八の七」（3月14日）にかけて二九日間の発表は九回しかない。この箇所

〔B表〕

※「蓼喰ふ蟲」の発刊日は「東京日日新聞」による。
※日付け左のカッコは連続掲載を示す。
※「卍」の章題は初出（「改造」）による
（　）内は現行の章題

回数	年	月	日	曜日	蓼喰ふ蟲 章題		場	登場人物その他	卍（まんじ）「改造」発行日	執筆推定時期
1	昭和3	12	3	月	その一	一	▲斯波邸	要、美佐子		
2		（19回）	5	水		二				
3			6	木		三				
4			7	金		四		（阿曾から Tel）		
5			8	土	その二	一				
6			10	月		二	▼			
7			11	火		三	電車・タクシー	〈３月末〉		
8			12	水		四	▲弁天座	要、美佐子、老人、お久		
9			14	金		五		《心中天網島》		
10			15	土		六		人生観・文楽観		
11			17	月		七		小春＝「永遠女性」		
12			18	火	その三	一		郷土芸術		
13			19	水		二			⇦１月号	その十二
14			21	金		三			その十一	〈削除〉
15			22	土		四		義太夫観	（４頁半）	夫に反抗
16			25	火		五		要の女性観	※掲載頁数	する園子
17			26	水		六	▼	美佐子（須磨へ）		
18			27	木	その四	一	▲神戸港	《手紙》高夏→弘　〈３月26日〉		
19			28	金		二		弘、要、高夏、犬（美佐子は須磨へ）		
20	4	1	4	金		三	▼			
21		（18回）	5	土	その五	一	▲三ツ輪	要、高夏		
22			7	月		二				
23			8	火		三				
24			9	水		四				
25			10	木		五				
26			14	月		六	▼			
27			15	火	その六	一	▲斯波邸（寝室）（庭）	弘、高夏、美佐子		
28			16	水		二		犬たち		
29			17	木		三		〈梅、二三咲き残る〉		
30			18	金		四		要も加わる		

回数	年	月	日	曜日	蓼喰ふ蟲 章題		場	登場人物その他	卍（まんじ） 「改造」発行日	執筆推定時期
31			21	月		五	↓（ベランダ）		⇦2月号	↑その十三
32			23	水		六			その十二	〈削除〉
33			24	木		七			（3頁余）	夫の愛を
34			25	金	その七	一	斯（洋館）	美佐子、高夏		逆手にと
35			26	土		二				る園子
36			28	月		三				↓（ナオミ）
37			29	火		四	波（茶の間）	美佐子、高夏（洋室に要）		
38		2（7回）	4	月		五				
39			6	水		六				
40			8	金	その八	一	邸	要、高夏		
41			11	月		二				
42			13	水		三		△回想		
43			15	金		四	（洋室）	要、美佐子、阿曾	その十三	↑その十四
44			23	土		五			⇦（3頁半）	↓（十二）
45		3（6回）	4	月		六		▽（六つの条件）		改変
46			14	木		七	▼	高夏・弘を連れて上京		貞淑な妻
47			27	水	その九	一	▲淡（宿屋）	要、老人、お久 〈5月〉	⇦4月号	狂言妊娠
48			28	木		二			その十四	
49			29	金		三			（3頁余）	
50			30	土		四				
51		4（17回）	3	水		五	路	《端書》要→弘、高夏		
52			4	木	その十	一		《朝顔日記》		
53			5	金		二				
54			6	土		三	島			
55			9	火		四				
56			11	木	その十一	一	（淡路人形座）	淡路人形芝居の由来		
57			12	金		二				
58			15	月		三				
59			16	火		四				
60			18	木		五		「型」		
61			19	金		六		人形評	⬅5月号	
62			20	土		七	▼		休載	↑

回数	年	月	日	曜日	蓼喰ふ蟲				卍（まんじ）	
					章題		場	登場人物その他	「改造」発行日	執筆推定時期
63			22	月	その十二	一	船	～オリエンタル・ホテル		↓その十五（十三）狂言妊娠
64			24	水		二	↕神戸・ミセス・ブレントの家	要、ミセス・ブレント		
65			25	木		三		要、ルイズ		
66			29	月		四				
67			30	火		五				
68		5	1	水		六				
69		（	6	月		七				
70		10	7	火		八		要の女性観		
71		回	8	水		九	タクシー			
72		）	9	木	その十三	一	↕斯波邸	《手紙》老人→要　〈５月下旬〉		
73			11	土		二				
74			13	月		三				
75			14	火		四			６月号	
76			15	水		五		《手紙》高夏→美佐子〈５月27日付〉	その十五	↑その十六
77			22	水	その十四	一	↕京都・老人宅	老人、お久、要、美佐子	⇦（３頁余）	↓（十四）
78		6	3	月		二				光子と
79		（	4	火		三				より戻す
80		6	5	水		四		要、お久（老人、美佐子は瓢亭へ）		
81		回	13	木		五			７月号	
82		）	15	土		六			その十六	
83			18	火		七		〈夕立〉〈蚊帳〉	⇦（３頁余）	

《付記》

各種文学年表等において、「蓼喰ふ蟲」の連載は、12月4日（火）から開始としている。これは新聞の欄外の日付に従ったものである。しかし、実際には「夕刊」はその前日に発行されており、論文の性格上、本表においては実際の発行日を採用した。

は「離婚問題に悩む美佐子」のみならず、「阿曾」の扱いにこそ問題がありはしないか。以下にこの九回分の梗概を記す。(『全集』第一二巻、八四〜一〇四頁に相当する)

斯波邸の日本間(茶の間)、美佐子の遅い朝食に高夏がつき合う。高夏は昨日要と話した美佐子評を告げ意見を求める。そこで高夏は阿曾が美佐子に「飽きない」「約束」を与えていないことを訊き、「将来の保証もなしに別れる」「乱暴」さを非難するが、美佐子は「孰方にしたつて別れた方がいゝ」、「夫婦でもないのに此処にゐるのは辛い」と落涙する(その七)。高夏は階下の洋室で「アラビアン・ナイト」を読み耽けっている要のところへやって来て、阿曾の「不真面目」と、美佐子と要の「呑気」さをなじる。さらに「やりつ放し」で「曖昧」な態度をなじられた要は、阿曾と美佐子のことを「他人事のやうに」言い捨てる。そして、要が二人の関係に「眼をつぶ」るに至った二年間の経緯が回想の形で記される。——夜、涙ながらに阿曾との恋愛を告白する美佐子。要は「お前を尊敬し」「愛することは出来ないまでも慰み物にはしなかつた」といい、美佐子は「慰み物にされてゞももつと愛されたかつた」と応じる。要にとって妻美佐子が「神」でも「玩具」でもないことが不和の原因であった。二人の会話は二人の溝の深さ、大きさを見せつける。美佐子は「生れて始めて知つた恋」への処し方に戸惑い、要はお互いが楽になるための六つの「条件」を出し、要は「もうこれでいい」と二人の関係に「眼をつぶつて」しまい、「流れに身をまかせ」ることにしたのである。——高夏は「曖昧な離婚話」に愛想をつかしてしまう。その夜、高夏は弘を連れて上京する。(その八)

谷崎は阿曾の位置づけに苦慮していることがわかる。妻と愛人の恋愛、その愛人を夫とどうかかわらせるか、合理的に見えて矛盾をはらむ六つの「条件」、「別れないで済む」（その二）が心の片角にある要の、美佐子の新しい夫になる予定の阿曾への対応が曖昧である点、阿曾と美佐子の仲が自ずと想像されるときに不快感を隠せない要……、阿曾を中心にして三人の関係を書ききれない谷崎の苦渋ぶりが十分に想像でき、まばらな連載につながっていったと思うのである。そしてこのバラツキのある不規則な連載には内的なことのみならず、外敵要因が関与しているのである。次にみる「卍」である。

三

「改造」の「卍（まんじ）」と並行して発表したことの相互関係についてはあまり論じられたことがない。

雑誌は当時も現在と同じく、今月中に翌月号が発行されていた。野上彌生子（前掲）の日記では、当時「真知子」を連載中の「改造」を、毎月おおかた「十九日」に受け取っていることがわかる。また新聞においても、毎月一九日～二三日の朝刊に「改造」の翌月号の広告が出ている。となると、毎月二〇日前後に出る雑誌掲載の原稿はいつ執筆されたのか。

高木治江（前掲）は谷崎から「毎月二十日から一週間程『卍』の原稿を書きたい」といわれており、他の箇所にも同様の記述がある。毎月二〇日から「卍」は執筆されたとしてよいだろう。以上から「卍」の原稿は発表号の月の二ケ月前、つまり実際の発行日の一と月前の二〇日頃から執筆されていたと推定できる。前回の発行と同時に次回分が執筆されるという形になる。〔B表〕の「卍」欄に相当する章段の執筆推定時期を矢印で示した。

「興が乗った時に書きだめということは、この『卍』に限り決してなかった」（高木）ということだが、二年以上、二六ケ月にわたる連載中に休載四回という発表は順調な方といってよい。しかも最初から構想があって書き始められたことは、すでに「その一」で園子は「柿内未亡人」で登場し、事件も「どうせ新聞にも出ました」とあることからもわかる。しかし「卍」執筆に苦心したことは有名で、初めて大阪弁を用いて書いたなどの内的要因以外に、やはり「蓼喰ふ蟲」との並行ということに関連があるのである。

先に「蓼喰ふ蟲」で取り上げた昭和四年二月から三月中旬の頃（その七〜八）に執筆されたのが「卍」の初出「その十四」（現行では「その十二」）である。その「その十四」の冒頭（昭4・4）に次のような文章が掲げられた。


（作者註。——前号及び前前号の二回分は作者の聞き違ひのために事実を誤まつたところが多い。いづれ単行本として出版する際に筆を加へるつもりであるが、あらましを云へばその夜柿内未亡人は夫を籠絡したのではなく、真に心から己れの罪を悔い、一旦は全く光子を思ひ切つて貞淑な妻になることを誓つたのださうである。彼女は初めは逆らつたけれども、後には夫の愛情に動かされてその手にすがる気になつた。即ちその晩の夫婦喧嘩はしまひにほんたうの和解に達したの

であつた。その心持ちであとを読んでいただきたい。）（筆者註…原文総ルビ）

事実、初出「その十二」「その十三」は初刊本『卍』（改造社、昭6・4）で削除された。右の「作者註」では触れていないが、「その十一」（昭3・11）の末尾六行も初刊本の段階で削除され、一三行分加筆された[7]。削除された初出「その十一」の末尾から「その十三」にかけての夫を「籠絡」する園子はまさにナオミのそれである。夫の愛を逆手にとって、光子を綿貫から取り戻すために利用してやろうとする悪女として園子は描かれており、改変以後のまめまめしく夫に尽す「ハウスワイフ」、あやうい自分を必死に夫と家庭に繋ぎとめようと努力する「貞淑な妻」とは全く違うのである。また「その七」（昭3・9）にあった「ナオミズムの女、変態性慾、そしてしまひには色情狂」、「その八」（昭3・10）の「お前の理想はナオミのやうなヴンパイアになることか？」などの夫のことばが後に削除されていることからみても、一旦は園子はナオミ型の女として構想されていたのである。さらに、初出「その一」（昭3・3）には、「夫や子供のある女」、「子供の面倒を見たりして」とあり、園子は子供のある女、母として構想されていた。しかし、のちに「英語の避姙法の本」の「方法を実行して目的を達してる」（初出「その十五」）という女に変貌している事実は記憶されておいてよい。

　この三回分、三ケ月にわたる箇所が削除され、改変されるという事実は何を物語っているか。「その十一」の執筆推定時期は昭和三年一一月二〇日頃であり、「蓼喰ふ蟲」の連載が開始される半月前にあたり、先の書簡でもみたように、「その一」はすでに執筆されていた。「卍」の「その十」からは綿貫が登場し、新しい展開を見せ始めていた。そして「蓼喰ふ蟲」の執筆が加わり、それが「卍」の構想、筋の展開に影響を与えていたことは明らかであろう。

では谷崎がこの改変を思いついたのはいつだったろうか。初出「その十三」を擱筆したのは一月下旬であろう。そして校正刷りの段階で発表を止めることも可能であったとすると、「その十三」を載せた三月号が発行され、また初出「その十四」の執筆推定時期である二月二〇日前後であろうが、まさに「蓼喰ふ蟲」の「その八」執筆の時期にあたっている。そして「卍」は三月には執筆を休んでいるのである。

「蓼喰ふ蟲」の阿曾と美佐子、要の関係に悩んだことが「卍」の削除・改変を生んだのか、また逆に、「卍」の構想改変が「蓼喰ふ蟲」執筆・連載を手薄にしたのか、どちらとも判然としない。しかし綿貫の登場で筋が複雑化してゆく「卍」と「蓼喰ふ蟲」の連載開始が、相互に影響し合っていることは否めない。なかでも、両作品とも谷崎が苦慮したと思われる点が、美佐子を中心とする夫と愛人の関係、園子を中心とする夫と愛人（レズビアン）との関係であったことは注目されてよい。つまり谷崎は〈妻〉の形象において難渋していたのであった。

「蓼喰ふ蟲」執筆についての回想は先に見たごとく「自信」に充ちていた。しかし、「卍」について谷崎はあまり語っていない(8)。先に筆者は、谷崎が「蓼喰ふ蟲」連載について触れたくない事情があるのではないかといったが、それはおそらく右に述べたようなことだったのではないかと想像しているのである。

＊

「蓼喰ふ蟲」と「卍」とに共通する点について述べておきたい。「卍」の作品評価は、伊藤整（「解説」、新書判『谷崎潤一郎全集　第一七巻』昭34・3）の「セックスがいかに強く人間を支配してゐるか」、「美はいかに危険な働きで人間生活を崩壊させるか」を「現代社会の構造にあてはめて書いた作品」であり、「この作品の話題は同性愛のことであるけれども、思想は、その話題に托された人間存在の不安定性の強調にある」というのに定着している。澁澤龍彦は「現代日本文学における『性の追求』」（『澁澤龍彦集成　第Ⅲ巻　エロティシズム研究篇』桃源社、昭45・5）で、「卍」において、「作者が選んだ大阪の上流社会という環境は、そのなかでエロティシズムの化学反応が行われるべき一種のフラスコ」であって、四人の登場人物たちは「傀儡のように」「作者の手で自由に操られ、動かされるところの抽象的存在にすぎない」とする見方に私は賛成したい。丸谷才一（『コロンブスの卵』筑摩書房、昭54・6）のように「東京者が関西弁および関西文化の俗悪さに感じる嫌悪」から生まれた「関西人といふ一種族の研究」であるとする文化論的分類は、「卍」の本質を見誤らせはしないか。描かれる「関西」は「道具立て」であって、対象ではないはずである。大阪の風俗は大阪弁の粘着力とリズムともあいまって、性地獄の深淵を覗くための虫めがねの役割を果たしているのである。「実生活が捨象され、感覚だけで生きている抽象的人格」（澁澤）をもって描かれているからこそ、園子の口を通じて行われる語りはエロティシズムそのものを中心に据えて、物語の真実味は弥増《いや》してくるのである。園子の語りは園子の主観というフィルターを通しているというよりも、むしろエロティシズムの洗礼を受けたものの声ともいうべきものである。

さて「卍」には次のような告白があった。

　わたしと夫とはどうも性質が合ひませんし、それに何処か生理的にも違うてゐると見えまして、結婚してからほんとに楽しい夫婦生活を味はうたことはありませなんだ。　（その七）

夫からは「お前が気儘《ママ》なからだ」、「世間の夫婦てそない理想通りに行つてる奴はあれへんで」と戒められたといいながら、「化石みたいな人」への不満は去らず、

　わたしは冷静な夫の性格にやるせない淋しさを感じたばかりでなく、いつの間にかさう云ふわるさじみた好奇心を抱いてゐましたので、それが京都のことや光子さんのことや、いろいろの事件を惹き起す元になつたのです。　（その七）

というのである。つまり、「卍」の異常な事件の根本的な発端として、妻の夫に対する性的不満足が語られているのである。

ところで「蓼喰ふ蟲」はどうか。夫婦の折り合いがうまく行かなくなったのは、要にとって美佐子が「殆ど結婚の最初から性慾的に何等の魅力のないこと」（その一）であり、

ルイズのやうな女にさへも肌を許すのに、その惑溺の半分をすら、感ずることの出来ない人を生涯の伴侶にしてゐると云ふのは、どう思つても堪へられない矛盾ではないか。（その十三）

という要の認識を見るべきである。夫の妻への性的無関心が厳然と存在する。「蓼喰ふ蟲」の妻はすでに「愛慾の世界」（その八）に身を浸しており、「卍」の妻は愛欲地獄へ惹き込まれていった。エロティシズムが人間を破壊させる力をもつことによって招来される「人間存在の不安定性」を描いたという共通性を、この二作品は具えているのである。

四

「蓼喰ふ蟲」は〈気分〉と〈けはひ〉を描いた小説である。谷崎は連載に関して、「その時の気分に任せて書いて行つた」と述べていた。これは作者は作者でその時の〈気分〉を大切にしながら、作品も筋を追わず、〈気分〉の重なりで筋を組み立てようとしたのだと筆者は考える。その〈気分〉とはどんなものか。それは

彼は去つて行く妻に対して何の悪い感情も持たない。二人は互に性的には愛し合ふことが出来ないけれども、その他の点では、趣味も、思想も、合はないところはないのである。夫には妻が

かも知れない。

云ふ意識が気づまりな思ひをさせるのであつて、もし二人が友達であつたら却つて仲よく行つた

「女」でなく、妻には夫が「男」でないと云ふ関係、——夫婦でないものが夫婦になつてゐると（その五）

とある〈気づまりな思ひ〉であり、さらに要が美佐子に離婚への六つの「条件」を提示したあとの心理、

連れ添うてから長のとしつき奥歯に物の挟まつたやうな心地でばかり過して来た夫婦は、皮肉にも別れ話の段になつてやうく〵互にこだはりがなく打ち解けることが出来たのである。（その八）

にみえる、「奥歯に物の挟まつたやうな心地」であり、「こだはりがなく打ち解けることが出来」ない思いである。もちろん、これが夫の妻への性的無関心から発していることはいうまでもない。

山崎正和は『不機嫌の時代』（新潮社、昭51・9）において、〈気分〉は「けつして一定の対象を持つことがな」く、「人間生活全体の状態のやうなもの」というオットー・ボルノウの説を援用しつつ、「気分はさまざまな思考や感情の働く基盤のやうなもの」であり、「人間と世界をつなぐ根本的な雰囲気であり、個人はそのなかで行動することはできても、雰囲気そのものはかつてに作り変へることはできない」としている。つまり、特定的で一時的な「感情」と区別された、空間的で持続的なもので

あるということである。

「性的無関心」という具体的関係を核として、そこから派生したさまざまの〈気づまり〉な雰囲気に支配される夫婦である。子供や親など周辺の人間を巻き込み、〈気づまり〉を深化、増幅させ、二人のかかわるすべての世界を支配し、包含する雰囲気を〈気分〉と呼ぶことにしたい。

正宗白鳥は、「文芸時評」（『中央公論』昭8・7）で次のように述べた。

> 「蓼喰ふ蟲」には、日本伝統の風流な味はひがたつぷり含まれてゐるといふので、文壇人に持囃されてゐたが、私はそれ以外の、夫婦関係などの描写に、一層心を惹かれた。「まんじ」「吉野葛」「盲目物語」と、一作を重ねる毎に、この作者独得の目で凝視してゐる人生は、渾然たる芸術に融和して、我々をその境地に惹入れるのである。

これも夫婦間の〈気分〉に着目した読みであろう。谷崎はこの夫婦関係にこそ、全神経を集中して書き進んでいったと思うのである。

「蓼喰ふ蟲」を文化論の観点から、また古典回帰の嚆矢とする点からの作品評価は、すでに先学の幾多の論文でなされている。たしかに作中、古典的雰囲気の中では、その中に身を投じ伸び伸びと心遊ばせているといえるだろう。また一方、「蓼喰ふ蟲」は離婚を前提とした〈気づまり〉な雰囲気が支配する家庭を舞台に、はっきりとものがいえず、〈けはひ〉でコミュニケーションを図ろうとする人々が、それぞれの〈気分〉を醸し出し、その〈気分〉に支配され行動することで出来上っている。この一つの〈気分〉の集合体を描いた小説であるという観点から、「蓼喰ふ蟲」を読んでみたいと思う。

谷崎は「その時の気分に任せて」書いたといった。つまり、作者自身の生活を支配する〈気分〉を構想や筋より優先させ、作者の〈気分〉の中に、「夫婦の非人間的な共同生活の持続においてどういうことが生ずるかをつぶさに見、考え」（小田切、前掲）ようという試みだったのではないか、と思うのである。「出たとこ勝負」の実験である。

＊

大正期の谷崎は戯曲、あるいは対話体の小説を多く書いた。野村尚吾は『谷崎潤一郎の作品』（六興出版、昭49・11）で、小田原事件との関係から、戯曲では「明細な説明や描写」、「余分な心理や解釈の必要」もなく、「第三者的になれて」、「気持の上のこだわりを感じないで」書けるのでこの形式をとったとする。離婚、妻を題材にしたものに戯曲、対話体の多いことからも頷ける見解である。大正末期から昭和初期にかけて谷崎は、創作手法として「語り」を獲得し実り多い収穫を上げてゆく。同じ時期には一人称の語りによる「痴人の愛」「卍」などが書かれていて、「蓼喰ふ蟲」は写実的な客観描写による小説である。前者では語り手の一方的で一人よがりな事件の解釈や書き方が許されるが、後者では登場人物たちの行動、心理のディテール、あるいは事件を正確かつ公平に描かねばならない。「蓼喰ふ蟲」は作者の実生活とあまりに密着した夫婦の別れを題材にしていることなどから、谷崎にはこの作品に対する自信があったと想像される。先に引用した回想で「自信」があったといっていたように。

谷崎は「「門」を評す」（昭43・9）で漱石作品を、「先生の小説は拵へ物である。然し小なる真実よりも大いなる意味のうその方が価値がある」と評価した。その意味では「門」は「それから」に劣るけれども、「「門」は真実を語つて居ない。然し「門」にあらはれたる局部々々の描写は極めて自然で、真実を補捉して居る」と、漱石が「鋭敏な観察眼を以て仔細に描」いている点に着目している。そして「まことの恋によつて永劫に結合した夫婦間の愛情の中に第一義の生活を営む」ことが現実の中で「幸福に生きる唯一の道」であり、これぞ「必要な恋」であることを教えられたという。谷崎は漱石から「拵へ物」としての小説を学んだのである。のちに江藤淳が『夏目漱石』（東京ライフ社、昭31・11）の中で、谷崎は「この作品を、一篇の充足した、理想主義的な夫婦愛の小説として読んだのであって、これ以外に『門』の正当な読み方はない」といったのはよく知られている。谷崎が漱石の「門」を評した文を、文壇デビューの雑誌（第二次「新思潮」創刊号）に寄せていることは記憶されてよい。

その後、「芸術一家言」（大9・4、5、7、10）で谷崎は漱石の「明暗」を激しく非難したが、同文で里見弴の「恐ろしき結婚」（「太陽」大6・5）について論及している。「社会問題人道問題の一つとしての「結婚」若しくは「性の闘争」を取り扱つた」もので、作者は書くにあたって「最初に或る概念を作り、一つの目標を立て」、「写実的に書かうとしたに拘らず」、「知らず識らしず写実から空想の世界へ突入してしまつた」とする。「此の空想と写実の世界の継ぎ目の処に、見逃し難い空隙」があり、それを充たすためには「内面的」、「外面的」な「描写」が不可欠であったと指摘した。また「描写」と「深みのある細かな説明」があれば、「たとひ今迄は世の中に無かつた事でも、芸術に依つて其れを有らせることは出来る」とした。夫の熱情に決して応えようとしない妻粂子は、観念的な「男性」に憎悪し、復讐の意志をもっているのである。小説の巻末、「今でも、最後までも、貴方を愛し続けてゐます」と告げ、眼前でピストル自殺を図ろうとする夫を制止もしない粂子の心理状態を、「このことは、彼女には少しも意外なことではなかつた。良人に自殺さすことが必ずしも彼女の望みではなかつた。ただ憎み続けたのだ。」と里見は書くが、読者にとっては唐突な結末である。粂子の男性に復讐する心理や煩悶も見えて来ないし、その原因も説得力がない。むしろ社会制度に向けられるべき怨念が、罪もない夫一個人に向けられていることなども、作者の思想を敷衍するには設定に無理があり、描写も不十分である。谷崎も粂子が「近代人の繊細な神経を持つ妙齢な女子」として描かれていないことへ不満をもつ。しかし、このような題材、テーマに興味をもち仔細に論じていく谷崎の関心のありようにこそ、私は注目したいと思う。

次に「饒舌録」中の三点の記述に触れてみたい。まず、谷崎はこの頃書くにも読むにも、「うそのことでないと面白くな」く、「写実的なもの」は書く気にも読む気にもならず、「身辺雑事や作家の経験をもとにしたもので」、「どん〳〵引き摺つて行かれるやうな作品はめつたにない」という。そして、「出来るだけ細工のか、つた入り組んだものを好くやうにな」り、当分「此の傾向で進」みたいといっている。

第二点は、「大菩薩峠」の性格描写に触れて、「主人公の龍之助があれだけ書けてゐれば」、「その他の人間はタイプだけで結構」だと指摘していること。また、文楽人形に触れて、「東洋風の慎ましやかな幽婉な婦人を戯曲に描けば」、「タイプ以上の個性を出すことは出来ない」としていること。

第三点は、ジョージ・ムーアの小説の文体に注目し、「筋で持つて行かずに気分や情調で持つて行く歴史物も亦捨て難い」としていること。以上の三つを合わせると「蓼喰ふ蟲」の構想の一部が形造られはしまいか。矛盾するようだが、「身辺雑事」を書いたものでも、谷崎は「事実小説でもいゝものはいゝ」と荷風や秋江の作品を評価している点は考えるべきである。そして「気分や情調で持つて行く」点は「蓼喰ふ蟲」冒頭が想起される。谷崎のいう「気分」「情調」は、作中によく見られる〈けはひ〉〈雰囲気〉と同義的に用いられている。

「蓼喰ふ蟲」はこれといった「筋」はもたず、三月下旬から六月初めに至る二三ケ月の時の流れの中に、ある事件が起こりつつあるという「予覚」（その二）に従い行動する斯波家、およびその周辺の人々を写している小説である。小説の冒頭、斯波邸における夫婦の互いの無関心と冷たさから醸し出される〈気分〉が、これ以上にはないと思われるディテールの確かさによって緻密に描写されてゆく。三島由紀夫は「谷崎潤一郎」（豪華版『日本文学全集　12　谷崎潤一郎集』、河出書房、昭41・10）において、この作品の写実的凄味は、あくまで冒頭数章の、主人公の妻に対する性的無関心を描いてゐるところにあり、ここには、性的関心がたとへ侮蔑と崇拝のアンビヴアレンツをゆれうごいてゐるとしても、ひとたび性的無関心にとらはれたときの男は、どのやうな冷酷さに到達しうるかといふ見本がある。

と指摘した。これに何も補足する必要はなかろう。

要と美佐子が二人きりでいると必ず〈気づまり〉な空気が漂う。

妻の化粧の匂ひが身辺にたゞよふのを感じると、それを避けるやうな風にかすかに顔をうしろへ引きながら、彼女の姿を、と云ふよりも、衣裳の好みを、成るべく視線を合はせないやうにして眺めた。

（その一の一）

美佐子はいつの間にかマニキユールの道具を出して、膝の上でセツセと爪を磨きながら、首は真つすぐに、夫の顔からわざと一二尺上の方の空間に眼を据ゑてゐた。

（同）

（傍線筆者。以下の引用部も同じ。）

傍線を付した修飾句の執拗さ、また二人の位置と距離との正確な描写は互いの心象を的確に表現し尽し、視覚、嗅覚、〈けはひ〉に敏感に反応する〈気づまり〉な〈気分〉を写している。

また、出かけることを「夫も妻も進んで決定しようとは」しない「受け身な態度」に終始するのも、ほんの一時間ばかりの「お互の気づまりな道中が思ひやられ」るからであり、愛人に会いに行きたい妻の心を要が「察してやらない」ことからも陰険さが漂い、この〈気分〉がこの場の動かしがたい主役として存在しているのである。他に誰が居るわけでもなく、二人だけの会話の場で、まともに相手を見ようとはせず、〈けはひ〉だけで接している二人の間に流れる空気のしらじらしさと冷たさは、「性的無関心」の凄絶さともいうべきか。妻は「ぼんやり空《くう》を見張つたまゝ機械的に爪をこす」り、「夫の方へは眼をやらずに、三角に切られた左の拇指の爪の、ぴか〳〵光る尖端を間近く鼻先へ寄せながら」言葉を掛ける。夫の返事に「あかの他人に対するやうなあいそ笑ひを笑」う美佐子。そして美佐子が「妻たるもの、なすべき仕事をさつさと手際よく、事務的に運」び、夫の身じたくを手伝う場で、「要は二三度彼女の指が項《うなじ》のあたりをかすめたのを感じたが、その肌触りにはまるで理髪師の指のやうな職業的な冷めたさしかなかつた」と、その手際、〈けはひ〉、触覚にも妻の心が写し出されてゆく。二人の会話としてことばで表現するよりも、動作を客観的に、正確に描写することで、二人の心持ち、二人が作り出す〈気づまり〉が的確に、迫力をもって伝わる。

「その二」では二人の「気づまりな道中」が描かれる。電車内では、「互に衣《きぬ》を隔てゝ体温を感じ合ふことが窮屈」で、今ではそれが「不道徳」に思われ、それぞれ向かい側に坐る。美佐子は要の「顔が邪魔になる」ので、本を「屏風」にする周到さである。次に、「始めて夫婦らしく肩を並べ」タクシーに収まった二人。

もし第三者が四つのガラス窓の中に閉ぢ込められた彼等を見たなら、二つの横顔が額と額と、鼻と鼻と、頤と頤とを押絵のやうに重なり合はせて双方が脇眼をふることなく、じつと正面を切つたまゝで車に揺られつゝ行くさまに気づいたであらう。

そして一と言ずつ口をきいたあとも正面を切ったままで、「妻には夫の、夫には妻の、鼻の頭だけが仄白く映つた」。作者は触覚と交叉することのない視線と〈けはひ〉を写すことで、また世間の眼にさらされて高まる緊張感も加わる、〈気づまり〉の〈気分〉を描こうとしたのである。

「蓼喰ふ蟲」の感覚描写（五感の他に〈けはひ〉も含める）をみてみると、視覚と〈けはひ〉（「予感」なども入る）に関するものが最も多く、次に触覚、嗅覚、聴覚、味覚の順となっている。これは厳密な分類ではないが、近代小説において視覚（視線、まなざし）の描写は最もポピュラーなものだが、心で知覚するものも含めて〈けはひ〉の描写が丹念に行われていることは、「蓼喰ふ蟲」の特徴として指摘し得る。

「その二」では子供の弘をめぐる記述がある。要は「子供を安心させたさに惹き擦られて、喜ぶ顔が見たいために妻と馴れ合」うこともあるが、案外「親たちの苦慮を察して、子供の方があべこべに二人を安心させようと努めてゐるのかも知れない」のである。「三人が三人ながらバラバラな気持を隠しつゝ、心にもない笑顔を作つてゐる」家庭で、子供にまでそんな真似をさせねばならないことを要は「ひとしほ罪深く、不憫に」思うのである。この〈察する〉という心の動きも作中多く見られる。小学生の子供をも巻き込んで（子供がいるからこそというべきか）、この息づまるような〈気づまり〉はこの家庭からは去りがたい〈気分〉であることは最早いうまでもない。だから高夏の訪れたときの、斯波家ののびのびとした小康状態の雰囲気への転換はみごとな対照の妙といえる。作中時間の春の訪れとも相俟って、心にくいしかけといってよい。

「「門」を評す」、「芸術一家言」「饒舌録」で見たように、谷崎は他作家からさまざまに小説作法を学んでいった。それらの要素を生かしつつ、夫婦の関係性、その〈気分〉を仔細に描写することでみごとな〈拵へ物〉を作り上げたといってよい。「どうしても性的に和合できない男女は、どちらの罪でも責任でもないわけだから、できるだけ理想的な形態で離婚するにはどうしたらいいか、というイデアールな命題」を「作者がおどろくべきディテールの真実をもって充填したところに『蓼喰ふ蟲』の秀作たる所以がある」という平野謙『昭和文学私論』（毎日新聞社、昭52・3）の見解に尽きてしまいそうであるが、ここに筆者は、その「ディテールの真実をもって充填した」ところは、「イデアールな命題」のみならず、その命題をかかえ込んだこの家庭の悲劇的な、〈気づまり〉な〈気分〉であったといいたいのである。また、それが先述の正宗白鳥のごとき読みを生み、後年谷崎自身の「人に読まれてもそう恥かしくな」い作品という、また「「蓼喰ふ蟲」は、――「卍」よりも特に「蓼喰ふ蟲」は、――私の作家としての生涯の一つの曲り角に立っているので、自分に取っては忘れ難い作品である」（『蓼喰ふ蟲』を書いたころのこと」）という感想をも生むのである。谷崎は自らの筆致の確かさ、ある手応えをもって書き進んでいったのであろう。

五

今見てきた冒頭と対照的に、後半の「その十三」では、「二人は珍しくも面と向つて互の眼の中を視詰《みつ》めながら話してゐる」場が写し出される。谷崎はこれを「珍しくも」と注意を喚起することを忘れていない。交叉しない視線は過去のものとなり、「視詰め」合えるようになったのにはわけがあった。つまりこの場の美佐子はすでに「美佐子」と括弧がつけられ、別の女に変化してしまっているのである。要は美佐子の感情の表し方に「彼女が最早や此処の家庭の者ではないことを何より痛切に感じ」、「嘗て自分の妻たりし女は既に此の世にはゐないのではないか。今さし向ひに据わつてゐる「美佐子」は全く別な人間になつてゐるのではないか」と認め、「別離の悲しみ」が要を支配する。同時に、「苦に病んでゐた最後の峠は気が付かないうちに通り越してしまつたのかも知れない」という、ある種の安堵感も広がってゆく。そして恋人の許へそそくさと出かけて行った「一人の女」を見送った要は、「俄かに家庭が空虚にされてしまつたやうなうら淋しさ」に「堪へ難」く、また「名ばかりの夫婦」とはいえ、それに対する「なつかしさ」も感じているのである。この場を覆う〈気分〉が複雑である。「悲しみ」「うら淋しさ」、安らぎと静けさ、「なつかしさ」、諦念と未練が渦巻き、要を包み込む。この〈気分〉はわれわれ読者にも惻惻と伝わってくるのは、「ディテールの真実」が作品と読者の空隙を「充塡」したからだといってよいのではないか。

美佐子は要との関係性を脱し、すでに「妻」でなくなった。ここにはっきりと越えられない溝ができてしまったのである。先に引用した冒頭の美佐子の爪を磨ぐ場面（その一）と、「美佐子」になった「女」を写す次の場面、

美佐子は縁側に坐布団を敷いて一方の手で足の小指の股を割りながら、煙草を持つた方を延ばして皐月の咲いてゐる庭の面へ灰を落した。（その十三）

と、この美佐子を写す二つの場面は、縁側と爪、夫婦の間に存在する溝（「その一」と「その十三」とでは質が違うが）のイメージから、「門」のラストと重なってくるのである。

御米は障子の硝子に映る麗な日影をすかして見て、／「本当に有難いわね。漸くの事春になつて」と云つて、晴れぐしい眉を張つた。宗助は縁に出て長く延びた爪を剪りながら、／「うん、然し又ぢき冬になるよ」と答へて、下を向いたまゝ鋏を動かして居た。

こゝで全体がポツリと切れて居る。長い、長い二人の生涯の一部分を、無雑作に切り離したやうな終り方である。余韻がある。（谷崎「「門」を評す」より引用）

夫婦の愛について書いているとき、宗助・御米が谷崎の脳裏をかすめたことがあった筈である。(9) ま

して、自分の文章中に引用したラスト・シーンは殊さら印象深いものでもあった筈だ。谷崎は「門」のラストの〈気分〉と形を「蓼喰ふ蟲」に挿入したのではないだろうか。並行線のまま閉じる会話に、夫婦間の距離が測れる。要と美佐子の間にも決定的な距りが出来ていた。越智治雄（『漱石私論』角川書店、昭46・6）は「門」のここに流れているのは、「まさに人の生きて死ぬ同じむなしい時間である」という。とすれば、「蓼喰ふ蟲」の「その十二」に流れているものは、要にとって「気が付かないうちに通り越してしまった」時間に対するむなしい〈気分〉であるといえるのではないか。また小平武(10)は宗助・御米の会話を「生活にいろいろ不安・心痛の種はあり、多少の波立ちはあっても、最後にはそのすべてが循環する時のなかに吸いこまれて行くことを暗に語っている」ととらえる。ここに「循環する時」の流れに身をまかせるしかない宗助の姿を見い出すことができる。この自然の流れに身を横たえる姿には、諦念に根ざした安らぎが感じられ、運命を信じながらその中に身を投じる無私の姿も見い出されよう。谷崎はこの会話に「長い、長い」「生涯」の流れを見、その「余韻」を受け取っていた。この〈雰囲気〉は離婚のための六つの「条件」を美佐子に提示し、「有りがたう」と了承されたあとの要のまわりに漂っていたものでもある。つまり、

その時以来要は二人の関係に文字通り「眼をつぶつて」しまつた。もうこれでい丶、このま丶じつとしてゐれば自分の運命はひとりでにきまる。——彼は流れに身をまかせて、事の成り行きが運んでくれるところまで、素直に、盲目に、くツついて行くやうに努める以外に、自分の意志

を働かせようとしなかつた。

（その八）

「流れに身をまかせ」た要のまわりでは望みどおり「事の成り行き」は進行する。要は子供へ両親の別離を自らの口で伝えることに苦しんでいたが、高夏が成りゆき上、それを実行してしまい、妻は「一人の女」となった。いよいよ老人と対顔するときが来た。〈気分〉も一つの方向を指して流れ出していた。もう止めようがない。

虫が知らせるとでも云ふのか、ちやうど今頃、父の説諭に反抗してゐる妻の一途な言葉のはし〳〵が聞えて来るやうな心地がする。要はその時、妻より一層強気な決意がいつしか自分の胸の奥にも宿つてゐることをはつきり感じた。

（その十四）

別れを〈予覚〉する〈気分〉が充満し、「急にひいやりして来ましたね、もう直き夕立がやつて来ますぜ」（その十四）という〈けはひ〉のとおり、今までのすべてを洗い流すかのように、「大粒の雨」が辺りを清浄な〈気分〉に包み、この小説は閉じられるのである。

＊

美佐子は高夏に、「要がゐると妙にあたしは不自然になるのよ」、「二人で鼻を突き合はせると、どうしても思ふやうに口がきけないの」（その七）、と告白する。その〈気づまり〉な斯波家は、高夏の来訪で一挙に春がもたらされる。

神戸港に迎えに出た弘は「図に乗つて」珍しく人前で大阪弁をしゃべり、「揚げ足を取つたり」の「はしやぎ」ようである（その四）。朝遅く起きた美佐子の耳に、弘と犬の戯れる声が「いかにも春らしくのどかにひゞいて」、美佐子は「いつでも今日のお天気のやうにうら、かな気分でありたい」（その六）と思う。高夏を迎えた斯波家では、愉快で明るい弾むような会話が展開し、みんなが季候の春の麗らかさと、〈気づまり〉の小康とを満喫しようとしているのである。

美佐子はほんたうに幾月ぶりで夫の高笑ひを聞くのであらう。南を受けたヱランダに差し向ひの椅子に凭《よ》りかゝり、子供と犬との戯れるのを眺めながら日を浴びてゐる此の平和さ、――夫が語り、妻が応じて、遠来の客を迎へつ、ある此のまどかさは、世間を欺《あざむ》くと云ふ必要が除かれた、めに、却つて自然の夫婦らしさがまだ幾らかは残つてゐることを示してゐた。そして夫婦は、此れがいつ迄つゞくものではないにしても、かう云ふ場面に暫く自分たちを休らはせて、ほつと一と息入れたいのであった。（その六）

ここにはコミュニケーションがある。一瞬でもこの円満さを逃すまいとする各人の〈気分〉がよく表されている。この「平和さ」は読者にも微笑ましいものとして伝播する。子供の明るさが読者をも休らわせる。われわれ読者が小説とともに呼吸していたことを思わず知らされるのである。

要は〈気分〉に拘り、〈気分〉を味方に行動する。極端に涙を嫌い、「顔をゆがめて泣きわめく世話場の中へ自分を置くこと」（その五）を厭う。「東京人の見えや外聞を気にする癖」（同）がそうさせるという要は、別れのときの〈気分〉作りに神経を使う。春三月が別れるチャンスだと思う理由が、子供の学校が休みになり、子供の悲しみを旅行や何かで、「何とでもして紛らしてやることが出来る」（同）というもので、「季候の工合で悲しみの程度が余程違ふ」から「別れるなら春がいゝわね」（同）と美佐子もこれには同意見である。ほかに、阿曾との恋に悩む美佐子に「暗い場所だと」「感傷的になりさうなので、わざとさわやかな朝の時間を選ん」で話をしていること（その八）、ルイズに会いにゆくときは、「午後の一時か二時の日の高い間を選んで、帰り道に一ぺん青空を見た方が後味がさつぱりとするし、全く散歩の気分を以て終始することが出来る」（その十二）からであるといい、服装も「身軽な運動服のいでたち」で、など徹底している。

これらは小説の筋とは係わりがなさそうに見えながら、〈気分〉によって行動し、〈気分〉に規定されてゆく人間を描き、その意味で小説のリアリズムを獲得しているのである。むしろ作者はすべての場面を〈気分〉によって写し取ろうとしているかのようだ。弁天座（その二～三）においても、要は「女房のふところには鬼が栖むか蛇が栖むか」の文句には「暫く胸の奥の方が疼くのを感じた」けれども、「自然にすら〳〵浄曲の世界へいざなはれて」、「うつとり」した〈気分〉に浸っている。また淡路人形芝居の場（その九～十二）でも、「一つのお伽噺――何か童話的な単純さと明るさとを持つ幻想の世界」に「のどか、――全く此処の感じは「のどか」の言葉で尽きてゐる」という〈気分〉と、

「此の快感」、「のんびりした、ものういやうな、甘いやうな気分」に浸っているのである。あるいは二つの人形芝居の風景は、この〈気分〉のための道具立てになっているとでもいいたくなるのである。

＊

浅井清(11)によれば、新聞小説は「内容からみると、新聞の機能や性格と不即不離の関係を保つ上から時事性・季節感・風土性なども大きな要素」であり、「紙面の季節と同調するように新聞小説中の季節はそれなりに意味があった」という。そして漱石の「門」は「淡々とした日常の時間の描写を読者の日常の時間と同調させながら、日常と意識の亀裂を通して生の不安を暗示し」、「連載時の季節とは大きく違うが、小説の中の時間の進行と連載期日とはほぼ見合う形になっている」としている。では「蓼喰ふ蟲」はどうなっているか。

連載は一二月三日〜六月一七日の約七ケ月で、小説の中の時間は三月下旬〜六月上旬の三ケ月にわたる。描かれた季節を見ると、弁天座へ向かうところ（その二の三、12月11日掲載）では「三月末の彼岸ざくらが綻びそめる時分」で「何処となく肌寒さ」が残るとある。高夏の神戸港到着（その四の一、12月27日掲載）は高夏の書簡の日付が示す「三月二十六日」、高夏の訪れた斯波邸の翌朝（その六の一、1月15日掲載）は「欄間の障子にぎら〳〵してゐる日ざしの様子では、外は桃の花の咲きさうなうらゝかな天気」となっている。淡路行き（その九の二、3月28日掲載）のとき、老人は「五月と云ふのに藍微塵の葛織の袷羽織を引つかけ」ており、ミセス・ブレントの家の裏庭（その十二の二、4月24日掲載）には「五月の青葉の明るさが充ちて」いる。要の手紙に対する老人の返信（その十三の一、5月9日掲載）には「二十九日（筆者註…五月）御差立の貴札昨夜披見致候」とあり、高夏が美佐子に宛てた返書（その十三の五、5月15日掲載）は「五月二十七日」付である。いつの間にか小説中の時間の方が連載時の日にちを追い越している。そして最終章（その十四の七、6月17日掲載）では「夕立」が来て、「逃げ込んで来た青蛙が一匹、頻にゆらぐ蚊帳」に止まっている。その少し前には「甘子」「若鮎」など琵琶湖地方の晩春の味がお膳にのぼる（その十四の三、6月4日掲載）。すでに晩春から初夏の趣きである。

小説時間と連載時期は、前半ではズレていたものの〈けはひ〉としては合っており、後半には重なってくる。寒いときから温い時期に向かう点では連載時期と小説時間の流れとは同調している。谷崎が「毎日たのしく」「その時の気分に任せて」書いたというのはこの点では首肯できる。〈気づまり〉から一つの解決への〈予覚〉へ向う、〈緊張→弛緩〉という〈気分〉の流れを、〈寒冷→温暖〉の季節の流れに、同調させて描いていったところはみごとである。

先に浅井の指摘した「風土性」も「季節感」と相俟って描かれている。小説舞台の関西の文化、文楽や淡路人形芝居は当然のこととして、雛人形を出すのも「関西へ移つてからは土地の風習に従つて一と月おくれの四月の三日を節句にしてゐた」（その六）など「土地の風習」をさりげなく語り、その風土に身を置くリアリティがある。「大阪人の」「流儀」への嫌悪（その三）の記述は東京人が関西へ住んでいるという肌合いを現わし、ここにも生活的なリアリティがある。

「時事性」については、谷崎の得意とする風俗を盛り込むことでその一端を果たしている。阪急電車のハイカラさ、大正九年（一九二〇）発売の新型カメラ「パテエ・ベビイ」、上海の様子、高夏たちの嗜好など。また大正一五年一一月の御霊文楽座焼失を、「文楽座は焼けちまつたんで、道頓堀の弁天座といふ小屋なんださうだ」（その一）と報じている。「トタン屋根にバラックの今の東京は論外」（その十）と、大正一二年九月の関東大震災後の谷崎を失望させた首都復興、都市計画に対する批判も忘れていない。またミセス・ブレントやルイズを通して日本における外人売娼宿の浮沈や、「世界戦争」（第一次世界大戦、一九一四〜）、「不景気」など世界情勢にも触れている。つまり、「蓼喰ふ蟲」は新聞小説としての要件を充たしている小説であるといってよい。

「生活上に起つた一つの事件に着想を持つて書き出し」、「その時の気分に任せて書いて行つた」小説「蓼喰ふ蟲」は、〈気分〉に忠実な仔細な描写により、おそらく作者谷崎も予想しなかった、小説のリアリティを獲得し得た成功作といってよい。季節の〈気分〉、風土の〈気分〉、時代の〈気分〉をも写した小説であり、作者自身のいうように、当時の谷崎の〈気分〉を十二分に写し得た小説であった。

＊

本章では従来行われていなかった視点から、新たな読みを試みた。

女が「神」か「玩具」でなければ愛し得ないような自称「女性崇拝者《フエミニスト》」要は、本来結婚する資格のない男である。しかし妻がおり、子供まで成した家庭の夫であり、父である。妻を疎みつつ、子供への愛情は去りがたく、「家庭」という型への未練はさらに根強い。「飽きると云ふこと、、別れると云ふことは別さ。飽きたからつて、又おのづから恋愛ではない夫婦の情愛が生ずると思ふ。大概の夫婦はそれでつながつてゐるんぢやないか」（その八）は、要の夫婦観を語ることばであるが、「家庭」への未練の証しでもある。「子供の愛に惹かされて自分たちの身を埋れ木にするのが愚かしいと云ふ考にも二人ながら行き着いてゐた。」（その八）といいながら、「別れなくても済むかもしれない」（その二）という「一縷の望み」（その十三）は、子供の不憫さを思うとき、必ず地続きで首をもたげる思いであった。曖昧な生き方をつづける父であり、夫である要像のかなたにあるものは何か。

「子供」は谷崎にとって不可知な部分である。そのまま、それを産む人＝女につながっている。谷崎文学の要素に「母性思慕」がある。幼少年の視点から母を恋うることは自らの体験に根ざし、名作を残した。しかし「子供」が描けたか、「子供」の母＝「母性」を描くことができたのか、疑問である。美佐子は「母婦型」（その五）といいながら「母性」は希薄である。何故か。「卍」の園子は初出段階では子供のいる女＝母として描かれ始めていたが、「避妊」する妻と構想が変更されたのは何故か。また「春琴抄」（昭8・6）では春琴の産んだ子供は里子に出され、子供への「未練」はないとされる。谷崎における「母性」の問題は興味が尽きない。

註

（1）谷崎松子『倚松庵の夢』（中央公論社、昭42・7）、谷崎潤一郎『雪後庵夜話』（中央公論社、昭42・12）参照。

（2）昭和2年7月26日の項（『野上彌生子全集』第Ⅱ期第二巻、岩波書店、昭61・12）

（3）談話のためか「全集」には収録されていない。参考のため、後半を記しておきたい。

「六、七年前に一度ゴシップ子の口の端にのぼつたと《ママ》があつたが、その時にはまだ僕もそこまでの決心はつきかねたのと、その後生活の場所が違つたりしてあれの気持もそのことを忘れてゐたやうです、こんどは佐藤の方から話があつたので千代の気持も聞いた上でかうすることにしました、次は鮎子の問題ですが、あれももう十五だし数年の間にはどうせよそにかたづけねばならない、幸ひ佐藤なら気心も知つてゐるし子供もゐないからあれと一緒に行つて貰ふことにしました、僕はこの家にゐるのも少し変だから綺麗さつぱり旅に出ることにしましたが、住むのはやはり関西にします、武林は外遊を勧めるが今のところそんな気はありません」（「大阪朝日新聞」）

（4）「嶋中鵬二氏に送る手紙」（「中央公論」昭31・4）。「鍵」の続稿（「中央公論」）よりも「鴨東綺譚」（「週間新潮」）を優先させたい旨を伝えたもの。

（5）小倉敬二（元朝日新聞社出版局長）「『卍』と『黒白』のころ」（「月報11」『谷崎潤一郎全集』第一一巻、昭42・9）

（6）延べ日数は一七二日、連載は夕刊であったため、夕刊休刊日二四日を差引きすると、実質一四八日となる。

（7）「（前略）あーあ、やつぱり夫は有り難い、自分は罰中《ばちあた》つたんや、もうあんな人のこと思ひ切つて、一生此の人の愛に縋らう、――と、一途に後悔の念湧いて」云々。

（8）初刊本の「卍（まんじ）緒言」に、「此の一篇は作者が肚裡の産物にして、モデルも種本もあることなし。」、「作者は元来東京の生れなれども、居を摂州岡本の里に定めてより茲に歳有り、関西婦人の紅唇より出づる上方言葉の甘美と流麗とに魅せらるること久しく、試みに会話も地の文も大阪弁を以て一貫したる物語を成さんと欲し……」とあるくらいである。

（9）村上春樹は『村上春樹、河合隼雄に会いにいく』（岩波書店、平8・12）において、「ぼくが『ねじまき鳥クロニクル』を書くときにふとイメージがあったのは、やはり漱石の『門』の夫婦ですね。ぼくが書いたのとはまったく違うタイプの夫婦ですが、イメージとしては頭の隅にあった。」という。「門」だけでなく漱石作品は近現代の小説家にとって超えるべき試金石であったろう。シェークスピアの如き。

（10）「漱石の季節──『門』の循環する時間──」（『講座夏目漱石　第四巻〈漱石の時代と社会〉』有斐閣、昭57・2）

（11）「漱石と新聞小説」（註10と同書に所収）

《付記》本章の「卍」の引用文は「改造」掲載の初出本文に依った。

《資料紹介》

削除された初稿　盲目物語ⅰ

はじめに

ここに紹介するのは、「中央公論」昭和六年九月号に掲載された谷崎潤一郎の「盲目物語」初稿の冒頭部分である。四〇〇字詰め原稿用紙二〇枚分に相当する。『現代日本文学アルバム 第5巻 谷崎潤一郎』（学習研究社、昭48・9）、『新潮日本文学アルバム 7 谷崎潤一郎』（新潮社、昭60・1）には、「盲目物語」原稿の冒頭一枚が写真掲載されていて、それが初出誌掲載以降の現行の「盲目物語」の冒頭部分とは違っていることから、初稿が別に存在したことはわかっていた。それが、この度、「企画展　昭和10年前後の谷崎潤一郎―『盲目物語』から『潤一郎訳源氏物語』まで―」（平8・10・5～11・24、於芦屋市谷崎潤一郎記念館）に、「盲目物語」冒頭の原稿二〇枚が表装された二つ折りの屏風が出展され、右記の『アルバム』掲載分のつづきを見ることができ、原稿用紙約四枚分が削除されていたことが判明したのである。この屏風の所有者の許可を得て、次の凡例に従い翻刻するが、この原稿屏風全文の翻刻紹介はこれが初めてである。

〔凡例〕

・表記については、原則として漢字は新字体とし、仮名遣いは原文どおりとした。一字下げの改行も原文どおりである。

・谷崎によって、墨で二字分消されている場合は（2字）と記し、消された字数が正確にわからない場合は（10字余）と「余」を付した。

・原稿用紙の終わりは」1〜」20で示した。

・原稿にある朱筆による指示や初出誌との異同などは、適宜後注に記した。

【本文】

盲目物語

谷崎潤一郎 ※1

摂津の国三島郡芥川の近くに横山と云ふ旧家がある。当主は慶應理財科の出身で、七八年前から私と昵懇《ママ》にしてゐるのだが、つい近頃のこと、私は偶然その家へ遊びに行つて珍しい写本を見せて貰つた。それは横山家の何代か前の先祖にあたる横山辰之と云ふ人（3字）の書いたもので、此の人は相当の国学者であつたらしく、外にも日記や歌集などをたくさんに（2字）遺してゐるのである。今云つた写本は、最初に美しい和文で綴られ（1字）た「はしがき」が附いてゐて、それを読むと此の本の（2字）書かれた由来が分る。ここにその概略を述べると、辰之大人《うし》が隠居をして菱池軒と号してゐた時分、或る年――と云ふのは、元和三年の夏のころ、同国有馬の温泉へ暫く湯治に行つてゐたところが、そこで一人の年老いた盲法《めくらほふ》」1師《し》と近づきになつた。その法師は温泉町に住んで（3字）按摩を生業《なりはひ》にして（20字）ゐる傍《かたはら》、三味線を弾くのを楽しみにし、隆達節《りゆうたつぶし》や弄斎節《らうさいぶし》を始めとしてもう大方は世に忘れられた古い小唄を、いかにも哀切な声でうた（1字）つた。殊に酒（1字）を与へると喜んで盃の数を重ね、酔へば客の促すのを待たずに（1字）謡ひ出すのが（2字）癖であつて、さう云ふ時はその声が一層（4字）聴く人の腸を断ち、謡つてゐる法師（2字）も己れの美音に恍惚とな（6字）り、果ては自ら感極まつて盲《し》ひた眼《まなこ》に（3字）涙を浮かべる。菱池軒はかねてから此の法師の（3字）様子が尋常でない（14字）のに心付き、或る夜のつれづれに酒を（4字）酌みつつそれとなく（2字）身の上を（2字）質してみると、初めは（3字）人に知られることを甚だしく恐れ（7字）、兎角躊躇《ママ》してゐたけれども、決して他言をしないからと云ふと、やうやう安心した（4字）らしく下のやうな（4字）ことを語つた。自分は（と、菱池軒が云ふのである。）それを聞くにつけても、此の法師の痴愚と不運とを憐れ」2む一方に、過ぎし戦国の世のありさまがまざまざと眼前に浮かび出る心地がした。盲目の人は頑《かたくな》なものであると云ふから、法師の話したことの中には思ひ違ひや、僻みや、邪推や、依怙贔屓などもあるであらうが、しかしつらつら考へてみるのに、人の気の付かない正史の蔭にかう云ふ事実も或ひは潜んでゐたであらうと思はれる。それで（3字）他言をせぬことを誓つたけれども、（2字）一時の座興に聞き流すのは余りに惜しい気がしたので、その場でそつと（12字）要所要所を心覚えに紙に書き留め、明くる日、記憶の消えぬうちに、成るべく聞いた通りを辿つて綴つたものが此の一書である。されば此の書は言葉づかひに不束《ふつつか》なところもあり、（9字）体裁の整はない（1字）ふしぶしも（3字）あらうが、自分の趣意は立派な文章を（2字）作ることにあるのではない。法師の生きて世に在る間は人に示されぬ文《ふみ》であるから、自分はただ、法師に代つて彼の言葉を（4字）生き写しにして、後世のために残」[3]して置（8字）きたい。もし我が家の子孫たちが此の書を読んで、さながら（3字）親しく法師の声を聞くやうな感じがしたら、自分の望みは足り（1字）るのである。——

以上が「はしがき」の大要であつて、前にも云ふやうに此処迄は流麗な美文で書いてあるのだが、此れから先は正しく盲法師の言葉を「生写しにし」たものであらう（1字）、当時には珍しい口語体で、かの「おあん物語」や「おきく物語」に見るやうな話し振りで舒述してある。（8字）だからほんたうは原文のままを（2字）掲載した方が却つて（4字）学者の参考になると（1字）思ふけれども（3字）、一般の読者のためにはそれも余り不親切であるから、（3字）今試みに出来るだけ現代語に和げてみた。が、（6字）此の物語の興味は、その珍しい文体よりも寧ろ内容にあると云（10字）ふことは、読んで下さるうちに自然お分りになると思ふ。尚本文中に挿入した三絃の図は、菱池軒の描いた原図が甚だお粗末なものなので、三絃の道に明るい九里道柳子」[4]を煩はして画き直して貰つた（5字）。因みに附記して同画伯の好意を謝する次第である。

*　*　*　*

※2

わたくし生国《しやうごく》は近江のくに長浜（1字）在でござ（1字）りまして、たんじやうは（3字）天文にじふ一ねん、みづのえねのとしでござりますから、（3字）当年は幾つになりまするやら、………左様、左様、………六十五さい、いえ、六さい、………（1字）に相成りませうか。左様でござります、両眼をうしなひましたのは四つのときと申すこと（2字）でござります。はじめは物のかたちなど（4字）ほのぼの見えてをりまして、あふみの湖《うみ》の水の色が晴れた日などに（1字）ひとみに明《あか》う映りましたのを（2字）今に覚えてをります（1字）るくらゐ（1字）、………なれどもそののち一ねんとたたぬあひだにまつたく（1字）めしひになりまして、かみしんじんもいたしましたが何んの（1字）ききめもござり（39字）ませなんだ。おやは百姓でござりま」5したが、十のとしに父をうしなひ、十三のとしに母をうしなうて（5字）しまひまして、もうそれからと申すものは近所の衆《しゆう》の（1字）なさけにすがり、（12字）人の（1字）あしこしを揉むすべを（11字）おぼえてかつかつ世過ぎをいたしてをりま（6字）した。とかうするうち、たしか（5字）十八か九のとしでござりました（3字）、ふとしたことから小谷のお城へ御奉公を（5字）取り持つてくれるお人がござりまして、そのおかたの肝いりであの御城中へ住み込むやうになつたのでござります。（30字）

※3わたくしが申す迄もない、旦那さまはよう御存知でござりませうが、小谷の（1字）城と申しましたら、浅井備前守（2字）長政公のお城（1字）で――（2字）ほんたうにあのお方（2字）はお歳は若うても（2字）おりつぱな大将でござりました。おんちち（3字）下野守（2字）久政公も御存生でいらつしやいまして、とかくお父子の間柄が（3字）よくないと申す噂もござりましたけれど（1字）、

それもともとは（5字）久政公が」6 お悪いのだと申すことで、御家老（2字）がたをはじめおほぜいの御家来（1字）しゆうもたいがいは備前（2字）どのの方へ服してゐたやうでござりました。なんでも事のおこりといふのは、（10字）長政公が十五（1字）におなりになつたとし、えいろく二ねんしやうぐわつと云ふのに元服をなされて、それまでは新九郎と申し上げたのが、そのときに備前のかみながまさとお名のりなされ（1字）、江南《こうなん》の佐佐木（1字）抜関斎の老臣（1字）平井加賀守どのの姫君をお迎へなされました。ところが此の縁組みは長政公の御本意でなうて、（2字）久政公が云はば理不尽におしつけられたのだと申すことでござります。下野どのの（5字）お考へでは、江南と江北とは昔からたびたびいくさをする、今は（1字）をさまつてゐるやうなれどもいつまた合戦が（1字）おこらないとも限らないから、和議のしるしに（8字）江南とこんいんを（1字）取りむすんだら、ゆくすゑくにの乱れるうれひがないであらうと、さやうに申されるのでござりましたけれど、（3字）備前守ど」7 のは佐々木の家臣の聟となると云ふことをどうしてもおよろこびになりませなんだ。しかし父御《ててご》のおいひつけでござりますから是非なく承（1字）引なされまして、ひらゐ殿のひめぎみを一たんはおもらひになりまし（2字）たものの、そののち江南へ出むいて加賀守と父子の盃をしてまゐれと云ふ久政公の仰せがありましたとき、これはいかにもむねんだ、父のめいをそむきかねて平井ふぜいのむこになるさへくちをしいのに、こちらから出かけて行つておやこのけいやくをするなどとは以てのほかだ、弓馬の家にうまれ（1字）たからは治乱の首尾をうかがつて天下に旗をあげ、やがては武門の棟梁ともなるやうに心がけてこそ武士たるものの本懐だのにと仰つしやつて、とうとうその姫ぎみを、久政公へは御さう談もなしに里方へかへしておしまひになりました。それはまあ、あまりと申せば乱妨※4な仕方で、（4字）てての御（8字）腹立《ふくりふ》なされましたのも御尤もではございますけれども、まだ十五六のおと」8 しごろでさういふ大きなこころざしを持つていらつしやると云ふのは、いかにも尋常なお方でない、浅井の家をおこされた先代の亮政公に似かようて、うまれながらに豪傑の気象をそなへていらつしやる、かういふ主君をいただけばお家の御運は万々代であらう、まことにあつぱれなお方だと、御家来しゆうがみな備前どのの御器量をおしたひ申して、てごの方へは出仕するものもないやうになりましたので、ひさまさ公もよんどころなく家督をびぜんどのへおゆづりになりまして、ごじしんは奥方の井の口殿をおつれになつて、竹生嶋へこもつていらしつたこともあるさうでござります。

けれどもこれはわたくしが御奉公にあがりました以前のことでござりまして、当時は父子のおんなかもいくぶんか和ぼくなされ、下野どのもゐのくちどののもちくぶ嶋からおかへりになりまして、お城でくらしていらつしやいました。長政公は二十五六さいのおとしで」9 ござりましたらうか、もうそのときは二度めの奥方をおむかへになつていらつしやいましたが、そのおくがたと申されますのが、もつたいなくも信長公のおん妹君、お市どのでござります。このえんぐみは信長公が（25字）美濃のくにより御上洛のみぎり、いま（1字）江州で（2字）きりやうのすぐれた武将と申せば、歳はわかくてもあさゐびぜんのかみに越すものは（3字）あるまじ、ひとへに味方にたのみたいとおぼしめされて、なにとぞわが縁者となつてくれぬか、それを承引あるうへは（2字）浅井と織田とちからをあはせ（1字）て観音寺城に（2字）たてこもる佐々木六角を攻め（4字）ほろぼして都へ上り、ゆく（2字）ゆくは天下の仕置きも両人で取りおこなはう、みののくにも（1字）欲しくばそちらへ進ぜよう、またえちぜんの朝倉は浅井家とふかい義理のある仲だから、決して勝手に取りかかるやうなことは（3字）しませぬ、越前一国はそちらの指図通りと申す誓紙を入れようなどと、（18字）」10（3字）信長公から※5（5字）それはそれは御ていねいなお言葉がござりましたので、その儀ならばと申すことで、御縁がまとまつたのでござります。それにつけても佐々木の家臣の姫君を（3字）おもらひなされて抜関斎の下風にお立ちなさるところを、きつくおことわりなされたばかりに、当時しよこくを切りなびけてとぶとりをおとす信長公から（2字）さほどまでにお望まれ（13字）なされ、織田家のむこにおなりなさらうとは、――それもまあ、長政公の武略がすぐれていらしつた故とは申しながら、人は出来るだけ大きな望みを持つべきものでござります。不縁におなりなされました前のおくがた（1字）は、ものの半年と御一緒におくらし（3字）はなかつたさうで、そのおかたのことは存じませぬが、お市御料人《ごりやうにん》（2字）はまだお輿入れにならぬうちから世にも稀なる美人のきこえの高かつたお方（1字）でござります。御夫婦なかもいたつて（13字）むつまじうござりまして、お子（2字）たちも年子《としご》のやうにお生（7字）れなされて、もうそのときに、（5字）」11（6字）若君、姫君、とりまぜて二三にんはいらつしやいましたかと存じます。いちばんうへの（1字）姫（2字）君はお茶々（2字）どのと申し上げて、まだいたいけなお児で（1字）ござりましたが、このお児がのちに太閤殿下の御ちやうあいをおうけなされ、かたじけなくも右だいじん秀頼公のおふくろさまと（1字）おなりなされた淀のおん方であらせられうとは、まことに人のゆくすゑはわからないものでございます。でも（4字）お茶々どのはその時分からすぐれてみめかたちがうつくしく、お顔だち、鼻のかつかう、めつきくちつきなど奥方（2字）に瓜ふたつだと申すことで、それは盲もくのわたくしにもおぼろげながらわかるやう（5字）な気がいたしました。

ほんたうにわたくし（4字）ふぜいのいやしいものが、なんの冥加でああ（2字）云ふたふといお女中がたのおそばちかう仕へますことができましたのやら、――はい、はい、左様でございます、まへにちよつと申しあげるのをわすれましたが、最初はわたくし、さむらひ衆の揉」12みれうぢをいたすといふことでございましたけれども、城中たいくつのをりなどに、「これ、これ、坊主、三味せんをひけ」と、みなの衆に所望されまして、（3字）世間のはやりうたなどをうたうたことがござりますので、そんな噂が御簾中へきこえたのでござりませう、唄の上手なおもしろい坊主がゐるさうなが、いつぺんその者をよこすやうにと（2字）のお使ひ（1字）でございまして、それから二三ど御前へうかがひましたのがはじまりだつたのでございます。はい、はい、………いえ、それはもう、あれだけのお城でございますから、武士の外にもいろいろのひとが御奉公にあがつてをりまして、猿楽の太夫なども召しかかへられてをりましたので、わたくしなど（6字）が御きげんを（40字）取りむすぶまでもござりませぬけれども、ああ云ふ高貴なお方には却つてしもざまのはやりうた（3字）のやうなものがお耳あたらしい（6字）ので（1字）ござりま（1字）せう。（6字）それにそのころはまだ三」13味線がいまのやうにひろまつてはをりませんで、（16字）ものずきな人がぽつぽつけいこをするといふくらゐでございました（3字）から、そのめづらしい（1字）糸のねいろがお気に召したのでもござりませう。………さやうでございます、わたくし、このみちをおぼえましたのは、べつにさだまつた師しやうについたのではございませぬ（1字）ので、どういふものか性来おんぎよくをきくことをこのみ、きけばぢきにそのふしを取つて、をそはらずともしぜんにうたひかなでるといふ風でござりまして、しやみせんな（1字）ぞもただをりをりのなぐさみにもてあそんでをりましたのが、いつしか身についた能となつたのでござります。（1字）なれどももとよりしろうとの手すさびでござりまして、人にきいていただくほどの芸ではございませ（8字）なんだのに、つたないところがごあいきやうになりましたものか、いつもおほめにあづかりまして、御前※6へ出ますたびごとにけつこうなかづけ物（2字）を下さ」14 れました。まあその時分は、戦国のこととて彼方此方《あちらこちら》にかつせんのたえまはござりませなん（2字）だが、いくさがあれば（1字）それだけにたのしいこともござりまして、殿様が遠く（1字）御出陣あそばしていらつしやいますと（2字）、お女中がたは（4字）なんの御用もないものですから、（3字）つい憂さはらしに（1字）琴などを遊ばしますし、（4字）それから又、ながの籠城のをりなどは気がめいつてはならぬと云ふので、表でも奥でも、ときどきにぎやかな催し（7字）があつたりしまして、さう今のひとが考へるほどお（1字）そろしいことばかりでもござりませなんだ。（3字）とりわけおくがたは琴（20字）をたんのうにあそばしまして、つれづれのあまりに掻きならしていらつしやい（13字）いましたが、さう云ふをりにふとわたくしが（2字）三味線をとつて、どのやうな曲にでもそくざに（2字）あはせて（6字）弾きま（5字）すと、それがたいさう御意にかなつたと」15

みえまして、（1字）器用なものぢやと云ふおことばで、それからずつと奥むきの方へ（3字）つめるやうになりました。お茶々どのも「坊主、坊主」とまはらぬ舌でお呼びになつて、（2字）あけくれわたくしを（2字）遊び相手になされまして、「坊主、瓢箪のうたをうたつておくれ」と、よくそんなことを仰つしや（1字）つて下さりました。ああ、そのひやうたんのうたと申しますのは、

[※7]忍ぶ軒端に
（1字）瓢たんはうゑてな
おいてな
這はせてならすな
こころにつれてひよ〳〵ら
ひよ〳〵めくに

と、かう（2字）唄ふのでございます。

[※8]あら美しの塗壺笠や
これこそ河内陣みやげ
えいころえいと
えいとろえとな
傷口がわれた」16
心得て踏まへて

ととら
えいとろえいと
えいと（1字）ろえとな

まだこのほかにもいろいろあったのでござりますが、ふしはおぼえてをりましても詞をわすれてしまひまして、いやもう年をとりますとたわいのないものでござります。

さうするうちに信長公と長政公と（1字）仲たがひ（1字）をなされまして、両家のあひだに（4字）いくさがはじまりましたのは、あれはいつごろでござりま（2字）したか。………ああ、姉川の合戦が、（3字）元亀ぐわんねんでござりますか。かういふことは旦那さまのやうにものの本を読んでいらつしやるお（2字）かたの方がよく御存知で（2字）ござりま（3字）す。………なんでも（5字）御奉公に出ましてから間もないことでござり（4字）まして、（2字）不和のおこりと申しますのは、のぶながこうが浅井（1字）どのへおこ（1字）とわりもな（2字）しに、えちぜん※9の朝倉どのの領分へおとりかけ」17なされたのでござります。いつたい浅井のお家と申すのは、先々代すけまさ公のとき、あさくらどのの（1字）加勢によって御運をおひらき（1字）な（7字）されまして、それ以来あさくらどのには恩ぎをうけて（20字余）をられます。さればこそ織田家と御えんぐみのとき（1字）にも越前のくにには手をつけぬと、信長公よりかたいせいしをおとりにな（4字）つたのでござりましたが、わづか（1字）三ねん（1字）とたたないうちにたちまち誓紙をほごにして、当家へ（2字）いちごんのあいさつもなく（2字）手入れをするとはけしからぬ（5字）、信長といふ奴は軽薄ものだと、だい一に御隠居の下野どの（3字）が御（2字）りつぷくで、長政公の御殿へおいでになりまして、近習とざまの者までもおあつめになつて、のぶながの奴、いまにえちぜん※10をほろぼして此のしろへ攻（1字）めてくる（1字）であらう、えちぜん※11のくにの堅固なあひだに、朝倉と一味して信長を討ちとつてしまはねばならぬと、えらいけんまくでござりましたところが、長政公も、ごけらいしゆうも、しばらくはこと」18ばもござりませなんだ。それはまあ、やくそくをほごにすると云ふのは信長公もわるうござりますけれども、（1字）あさくらどのも両家のあひだにやくそくのあるのをよいことにして、織田家へぶれいなしうちをしてゐる。ことに信長公たびたびの御上洛にもかかはらず、一ども使節をさし上げられ（2字）たこともないので、それでは禁裏さ（1字）まや（4字）公方さまに（1字）も（4字）恐れ多い。しよせん織田どのを敵にまはして（7字）はたとひ朝倉（1字）と一つになつても打ちかつ見込みはござりませぬから、（1字）いまの場合はえちぜん※12の方へ（2字）申しわけに千人ばかりも加せいを出（10字）して、織田家の方（1字）はなんとか（4字）巧くつくろつておいたらいかがでござりますと、さう申す人たちが多いのでござりましたが、それをきかれると御いんきよはなほ（4字）怒られて、おのれら、末座のさむらひとして何を申す、いかに信長が鬼神（1字）なれば（1字）とて、親の代からの恩をわすれ、あさくら家の難儀」19をみすててよいとおもふか、そんなことをしたら末代までの弓矢の名折れ、あさゐ一門の恥辱ではないか、（12字）わし（1字）はたつた一人になつてもさやうな義理しらずのおくびやうものの真似はせぬと、まんざをねめ（1字）つけて威丈だかに（3字）なられ（2字）ますので、まあまあ、さう御たんりよに仰せられずによくよく御分別なされ（2字）ましてはと、老臣どもが取りつきましても、おのれら、（3字）みなが（6字）此の年寄りを邪魔にして、皺腹を（1字）切らせる（1字）つもりぢやなと、（9字）身をふるはせて歯がみをなされます。（15字）総《そう》じて老人と云ふものは義理がたいものでござりますから、（10字余）さう仰つしやる（1字）のも一応はきこえてをりますけれども、まへまへから（5字）家来どもがじぶんをばかにするといふ僻みをもつていらつしやるところへ、長政公がせつかく（14字）自分の世話してやつた嫁をきらつてお市どのを（1字）迎へられたといふことを、（10字余）いまだにふくんでいらしつて、」20

註

※1　題名等に5行分を充て、書き出しは6行目から。なお、原稿の右下に「中央公論　月号原稿」の判があり、「月号」の上余白には朱色のペンで「7」と書き込まれている。

※2　＊を付して、2行分あけている。

※3　朱で大きくカギ括弧を付して、「ココ／ヨリ別行」の注記あり。初出では改行され、指示どおり一字下げになっている。

※4　「乱暴」（初出）

※5　「信長公から」（初出ナシ）

※6　「お前」（初出）

※7　朱で6行分の歌詞を括って、「一字下ゲ」の指示あり。

※8　も※7と同様。

※9～12　「ゑちぜん」（初出）

【解題】

本資料は序にあたる部分と本文とに分かれる。前者については、管見によれば、野中雅行が「谷崎潤一郎・昭和期様式の展開」（「駒沢国文」昭62・2）で一度公にしている。野中は、〈ゲラ校正前の初稿〉には〈作者の「私」（谷崎相当）が摂津国の友人・横山の家に遊んだ折り、偶々「写本」を見る機会を得たとする由来書が冒頭を占めている〉として、その部分を紹介したが、翻刻に誤りもあり、「由来書」と呼ぶ「序」と「盲目物語」本文との関連が判然としないままであった。ところが、この度芦屋市谷崎潤一郎記念館に所蔵されることになった、当時の「中央公論」編集者雨宮庸蔵に谷崎が宛てた多数の未発表書簡と前述の原稿屏風とによって、「盲目物語」の初稿の周辺事情が明らかになった。同書簡には現行の「盲目物語」にはない削除された「序」に言及した箇所が三箇所あり、これらをもとにしながら、「序」について記しておきたい。なお、同書簡については『芦屋市谷崎潤一郎記念館資料集㈡　雨宮庸蔵宛谷崎潤一郎書簡』（芦屋市谷崎潤一郎記念館、平8・10。細江光が編集、翻刻、解説、注他を担当）が備わり、同書簡の引用は同資料集に依っている。右の昭和六年六月一五日付書簡にある、「過般削除するやうに御願ひしました序のところの原稿は其後電報にて中上ましたやうに或は生かすかもしれませぬまだいづれとも決定いたしませぬので最後まで御保管を願ひます」というのが、削除された「序」について触れた最初のものである。この書簡は「唯今別封にて原稿九十枚目までおくりました」という時点のものであり、「二百五枚にて完結」（昭6・8・2付書簡）する「盲目物語」のちょうど折り返し地点にあたる。ここで大切なのは、「過般」、「其後電報にて」とある

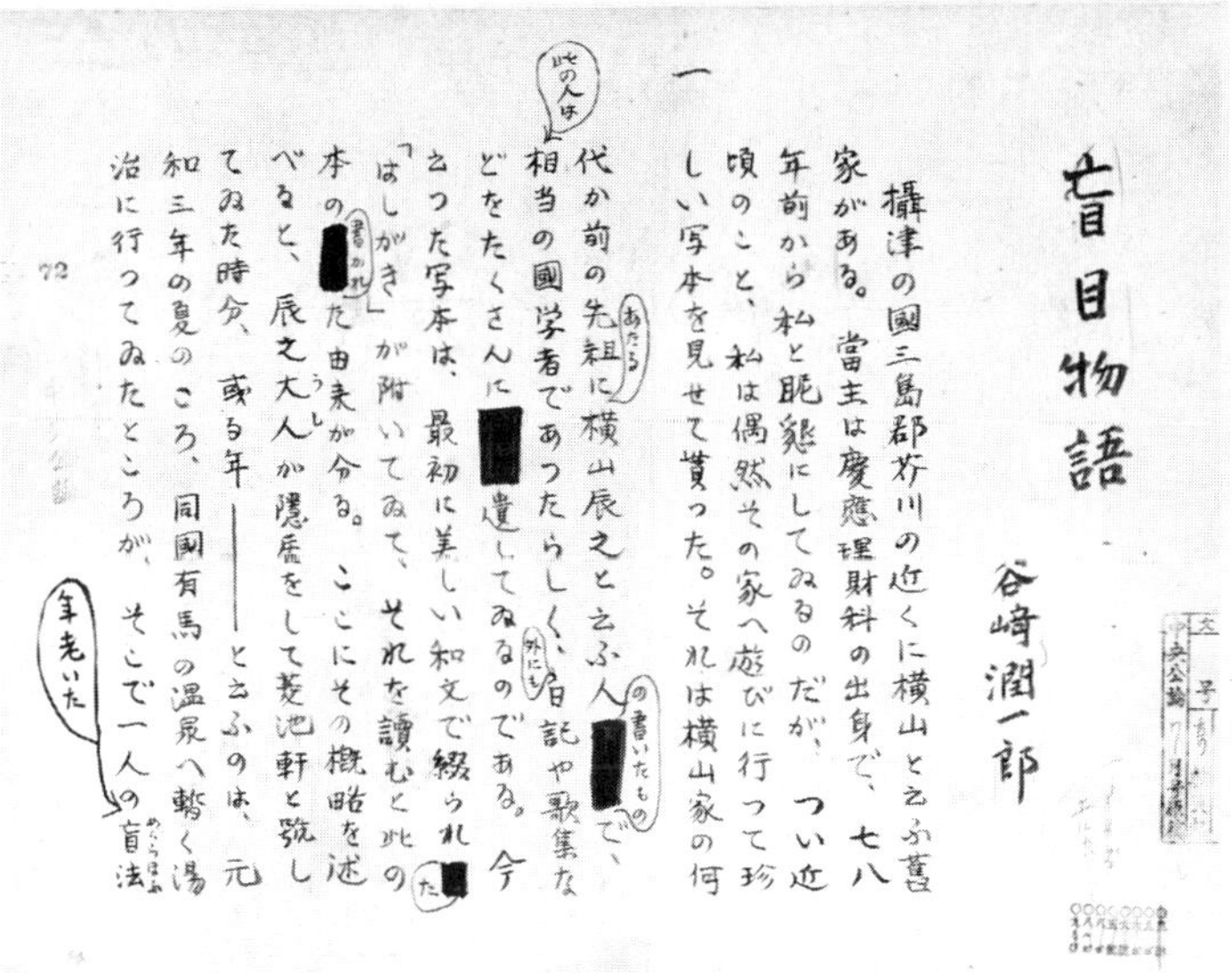

盲目物語

谷崎潤一郎

一

攝津の國三島郡芥川の近くに横山と云ふ舊家がある。當主は慶應理財科の出身で、七八年前から私と昵懇にしてゐるのだが、つい近頃のこと、私は偶然その家へ遊びに行つて珍しい写本を見せて貰つた。それは横山家の何代か前の先祖に（あたる）横山辰之と云ふ人[redacted]（の書いたもの）で、相当の國学者であつたらしく、日記や歌集などをたくさんに[redacted]遺してゐるので（外にも）ある。今云つた写本は、最初に美しい和文で綴られ（た）[redacted]「はしがき」が附いてゐて、それを讀むと此の本の[redacted]（書かれた）由来が分る。ここにその概略を述べると、辰之大人が隠居をして菱池軒と號してゐた時分、或る年――とふのは、元和三年の夏のころ、同國有馬の温泉へ暫く湯治に行つてゐたところが、そこで一人の盲法

「盲目物語」初稿

ところからわかる、書き進めるうちに削除しようと考えた「序」をまた活かしたくなるという谷崎の迷いが見える点である。

　これより半月後の「原稿木日百五十枚迄御送り」（昭6・7・9付書簡）したという四日前の書簡（昭6・7・5付）には、「三十枚迄の原稿と校正刷唯今到着いたしました」とあり、右に翻刻した二〇枚を含む原稿が谷崎の手許に戻ってきている。これを見て谷崎は決断したようだ。「懸案の序文は削除して、その代りに「盲目物語後記」として最後に一寸説明を加へ、やうとおもひます」（同書簡）と。そして「後記を書く必要上原稿の方は御預り」し、「御預りした原稿も最後の原稿発送と同時に御返しいたします」と約束している。ここにいう「後記」は「奥書」として「盲目物語」巻

末に付けられることとなった。

そして前出の完結を告げる書簡（昭6・8・2付）にあるごとく、「削除原稿（毛筆の分）これは不用に候へ共御約束に依り同封御返し致候」となったのである。この序にあたる「削除原稿（毛筆の分）」四枚余と本文と合わせて二〇枚が原稿屛風として、今日に伝えられているのである。

最後に、初出本文との異同のうち、※9～12の訂正について触れておく。これは雨宮宛書簡（昭8・6・26付）にある、「原稿三十枚目より前のところに「ゑちぜん」と書くべきを「えちぜん」と書いてあるところがたくさんあります、これは御こころづき次第「ゑちぜん」に御直し被下度、三十枚以後にはすべて間ちがひはありません」という谷崎の指示によるものであることも、今回判明したことの一つである。と同時にこれらの事実が、この屛風の原稿が谷崎潤一郎による初稿であることを証明しているのである。

なお、「序」の削除に関する考察は「聞き書き形式の確立へ　盲目物語iii」で行う。

ルーツからローマンスへ

盲目物語Ⅱ

はじめに

「盲目物語」（昭6・9）の幻の冒頭部分の原稿一枚が『現代日本文学アルバム 第5巻 谷崎潤一郎』（学習研究社、昭48・9）、『新潮日本文学アルバム 7 谷崎潤一郎』（新潮社、昭60・1）に掲載されていて、これをめぐって、岡崎卓治が「「盲目物語」論」（「早稲田大学高等学院研究年誌」21号、昭52・3）で、それを受けて永栄啓伸が「高野山時代の谷崎潤一郎―「盲目物語」を中心に―母性への視点―」（『谷崎潤一郎試論―母性への視点―』有精堂、昭63・7）で推論を展開した。この度、芦屋市谷崎潤一郎記念館において開催された「企画展　昭和10年前後の谷崎潤一郎―『盲目物語』から『潤一郎訳源氏物語』まで―」（平8・10・5～11・24）で、この「盲目物語」冒頭の原稿が表装された屏風が出展され、右の『アルバム』掲載分の続きの原稿を見ることが出来た。（「削除された初稿　盲目物語・i」参照）

また、「中央公論」の雨宮庸蔵に宛てた未発表の谷崎書簡によれば、この冒頭部分を「序」、「序文」、「削除原稿」と呼んでいる。この新資料である『芦屋市谷崎潤一郎記念館資料集㈡　雨宮庸蔵宛谷崎潤一郎書簡』（芦屋市谷崎潤一郎記念館、平8・10。翻刻、解説　細江光）やすでに発表されている谷崎書簡等を整理しつつ、「盲目物語」の構想について考えていきたい。

一

まず、谷崎書簡について。従来の全集収録の書簡（以下、〔全〕と記す）、妹尾健太郎夫妻宛書簡（秦恒平『神と玩具の間　昭和初年の谷崎潤一郎』所収。六興出版、昭52・4。以下〔妹〕）、嶋中雄作宛書簡（水上勉『谷崎先生の書簡　ある出版社社長への手紙を読む』所収。中央公論社、平3・3。以下〔嶋〕）、そして雨宮庸蔵宛書簡（前掲の『資料集』。以下〔雨〕）を並べることによって、「盲目物語」の成立事情がかなり明らかになってきた。特に編集者であった雨宮宛書簡は、谷崎が書き上げた原稿と共に送られたものが多く、作品の進捗状況が日を追って手に取るように分かるのである。

「盲目物語」についての書簡といえば、夙に有名なものがある。

此の四五年来はあな様《ママ》の御蔭にて自分の芸術の行きつまりが開けて来たやうに思ひます、（中略）実は去年の「盲目物語」なども始終あなた様の事を念頭に置き自分は盲目の按摩のつもりで書きました、

（〔全〕昭7・9・2付根津松子宛書簡）

同種の手紙を他の女性にも書いている谷崎であるから、文字通りをにわかには信じがたいが、この書簡の約四か月後に出版された凝った和本仕立て、横長本の初刊本『盲目物語』（中央公論社、昭7・2）

の題字は松子の手によるもので、北野恒富画伯が松子をモデルに描いたとされる「茶茶」を口絵にするなど、松子との因縁浅からぬことは事実である。

谷崎潤一郎と古川丁未子《とみ》は岡本梅ノ谷の家で結婚式（昭6・4・24）を済ませ、「今度負債整理のため暫く家をたゝみ」（〔全〕昭6・5・18付書簡）、すぐ高野山に入山、九月後半に下山するまでの約四か月滞在し、この間に谷崎は「盲目物語」を書き上げている。

それでは、「中央公論」昭和六年（一九三一）九月号に一挙掲載（全八五頁）された「盲目物語」はいつ脱稿したか。従来、「公論の仕事がすみまして今日は骨休めをして居ります」（〔妹〕昭6・8・2付）という谷崎丁未子の書簡、また「長々延引御手数をかけました盲目物語漸う完結いたしました」（〔嶋〕昭6・8・5付）などでもある程度はわかっていた。しかし、今回の〔雨〕（昭6・8・2付）にはより詳細に記されている。

唯今原稿二十三枚全部御送りいたし候　二百五枚にて完結に相成候　長々延引御海容被下度候
削除原稿（毛筆の分）これは不用に候へ共御約束に依り同封御返し致候

末文の「八月二日朝」という日付けから、その日の朝には完成していたことが初めてわかった。しかも「二百五枚」という原稿の正確な枚数まで判明した。谷崎の書簡には原稿料の電送を依頼する箇所が散見される。負債生活を余儀なくされている谷崎は、原稿料のもとになる原稿の枚数に対しても律儀で、正確を期していたことは雨宮宛書簡にも明らかであり、この枚数の正確さを保証している。

もうひとつ、「御約束に依り」中央公論社に返送した「削除原稿（毛筆の分）」が前述の原稿屏風に仕立てられた。そして、ここで「毛筆の分」とわざわざ断っていることと、「盲目物語」脱稿目前の丁未子書簡〔妹〕（昭6・7・30付）にある、「潤一郎さんの原稿をかきます鉛筆を一箱御送り下さいませんでせうか」というのを見ると、「盲目物語」は毛筆と鉛筆の両方で書かれていたと推測できる。芦屋市谷崎潤一郎記念館に所蔵されている「武州公秘話」（昭6・10～11、7・1～2、4～11）の原稿を見ても、鉛筆と毛筆の両方で書かれている。

二

では、起筆はいつごろか。秦（前掲）は、入山直後の「山中の生活はまことに快適にて此分ならミツチリ仕事が出来さうです」（〔妹〕昭6・5・22付）、「岡本当時程進行いたしません」（同、昭6・6・13付）を根拠に、「多分『盲目物語』が入山以前すでに着手されていて、或る程度の勢いもついたところで高野山へもちこまれたのではないか」と推測する。また永栄（前掲）は、「御預けした書籍の中に菊版洋綴で「日野町誌」と云ふ上中下三巻の本があります、この中の上巻一冊だけ至急御送り下さいませんか」（〔妹〕昭6・5・29付）という書簡に着目し、「至急上巻だけを送れという的確な指示は、資料をこれから捜すといった段階ではなく、すでに原稿は進んでいて、確認に近い用途」であったとし、秦説を支持していたが、永栄のいうとおりであろう。同書は「盲目物語」の「奥書」にも「可見」典拠として記されている。これは正確には『近江日野町志』といい、たんに典拠のひとつというに留まらず、谷崎の「盲目物語」の構想に深く関わっている書物である。滋賀県日野町教育会が編纂し、昭和五年一二月二〇日に発行された地誌を谷崎が入手していた事実に注目したい。この地誌の発行当時、谷崎は丁未子との婚約のために上京したり、多忙であった。そんな中でも谷崎の関心は次の作品の舞台である「近江」に向けられていたのである。この点は後述したい。

○唯今やつと七十枚迄脱稿いたし御送り申上候

（昭6・6・7付、雨宮宛書簡。『平成八年明治古典会七夕大入札会目録』平8・6）

○唯今別封にて原稿九十枚までおくりました　つきましては先日の二十枚分と今回の二十枚分と、四十枚分の稿料高野山宛御電送下され度右至急御願ひ申上ます

（〔雨〕昭6・6・15付）

○高野山に立て籠つて（中略）、あの二百枚の物語を脱稿するのに、最後まで日に二枚と云ふ能率を越すことが出来なかつた。だからあの作品は、準備の時間は別として、百日以上、多分完全に四箇月を要してゐるのである。

（「私の貧乏物語」昭10・1）

細江光（「雨宮庸蔵氏宛谷崎潤一郎書簡をめぐって」、「芦屋市谷崎潤一郎記念館ニュース№20」平8・9）は右記の三つの資料を元に、次のように分析している。「昭和六年五月十九日に高野山に登る以前に、『盲目物語』の原稿を五十枚目まで書き上げ、既に中央公論社に送っていた」とし、また執筆開始時

期を「高野山に登る約一ケ月前の四月二十日頃か、その少し前あたり」と推定する。この指摘は正しい。高野山入山前に、すでに「盲目物語」執筆が始まっていたことは事実である。

次に〈準備の時間〉、つまり構想を谷崎が語ったものとして、一通の書簡がある。後に「吉野葛」(昭6・1〜2)になる小説「葛の葉」の出来が書き直したいくらい「感心しません」と嶋中社長に告げる中で、「盲目物語」について、「コレの腹案は先日も申し上げた通り出来てゐます　百枚ぐらゐになります」(〈嶋〉昭5・4・2付)と、「吉野葛」よりも先に発表しようとしていたことが語られている。「先日申し上げた通り」ともあり、おおよそでも枚数も告げていることから、昭和五年四月以前には、すでに構想も出来ているという書き振りである。嶋中社長への高野山からの第一報では、

漸く一昨日より原稿書き出しました、六日まで待つて頂けば脱稿出来るかとも思ひますがまだ場所馴れぬため筆のすゝみのろく一日二三枚といふ状態でもあり、それに百枚といふ予定より長くなりさうなので矢張り今一と月延ばして頂く方が安心であります　原稿を中途で切つてのせることは吉野葛で懲りましたし、今度のものは切るところがありませんから是非一とまとめにしてのせて頂きたいのです

(〈嶋〉昭6・5・24付)

といい、「原稿書き出しました」とは、すでに送ってある分の続きということである。また、「六日」すなわち六月六日までに入稿すれば「中央公論」七月号に間に合うのである。しかし、「今一と月延

ばして」ほしいとは八月号には間に合わすというのである。そして、その一ケ月後、編集者へは言訳を述べ、次のように懇願する。

朝から夕刻までか丶つて平均二枚といふ速力です最初の予定ではおそくも本月中旬には脱稿とおもつて居りましたところ此分にては八月号にも果して間に合ふかどうか（中略）尤もあと六七十枚は少くもありますのでこんな速力で行けは今後一ケ月はか丶る訳です、つきましてはもし出来ますなら九月号へ廻して頂けますまいか

（〔雨〕昭6・6・21付）

この段階での入稿はまだ九〇枚で、実際は「あと六七十枚」ではなく、正確にはあと一一五枚が送られ、谷崎の望みどおり九月号に一括掲載されるのである。

これらの書簡によって、削除された「盲目物語」冒頭原稿への疑問は氷解する。前述した岡崎、永栄は『アルバム』（前掲）に見える中央公論7月号原稿の「7」は「9」の誤りかもしれないともしているが「7」が正しい。それは原稿屏風でも朱で書かれた「7」が確認できた。「中央公論」は七月号に谷崎の原稿一〇〇枚分の小説「盲目物語」を掲載すべく、既に送付されていた原稿に判を捺し、準備を着々と進めていたのである。

以上のことから、谷崎は昭和五年四月二日以降、二〇日頃までの間に、「中央公論」七月号に載せるべく「盲目物語」を毛筆で書き始めていたことが、推定できる。岡本梅ノ谷の書斎において、資料

の『改訂史籍集覧』、『群書類従』、『国史叢書』、高野辰之『日本歌謡史』その他地誌の類を傍らに置きながら。この頃の谷崎の生活を写す最も近い資料である佐藤春夫宛書簡〔全〕（昭5・5・28付）によれば、「乱菊物語」連載のため「毎日〱新聞で疲れて」おり、妹すゑは「根津さんへ奉公にやる事」に決まり、「依然として財政困難弱つてゐる」という状況であった。

三

原稿屛風は『アルバム』の写真でも分かるように、谷崎書簡とは違い、一桝ずつ（桝目はないが）毛筆で丁寧に埋められている。一枚四〇〇字。「春琴抄」（昭8・6）のときのように〇印を付して明確に節に区切る意識はないが、初出誌同様、明らかに改行時は一字下げで始めるという形式段落の意識はあったことが確認できる。

「序」に当たる約四枚分の内容は、盲法師の語ったものをまとめた「写本」の「はしがき」の大要を紹介した後、「私」はこの「写本」は当時の口語で綴られている珍しいものだから、そのままの形で紹介したいが、読者のために現代語に直した、というのである。

「盲目物語」も、現在の「私」が歴史小説世界への案内者になっていたことが確認できた。それは伊藤整が新書判『谷崎潤一郎全集　第一九巻』の「解説」（昭33・1）で、「吉野葛」、「盲目物語」、「蘆刈」（昭7・11〜12）、「春琴抄」など一連の作品が「常に作者又は語り手その人の実在、即ち現在から始まつて、次第に過去にさかのぼり、現在の実在感を過去の物語の実在感へとつなぐ役目をする。絵巻物の初めが今であり、開くに従つて過去へ遡るやうな手法」と指摘しているとおりである。後の「聞書抄」（昭10・1〜6）も初出段階では同様の導入部を持ち、後年の「少将滋幹の母」（昭24・11〜25・2）まで、作者とおぼしき「筆者」が、登場人物たちの事績の紹介を書物を通して行うという体裁をとる。「私」のいる現在から語り出す、谷崎の歴史に取材した小説共通の仕掛けである。

「盲目物語」が多くの歴史書を典拠とし、それらに忠実に依拠していることは、三瓶達司（『近代文学の典拠　鏡花と潤一郎』笠間書院、昭49・12）、野中雅行（「「盲目物語」の典拠」、「駒沢大学大学院国文学論輯」昭56・2）などの調査によって明らかになっている。たしかに、典拠を現代語訳しただけという箇所も多く見出だせる。その典拠への忠実さを削除された「序」に敷衍してみると、問題は、「相当の国学者」である「菱池軒」と号する「横山辰之」の書いた「写本」の存在である。結論を先にいえば、現在までの調査では、次の盲目もの「春琴抄」の虚実綯い交ぜの手法がここにすでに使われていたということになる。「鵙屋春琴伝」と同様、この「写本」も虚構である可能性が高い。

「摂津の国三島郡芥川の近く」（現高槻市）に「横山と云ふ旧家」はたしかにあった。『高槻市史』第二巻（高槻市役所、昭59・3）の「Ⅵ近世の高槻　第五章庶民生活と文化」の史料に「横山家文書」とあるが、市に寄贈された「横山家旧蔵高槻市役所所蔵文書目録」（『高槻市史史料目録』第八号、高槻市役所、昭63・7）には高槻藩士の役職勤仕に関するものが多く、「序」にいう「写本」は見当らない。「当主は慶應理財科の出身」とある。昭和六年までの慶應義塾卒業の「横山」姓は二名（共に理財科）であったが、ここには該当しなかった。右の横山家当主に伺ったところ、代々医家（藩医）であり、慶應とは縁はないということであった。しかも系図にも「辰之」の名はなかった。日記や歌集をたくさん残している「相当の国学者」とあるが、『和学者総覧』（汲古書院、平2・3）、『国学人物志』（『近世人名録集成』第三巻、勉誠社、昭51・4）にも登場しない。

前述したように、典拠に忠実な記述の態度を勘案すれば、やはり「写本」は虚構である可能性が高い。ただし、「序」の最後に記された「九里道柳子」（本名九里四郎）は実在の人物で、すでに友人としてエッセイ「『谷崎』氏と蒲生氏郷」（昭4・8、のち「私の姓のこと」と改題）に登場している。

四

「盲目物語」の構想に話を戻す。「盲目物語」の構想はいつ頃出来たか。これを考える手掛かりは「近江」にある。三島佑一（『谷崎・春琴など語り』東方出版、平7・12）は二つのエッセイ「岡本にて」（昭4・7）、「『谷崎』氏と蒲生氏郷」で谷崎が、谷崎家は「江州商人の子孫」ではないかと述べているのを受けて、「春琴抄」の佐助の実家を江州日野町としたのは、佐助に自分を仮託した谷崎の思い入れからである、と説いている。これは聴くべき意見である。谷崎の近江への思い入れは強く、「盲目物語」の語り手弥市が「近江のくに」の生まれであることも、右の理由に依る。

「『谷崎』氏と蒲生氏郷」を見れば、近江が当時の谷崎にとって抜き差しならない場所であったことがよく分かる。ここで谷崎がいうように、祖父が語ったという、五六代前に「先祖は近江から来た」という言葉が谷崎の脳裏を去らなかった。「私のやうに系図なんか伝はつてゐない下町の素町人の家に生まれてみると」、先祖について「探偵的好奇心」が湧くという。このような記述に接すると、すでに谷崎の意識のなかに深く根を下ろしていた高嶺の花、大店の御寮人根津松子との比較において、階級（家、格式）意識がコンプレックスという形で谷崎のなかに存在していたのであろうか、とも思う。(1) 谷崎の「探偵的好奇心」は自らのルーツ探しに留まらず、同時にひとつの歴史小説の計画へと向かっていったのではないか。蒲生氏郷を追っ掛けているうちに、信長や秀吉らのエピソードが目に触れる。ルーツ探しで見つけた材料が歴史ローマンスを形造っていった。

『谷崎』氏と蒲生氏郷」は様々のことを教えてくれる。『近江蒲生郡志』巻参（滋賀県蒲生郡役所、大11・3）に、「私は実に三十年振りで再び谷崎忠右衛門を歴史の中に見出し」、「戦国時代に実在したことを確かめ得た」という。谷崎は昂奮気味に、同巻第一編上篇第十四章「蒲生氏郷」の項から丹念に「谷崎（蒲生）忠右衛門」の記述を書き写していく。(2) また、同巻（第一編上篇第十五章「蒲生秀行」）は、「秀吉は氏郷の未亡人を召出さんとす未亡人応ぜず老臣等鳩首相議し蒲生氏の安泰を図らん為に未亡人の応諾あらん事を欲したり、未亡人頑として応ぜず終に髪を削りて尼となれり」、このために立腹した秀吉はその子蒲生秀行を会津百万石から宇都宮一八万石に減封した、と伝えている。このような記事を谷崎が見逃すはずがなく、「盲目物語」本文にも、「蒲生ひだのかみ（筆者註…蒲生氏郷）どの、おくがた」の逸話として採り入れられた。これなどルーツ探しがそのまま歴史小説の材料蒐集となった一例である。

尤も「盲目物語」に採用された直接の資料は『近江日野町志』上巻の方である。このような地誌をほぼ刊行と同時に手に出来たのは、『『谷崎』氏と蒲生氏郷』発表後、『近江蒲生郡志』編纂者中川泉三（『倚松庵随筆』（昭6・7）の頭注にその名がある）と知り合い、編纂顧問である中川から『近江日野町志』を贈られたものと思われる。『近江日野町志』全三巻は『近江蒲生郡志』全一〇巻を元に編纂されたものである。この氏郷未亡人の逸話は『近江日野町志』の方が詳しい。「盲目物語」の「奥書」には「委しくは氏郷記近江日野町誌を可レ見」とあり、『近江日野町志』上巻（四六七頁と四二二頁）をほぼそのまま写している。曰く、

此減封を、一説に秀吉は秀行の母織田氏を迎へ内に入れんとせしも、織田氏髪を薙きて悛拒せるより、秀吉怒つて此挙に出でしと云ふ。

氏　郷　記

秀行の母儀は織田信長の息女にて容顔美麗なり。秀吉伝へ聞て秀吉が亭へ迎へ参らせんと申贈りける。母儀此由を聞て大になげき、終に剃髪せられけり。秀吉大に立腹し、秀行が所領会津百万石を没収し、下野国宇都宮にて十八万石を給はりけり。

（四二二頁）

「盲目物語」では、秀吉をめぐる女性は身分が高く、「容顔美麗」でなければならなかった。この「容顔美麗」という記述は典拠の筈の「氏郷記」（『改訂史籍集覧』第14冊）にはない。谷崎が「奥書」に「後室の容顔秀麗なる」と書いたのは『町志』に依っている。妹尾に預けておいた『町志』上巻を至

急送れ（前掲の書簡）、とはこのためであった。

また、未亡人の美貌に関しては谷崎も読んだという幸田露伴の「蒲生氏郷」（『改造』大14・9）にも、「女房は信長の女で好い器量で、氏郷死後に秀吉に挑まれたが位牌に操をたて、尼になつて終つた」とあり、すでに知っていたことであったが、ここには「蒲生忠右衛門」はよく登場するが「谷崎」姓では一度も出ない。

この逸話は、お市の方に対する秀吉の執心を縦糸として編まれている「盲目物語」では、周縁の取るに足りない小さな話のようであるが、京極高次の反逆の逸話と共に、女への執心の深さを強く印象づけるには充分効果を発揮している。ここに語り手弥市の奥方への執心を重ね合わせれば、「盲目物語」の主題が見えてくる。

谷崎は「奥書」に記す如く、『祖父物語』(3)（『改訂史籍集覧』第13冊）に依り、秀吉・勝家の覇権争いの真の原因をお市の方争奪にあったとする。また、これには典拠が見出だせないが、関ケ原での京極高次の大坂への裏切りは「淀のおんかた」の「うらみ」、つまり茶々に拒まれたことに起因すると谷崎は書いている。前述の如く、氏郷後室の悛拒が蒲生家の悲運を招いたとする。「歴史をほんとうに動かしている力はむしろ女にあるのではないかという」「谷崎史観」（野口武彦『谷崎潤一郎論』中央公論社、昭48・8）が明確に示されている。

五

話を「近江」に戻す。「『谷崎』氏と蒲生氏郷」にいう「三十年振り」を信じるならば、谷崎がいう「講談本に近い俗書」の「太閤記」に「谷崎忠右衛門」を見付けたのは、十四歳（明32）の頃、阪本小学校高等科時代である。少年時代の谷崎は歴史書をよく読み、歴史に関する文章を多く書いていた。「子供の時分軍記ものなどを漁りながらも」、谷崎姓に「随分気をつけて読んだ」という。先祖は「近江から来た」という祖父の言葉を母から聞いたのもこの頃であったろうか。この言い伝えから谷崎は「江戸ッ児の多くは、近江、伊勢、三河の国の出身」であるからと、谷崎家が「江州商人の子孫」であると確信するようになる。そんな思いが明治四五年、二十六歳の谷崎が初めて関西を訪れたときの紀行文「朱雀日記」（明45・4～5）に反映している。この紀行文は「近江の国」から筆を起こしている。「近江の国は、私に取つて幼い時分から憧れの的となつて居た」。「近江の国と云へば私はいつでも土佐絵のやうな春霞が、湖水を周る山々浦々に棚引いて、明るい暖かい、さうして何となくうら悲しい、夢のやうな土地を心に描いた」とは、自身の国史国文趣味による憧憬と共に、祖先の土地への懐かしさをも語っているのであろう。「あ、近江の国、丁度菜の花のやうな美しいローマンスの生まれる近江の国、私は一度此の国の風光を背景にした物語を書いてみたい」とも書いた。この「物語」とは、歴史物語をいっているのであろう。この一文を以て、すでに「盲目物語」の構想があったというのではない。谷崎の近江への憧れと拘りを確認するための引用である。

その谷崎と地誌『近江蒲牛郡志』との遭遇が「盲目物語」へと発展していったと筆者は考える。谷崎はこの『近江蒲生郡志』を「此の頃、たまたま神戸の古本屋で手に入れた」という。近江に関心がない者がこのような全一〇冊の大部な地誌を買う筈がない。初刊本『盲目物語』の「はしがき」で、近畿に住んで、「古典の由縁《ゆかり》ある風土や建築や音楽の影響を受け、容貌言語習慣等に今も往々数百年来の伝統をとどめてゐる土地の人々との接触に依つて、ひとしほ作者の持ち前の趣味（筆者註…国史国文趣味）が培養された」という谷崎の言葉に嘘はない。その結果、自分のルーツ探し、近江への関心が弥増《いや》してきたのである。

「『谷崎』氏と蒲生氏郷」の二カ月後に発表した「三人法師」（昭4・10〜11）における試みは看過出来ない。その序に、「国史叢書」所収の「原文の意を辿つて成るたけ忠実に現代語に直してみた。もしいくらかでも古い和文の文脈と調子とを伝へることに成功したら作者としては満足である」とある。これは「盲目物語」の削除された「序」にあった「菱池軒」と「私」の口振りと同調である。また、その形式は法師の「懺悔物語」、つまり「わたし」の語りである。「卍」（昭3・3〜5・4）連載中の谷崎が語りものに興味を抱くのは当然であろう。その「卍」を休載してまで出した随筆「現代口語文の欠点について」（昭4・11）と表裏をなす。「一種の文体が物語る物語である」という川端康成の「文芸時評」（「中央公論」昭6・10）は、古典文体をどのように現代文への写せるかという谷崎の試みに対する正確な批評であった。谷崎は歴史小説を書く文体の練習を着々と進めていたのである。(4)

この頃の谷崎は「卍」の結末に窮していた。また「乱菊物語」の連載が目前であった。結局は中絶せざるを得なかった「乱菊物語」だが、一四八回（昭5・3・18～9・5）の連載をともかく休載なしで終えたことからみて、「毎日〳〵新聞で疲れて」いるとはいうものの、充分な準備と取材が出来ていたものと思われる。昭和初年の谷崎の関西各地への旅行は「蓼喰ふ蟲」（昭3・12～4・6）、「乱菊物語」、「吉野葛」の取材であった。その取材の執拗さは「私の貧乏物語」（昭10・1）でよく分かる。「物事を曖昧にしておくことが出来ず、合点が行くまで緻密に調べてからでなければ、筆が執れない」と「凝り性と詮索癖」を強調する。「吉野葛」は腹案から「足かけ三年」かかり、現在も「二三年来腹案のまゝで持ち越してゐるものが一つや二つはある」という。印刷された書物（典拠）に忠実な谷崎は、小説の舞台となる場所への取材も揺るがせにせず、納得のいくまで足を運ぶという。

とすれば、千代との離婚騒動（昭5・8）直後の一〇月初め、寒さが苦手な谷崎の北陸への旅は、すでに腹案のあった「盲目物語」における柴田勝家、小谷の方の事跡を取材、確認するためであったとみるべきである。そして同月下旬、「吉野葛」を現地で執筆するのために、吉野・サクラ花壇に入っている。[5] 細江（前掲「ニュース」）はこの間の事情を、「福井市の北の庄城跡などを訪れた後、お市の方と浅井長政の肖像画のある高野山に登って、『盲目物語』の執筆に取りかかろうとしたらしい。しかし、高野山が寒過ぎて仕事が出来なかったため、急遽予定を変更して吉野へ移り、『吉野葛』を書く事にしたらしい」としている。それにしても、高野山であった理由が今ひとつ分からない。

昭和六年五月末、岡本梅ノ谷の家から高野山に移ったのは、債鬼から逃れるためであり、「盲目物語」執筆のためである。しかし、「吉野葛」の伝に従えば、北の庄（福井）、長浜、清洲、または湖東の蒲生郡日野でもよかった筈である。高野山は谷崎にとってひとつの所縁の地でもある。谷崎は大正一一年（一九二二）春、亡父の遺骨を高野山に納めるため、ここを訪れているのである。前述の「三人法師」の舞台は偶然にも高野山であった。高野山持明院には「浅井長政像」、「浅井長政夫人像」が伝わっている。その意味では「盲目物語」所縁の地である。

しかし、谷崎や丁未子がこれを見に行ったかどうかは分からない。この肖像画について桑田忠親（『淀君』吉川弘文館、昭33・10）は、淀君は秀吉の子鶴松を産んで間もない天正一七年一二月、父母の肖像を画かせ、持明院に送り、追善供養せしめた、という。その際、かつて秀吉の仇敵であった浅井一族のこと故、淀君は名を明かさなかった。「秀吉の愛妾となることを宿命と観念しながらも、亡父母に対する菩提心」は忘れなかった、という。谷崎は弥市に「淀のおん方」の「悲運」について、「やつぱりおやのかたきのところへ御えんぐみあそばされましたのが、亡きお袋さまのおぼしめしにそむき、不孝のばちをおうけなされたのでござりませうか」といわせている。この茶々に対するやゝ批判的な見解には、自分が裏切り者呼ばわりされ、身を引かざるを得なくなったことへの僻みや、未だ消えない奥方への妄執、未練が見て取れる。谷崎の目論見は茶々に対する歴史的評価を下すことではなく、弥市を通して、英雄・凡夫に関係なく在る、どうしようもない憧れの女に対する妄執を描き出すことにあった。ともあれ、高野山はこのような屈折した因縁が錯綜する空間であった。さらに丁未子との蜜月中の、谷崎自身の根津夫人松子への思いを勘案すれば、屈折はさらに複雑になる。

六

谷崎は高野山を「盲目物語」を書き上げる場所に選び、予定の枚数を倍してやっと完成させた。現行の「盲目物語」でいえば形式段落三一段までが約半分で、小谷落城とその後の奥方の生活が書かれている。三二段からは内容的にも後半に入り、本能寺の変後、奥方の勝家との再縁、北の庄落城・自刃に至る話である。初めの構想から何処が膨らんだのか。北の庄の取材を考えれば、勝家との話は初めから予定にあった筈で、単純に考えれば、前半の浅井長政との話が長くなったのであろう。主題とも関わる問題であり、検討すべき問題である。

濫読した歴史書に「谷崎」姓を見出だした少年は、国史国文趣味昂じて作家になった。関西に移住して、その趣味が再燃し、ルーツ「近江」を調べるうちに、作家のなかに或る歴史小説の構想が胚胎したのであろう。近江への拘りは「東海道線の汽車に乗つて安土から彦根のあたりを通るときに」と書き出される「第二盲目物語」の副題を持つ「聞書抄」に引き継がれ、近江派の石田三成を扱う。

室町期の播磨を舞台に、「誰でも知つてゐることを自分の都合のい、やうに解釈し、また作り替へるのは、古人に対しても今人に対しても気恥かしい次第であるから、割にさういふ拘束の少い舞台で羽根を伸ばさうといふ訳である」とはしがきして、連載が始まった「乱菊物語」から一ケ月も経たない内に構想された「盲目物語」は戦国史中最も有名な悲劇のヒロインを主人公とするもので、彼女に関わる信長、長政、秀吉、勝家を知らない者はない。これは矛盾している。ただ有名な時代でも軍記類は通常、男の行状を写すのに忙しく、内の生活、特に奥方については寡聞である。だからその部分で想像力逞しく「羽根を伸ば」したのであろう。谷崎の歴史小説の仕掛けについてはもっと考察を深めるべきであろう(6)。

加えて、「盲目物語」脱稿直後、嶋中社長に洩らした「熊野地方へ行つて実地を調べてから取りかゝ」るという小栗判官を扱う「「をぐり」と云ふ百枚前後の物」(〔嶋〕昭6・8・10付) の計画は、単行本『盲目物語』のコンセプト、谷崎の歴史小説の意識を考えていく上で興味深い。また、『盲目物語』の文体の必然性は、『文章読本』(昭9・11) との関連に於いて論じられなければならない。この文体の採用と、語り手が盲人であることとは不可分である。盲人の語り手の意味も明らかにすべきである。

まず「盲目物語」の外堀を埋めたいと思ったが未だしである。内堀を埋め、天守に攻め入りたい。

註

(1) 作中、秀吉の織田氏コンプレックス(「いつたいひでよし公はどういふ前世のいんねんでござりましたか、のぶなが公のおん血すじのかたがたをおしたひなされまして」など) を執拗に書いているところに、谷崎自身の根津家に対する思いが重ねられているのではないかと推測される。

(2) 谷崎は「忠右衛門の晩年、並びにその子孫はどうなつたのか、郡誌には記す所がない」というが、次の第十五章「蒲生秀行」の項に〈伊南城九千石蒲生彦太夫　谷崎忠右衛門の息〉(一七四頁)、第十七章「蒲生忠知」の項に「蒲生忠右衛門は松山の重職に就けり」とある。しかし、『近江蒲生郡志』巻八「現在姓氏録」では、「谷」、および「谷口」姓は多いが、「谷崎」はなかった。また、忠右衛門と同じく蒲生家の家臣に「横山（蒲生）喜内」という名があるが、前述した「横山」との関連は見出だせない。

（3）川端康成は「秀吉は勝家との不和の底に、お市の方のゐるといふことが作者の一つの見つけどころだとしても、歴史論としてならとにかく、近代小説としてはたわいない」と批判的に指摘している。

（4）細江光「『乱菊物語』論—典拠及び構想を巡って—」（「日本近代文学」第48集、平5・5）に、「谷崎は、当時、南朝か後南朝に取材した歴史小説を書こうとしていて、『国史叢書』のこの巻を読み、その中で、偶々興味を引かれた『三人法師』を訳したのではないか」という指摘がある。

（5）妹尾宛書簡（〔妹〕昭5・10・1、3付、石川県片山津温泉、山代温泉より）、鮎子宛書簡（〔全〕昭5・10・1付、山代くらやより）がある。また、吉野からは昭5・10・22付（中千本より）の妹尾宛書簡〔妹〕が最も早い。

（6）谷崎は「武州公秘話」において次のように述べている。「読者諸君も御承知の通り、元来我が国の史伝、——特に武門の政治の確立した鎌倉以後のそれは、英雄豪傑の言行を記すことの甚だ懇切である割り合ひに、彼等を生み、裏面にあつて彼等を操つたであらうところの婦人の個性と云ふものを、全く認めてゐないやうに見える。されば桔梗の方のことも（中略）いかなる性質の婦人であつたか、正史に拠つてその消息を探ることは至難である。」（巻之三）

＊本稿をなすにあたり水田紀久氏、福山昭氏、横山永氏、五味淵典嗣氏、荒川明子氏、滋賀県日野町立図書館、金蘭短期大学図書館のお世話になりました。

聞き書き形式の確立へ

盲目物語 iii

はじめに

《資料紹介》「削除された初稿　盲目物語・i」で見たように、「盲目物語」（昭6・9）には削除された「序」が存在した。その「序」は現在「奥書」として巻末に付けられているが、すっかり内容が変わってしまっている。この変更は執筆中に行われており、本文の内容・進行と無関係ではありえない。どのような方針の変更であったのか。

〈序文〉の内容からみて、変更理由は、語り手、聞き書きした筆録者、およびその古文書の紹介者の問題であることは明らかである。関西移住後に書いた「痴人の愛」（大13・3〜6、11〜14・7）において、語り手を設定した一人称による語りの方法を確立させ、谷崎は昭和初期の豊穣な文学世界を現出させた。「盲目物語」も一人称による語りの方法が採用されているが、それ以前の作品とは設定が明らかに異なっている。「盲目物語」においては、「卍」（昭3・3〜5・4。断続的連載）に引き続いて、語りよりも聞き書きの方法が、創作上大きな要素となっているのである。前章『ルーツからロマンスへ　盲目物語・ii』で、谷崎が「盲目物語」を構想するに至る道筋を辿ってみたが、本章では

「序」を削除するに至った意図と「盲目物語」の構想を考えてみたい。

たとえ「序」は削除しても、「盲法師」弥市の語る内容に関わることはなさそうである。では、何故谷崎はこのように「序」を掲げて書き出していったのか。

「序」の削除によって浮かび上がってくる問題点を整理してみる。

1、「写本」とその筆者「菱池軒」が消えたこと。

2、「写本」を翻訳し、「盲目物語」として紹介した「私」の消滅。

3、語り手である「盲法師」の現在の消息の消滅。

4、「序」削除／「奥書」添付をいつ決めたか。

5、翻訳（「写本」）から注釈（参考資料の提示）へ変更。

6、紹介者（「序」の「私」→「奥書」の「予」）の関与が希薄化、朧化した。

「序」の変更理由は、語り手、聞き手、「写本」の紹介者の位置付けに係る問題であることは明らかである。いいかえれば、谷崎文学における聞き書き形式の確立への試行錯誤を垣間見ることが出来るのである。

―

「序」削除が「盲目物語」執筆中になされたことは、聞き書き形式の方法と関連がある。谷崎の、聞き書き形式の最初の小説「卍」と比べてみる必要がある。伊藤整は「卍」を、「標準語的表現によるリアリズムから脱し、関西語を通して、古典的な表現の領域へ入らう」と試み、「古き日本の伝統的説話方法によつて、古典的写実手法の成立する第一歩」（「解説」新書判『谷崎潤一郎全集　第一七巻』昭34・3）であったと位置付けている。「盲目物語」が「卍」の手法と類似することは、早くに宇野浩二が、「ある人物の口を借りて、作の筋を語る書き方」が軌を一にする（「文学の眺望」、「改造」昭6・10）といい、また峯岸義秋は「「まんじ」に於て成功した物語的手法に恰好な古典的題材が得られ、遂に「盲目物語」以後の新しい時代を画することが出来たのである」（「谷崎潤一郎氏の古典性」、「明治文学」昭9・7）と、昭和初期の谷崎の文学展開を的確に指摘した。これらの評価は今日ではすでに定説となっている。また伊藤整が、「一般的書き方に疑問を抱いた作者が、この時期の主要な手法として確立したのは「蘆刈」や「盲目物語」等における一人称で書かれる聞書きの形式であった」（「解説」新書判『谷崎潤一郎全集　第二〇巻』昭33・9）と、具体的に「聞書きの形式」と指摘したのは新鮮であった。

「卍」の冒頭は、「先生、わたし今日はすっかり聞いてもらふつもりで伺ひましたのんですけど、折角お仕事中のとこかまひませんですやろか?」と、異常な恋愛体験の当事者である園子の聲で始まる。同様に現「盲目物語」も、「わたくし生国は近江のくに長浜在でござりまして」と、いきなり語り手弥市の聲が聞えてくる仕掛けである。園子は、「もう少し自由に筆動きましたら」、自分で「小説のやうな風にまとめ」られるのである。が、「事件があんまりこんがらがつて、」、「やっぱり先生にでも聞いてもらふより仕様ない」といい、小説家の「先生」に、「小説」として「まとめ」てくれることを言外に含ませて、告白を始めるのである。「痴人の愛」は、事件の当事者である譲治が、「私たち夫婦の記録」として、「有りのま、の事実を書いて見よう」という意図で綴った手記である。インテリの譲治だから、またナオミとの生活に満足しているからか、あるいは厭世的になっているからか、いずれにせよ狂気を脱し明鏡止水の心境で、すべてを相対化・対象化し得た今だから、自らの手で書けたのである。ここに譲治に仮託された作者谷崎の当時の心情が透けて見えてくるのである。「痴人の愛」の成功は千葉俊二が、「主人公を作中人物と〈語り〉手とに分かつことによって自己を対象化して語り得た」（「昭和初年代の谷崎文学における〈聞き書〉的要素について」、「日本文学」昭55・6）と指摘するように、方法の勝利であることは言を俟たない。

一方、「盲目物語」の弥市は書き残したくても盲人ゆえに、誰かに聞き書きを頼むしかないのである。語り手が書けない状況にあるという設定は「卍」と同じであり、ここに聞き手＝書き手を登場させる必然性がある。聞き書き形式のため、聞き手創出のための「盲目」の設定である。

先に筆者は園子と弥市の聲が耳に届くといったが、これは正しくない。たしかに当時の谷崎は聲を伝える方法を模索していた。前述のごとく、われわれ読者は、「先生」・「菱池軒」の主観というフィルターを通して、一旦相対化され、対象化された園子・弥市の聲が文字化されたものを「読む」しかない、という方が正確である。それを熟知している谷崎だから、「聲」を伝える方法に腐心するのである。後に谷崎はこれらの試みを『文章読本』（昭9・11）にまとめる。文章は「耳で理解する」ものでもあり、「現代口語文に最も欠けてゐるものは、眼よりも耳に訴へる効果、即ち音調の美」であると訴えたことはよく知られている（本章では「声」を旧字体の「聲」と表記している。「声」と「耳」とが不可分であることを視覚的に喚起したいためである）。

聞き手である「先生」は件の事件を「新聞」で読んでいたり、「菱池軒」も「旦那さまのやうにもの本を読んでいらつしやるおかたの方がよく御存知でござります」といわれるように、語られる内容、人間関係や時代背景などを語り手と共有できる位置にいる学識者であるから、いわば語り手には余計な説明は必要がなく、ディテールだけを語ればいいようになっているのである。これは語りものの手法の特徴ではあるが、同時に谷崎の周到な設定でもある。谷崎がのちに、「春琴抄」（昭8・6）について述べた、「いかなる形式を取つたらばほんたうらしい感じを与へることが出来るか」を考え、「最も横着な、やさしい方法」（「春琴抄後語」昭9・6）を取ったという「方法」こそ、語りものの手法を活かした聞き書き、伝聞（伝本）形式であった。

ただし、聞き書き（語り）の時には大きな差異がある。園子（25歳）は事件の翌年でまだ生々しい余韻の中にあり、弥市（66歳）は一四年間の奉公体験を三四年後に語るというタイム・ラグがある。弥市の一生は、三十二歳の「天しやうじふいちねん卯月二十四日と申すおくがたの御さいごの日にをはつてしまつた」のである。今は妻子もあり、大坂城夏の陣も終わり、主要人物はすべて死に絶え、すでに「もの、本」でも読める歴史上の出来事を回想する弥市には、自己を対象化する時間は十分にあった。その意味では「菱池軒」は、弥市の語りをただ筆録する任を負わされただけの希薄な存在といえる。つまり、弥市表象のために居なければならない設定ではなく、削除されても影響はないのである。園子にコメントを加えながら、異常な恋愛の真相に迫る仕掛けの「作者註」を持つ「卍」との大きな差異である。

「卍」との決定的な違いはこの「作者註」の有無である。「「作者註」によって柿内未亡人の一面的な〈語り〉の主観性は客体化・対象化される」（千葉、前掲）のである。語り手園子は事件の当事者で、主人公であるから、その人物造型のためには必要な視点であった（「痴人の愛」は当事者の手記のため、その必要はなかった）。一方、架空の人物である弥市は戦国のストーリー／歴史的事件に関与しないのは当然であり、軍記が記すことの稀な「奥」の生活空間にのみ生きているという設定である。お市の方に名前を貰う前はただ「坊主」としか呼ばれない希薄な存在であり、お市の方が弥市と名付けたという事実は、弥市はお市の方のためにのみ必要とされた人物、お市の方のためだけに生きていた、ということを物語っている。戦国絵巻には、このように歴史に関与しない傍観者弥市の人物造型の必要性はない。むしろ盲人＝耳の人としての役割が果たせればよいのである。ところが最後の一刹那、その耳の人ならではの能力（三味線の音を聴き分ける能力）を駆使して、放火事件の当事者となる（歴史に関わる）。「なんのしあはせかめしひと生れましたばかりに」と、耳の人＝盲人であるうちは無事で幸せであった弥市に、傍観者の位置を逸脱したとたんに不幸が見舞う。当然ではあるが、この事件によって歴史的事実は変えられることはなかったものの、弥市にとって裏切り者としてお茶々から疎まれたことは決定的に不運な出来事であった。が、これによってお茶々の身体を代替物にし得なかったことで、却ってお市の方の感触、思い出が完璧なまでに冷凍保存され、お市の方を神聖化することになったのである。そして三四年後、有馬の湯で解凍された。「序」の弥市の詳しい消息が所謂「作者註」の働きをしていたが、傍観者にはそれは必要なしと判断した作者は削除した。

「卍」では、聞き書き形式によって出現した傍観者と実作者谷崎との距離が正確に測れない。「一般的書き方」においては作者が全知の神（完全な傍観者）の位置に居るのであるが、「卍」においては、実作者谷崎を思わせる小説家の「先生」が、当事者の告白を聞くだけの傍観者として作中人物として登場する。「先生」とは園子がそう呼ぶのであって、「作者」とは作者谷崎の自称である。その「先生」が聞き書きしたものがわれわれ読者の読む小説「卍」であろうから、小説家の「先生」は「作者」谷崎としてよい。しかし、いくら「作者註」を加えようとも事件の進展に影響はないという意味で、「先生」は傍観者の位置に居る。傍観者の位置を明示したことで、「作者」谷崎は作中人物とみなされても、物語内容のワクの外に出られることにより、自由になったのである。

平野芳信は、「卍」において初めて、「同一時間・同一空間に、語り手柿内夫人とその告白を聴く作者らしき聴き手が共存する作品構造が認められる」とし、それを可能にした「聴き手」創出により、「卍」が「谷崎文芸の分岐点」であり、「以後谷崎はもはや小説家であることを自ら放棄し、物語作家としてひた走りに走りはじめる」（「『卍』論（二）―《語り手》の発見―」、「日本文芸研究」昭62・1）と評価したが、その通りである。これから後、多くの架空の書物・虚構の人物と実在の人物とが同一空間に共存し、そこに谷崎とおぼしき作者／「私」が作中人物として関わりを持ち、虚実の境目が朧化され曖昧になる仕掛けとなって定着する。その顕著な例が「春琴抄」である。この騙しの仕掛けがすでに「盲目物語」の「序」において、「私」の紹介する虚構の「写本」として現れていたことは注目してよい。一口に語り／古典的手法といっても、昭和初期の谷崎作品はどれ一つとして、同じ体裁はとっておらず、一作ごとにその趣向を微妙に変えて、いわば文体、構造創出への実験を繰り返しているのである。この騙しの仕掛けのおかげでわれわれ読者は谷崎の物語空間に遊ぶことが出来るのであり、作者谷崎はこの仕掛けの陰に隠れていってしまうことになるのである。

二

語りや聞き書きの形式で最も腐心することは、おそらく会話部分の扱い方であろう。谷崎が「饒舌録」（昭2・2〜12）で「ヂヨウヂ・ムーア」への関心を述べていることは看過できない。すなわち、

> 会話をいち〳〵行を改めず、クオテーシヨンマークもつけずに地の文と続けて書いてあり、"He said" とか "She said" とかの断りもなしに、二人の言葉が一つのセンテンスの中に織り込まれてゐるところなどもあつて、一種の新体を開いてゐるのが、支那や日本の書きざまに似てゐる。

というのである。後に「春琴抄後語」では、「ムーアの書き方」や「源氏物語以下の日本の古典小説の行き方を学んだ」ともいっている。昭和二年頃の谷崎は聞き書きの形式を模索していた。聞き書きは語りを前提としているが、語りとは会話文を内包した会話文の謂である。もともと口から耳に届け

られる聲にはカギ括弧は付いていない。地の文と会話文との境目は話の流れのなかで、判断しなければならない。また間接話法か直接話法かの区別もつきにくい。

谷崎は語り、聞き書き、伝聞の文章の勉強を始めた。〈去年（筆者註…大15）は大分歴史小説を漁って見た〉（「饒舌録」）とは、写実的な現代小説への忌避だけでなく、文体の研究でもあった。まず谷崎はその勉強の実地演習を、語りの形式で書かれた作品を選んで、それを翻訳という形で行った。トマス・ハーディ原作の「土地の古老どもが集まつて、一人が一つづつ語る体裁」の「グリーヴ家のバアバラの話」（昭2・12）は、英語から日本語への翻訳（会話文にはカギ括弧を付す）である。井上健は、「谷崎は「グリーヴ家のバアバラの話」の翻訳を通じて『春琴抄』に至る道筋を発見したのではなく、その道筋が視界に入っていたからこそ」、「語りものの筆法を十分意識して」翻訳した（『作家の訳した世界の文学』丸善、平4・4）、と正しく指摘している。また、高野山において「懺悔物語」を「しんみりした口調で語り始め」るお伽草子「三人法師」（昭4・10〜11）は古文から現代口語文への翻訳（カギ括弧は使われていない）の試みである。(1)谷崎は「三人法師」では、「たど〳〵しい稚拙な書き方」だが、「南北朝頃の世相が窺はれる上に」、漸次「話が複雑で面白く」なっていくところに文学的価値を認めるので、「大体原文の意を辿つて成るたけ忠実に現代語に直してみた。もしいくらかでも古い和文の文脈と調子とを伝へることに成功したら作者としては満足である」と、はしがきした。この言い方は「盲目物語」の「序」の「蓼池軒」の意図と異口同音であり、当時の谷崎の関心のありかをよく物語っている。しかし、このような物言いは翻訳のはしがきとしては丁寧だが、創作である「盲目物語」の導入としては喋りすぎの感もある。これも「序」を外した方がいいと考え直した一因であろう。

「卍」もその制作過程からみて、標準語から大阪弁への翻訳（会話文にはカギ括弧を付す）である。単行本『卍』の「緒言」（昭6・4）にいうごとく、「関西婦人の紅唇より出づる上方言葉の甘美と流麗とに魅せらるること久しく、試みに会話も地の文も大阪弁を以て一貫したる物語を成さんと欲し」、女学生を「方言の顧問」にして完成させたことを見れば、同趣の方法追究である。会話文に関していうならば、「現代口語文の欠点について」（昭4・11）における、「ね」、「よ」などの「一種の捨て字」が「男女老若の区別に重宝」で「小説中の会話だけでなく、地の文にも使ってみたらい〻」という提言は、「卍」連載中のものであるだけに、ジェンダーを表現する会話の文体に工夫を懲らしている谷崎をよく物語るものといえよう。[2]

会話を「クオテーションマークもつけずに地の文と続けて」いくムーアの文体を手本としていた谷崎であるが、野口武彦は「盲目物語」について、「法師の懺悔話という古典的様式を借りながらも、カギ括弧の使用という一事に注目すれば、谷崎自身はこの作品を「物語風」と考えているにもかかわらず、むしろ「小説風」なところを残している」ことから、カギ括弧が取り払われる「蘆刈」（昭7・11～12）までの「過渡的な形態」（『谷崎潤一郎論』中央公論社、昭48・8）であると評価している。このように、谷崎の作品（文体・体裁）は一作ごとに進化しつづけていったのである。

＊

そういえば「盲目物語」発表後の批評は異口同音に、文体と語り手が盲人であることの二点に言及したものが目立つ。小宮豊隆は、座頭の身上話を「言葉どほりに筆記して行つたやうな体裁」で「当時の、盲の、物語らしい感じをだす事に成功してゐる」（「東京朝日新聞」昭6・8・29）といい、視覚的要素を取り入れた描写のときは「後に他人から聴いた事」と断っているとして、伝聞的要素を活かそうとする作為に注目している。武者小路実篤は、「よんでゐてその男の話を本当にきくやうな気になり」、「一度物語りを聞き出したら、しまひまでしんみり聞く気になれる」（「新潮」昭7・7）といった。「盲目物語」を「聞く」という評価は作者を喜ばせたであろう。作者の趣意が正確に伝わったのである。谷崎精二は「口訳平家物語と云ふ感じ」（「早稲田文学」昭9・6）と述べている。盲人の語りから琵琶法師の連想は当然のことといえる。

なかでも川端康成の「文芸時評」（「中央公論」昭6・10）は出色の批評で、文体を論じて、作のモチーフに斬り込んだ明解な分析を行った。「この作品は文体の物語なのである。これは作者が物語るのでもなく、盲法師が物語るのでもなく、一種の文体が物語る物語である」といい、作者の「好事」であると断じた。古典の「文体のなかに、作者は隠れてしまつてゐる」。「官能の作家」谷崎はそういう描き方を、「文体のために」、性格、心理の描き方も「近代小説としては、無意味に近いほどに控目にした。「氏の特色の著しい作品であるにか丶はらず、作者はわざと隠れてしまつてゐる」。「作者はあくまでその時代の座頭の心を心として物語らうとした。そのために反つて、座頭は死に、文体が生きた」といい、弥市を初めて「傍観者」と指摘した。作者谷崎は喜びと落胆相半ばであったろう。嬉しさと見抜かれたしまった口惜しさと。要するに、すべて「文体のため」に、その蔭に作者は「隠れ」

た。「盲目物語」はこの一言に尽きるかもしれない。川端の批評は誰より正鵠を得た作者の趣意の代弁といえる。実作者川端には谷崎の手の内がよく見えたのであろう。

三

「序」削除／「奥書」追加の過程で最も大きな改変は「写本」の消滅である。これに付随して、語りの聞き書き者たる「相当の国学者」の「菱池軒」「横山辰之」という人物、「写本」の聞き書きの時・場所の「元和三年」・「有馬」、それに「当時には珍しい口語体」の「写本」を「私」が現代語に和らげたという経緯も葬り去られた。また、語り手である「盲法師」の現在の消息が消滅した。架空の書である「写本」（ひいては「盲目物語」自体）の成立事情を省略したわけである。

単なる語りではない、聞き書きの形式を目指していた谷崎は、本編を書き進めていくうちに、すでに「左様、左様」と応える語り手の聲を入れて、聞き手の存在（前半に集中しており、均等ではない）を明らかにしており、本編が盲人によって書かれたものではなく（書けない）、その質問者の聞き書きであることは、読者にも予想できると判断したのではないか。「菱池軒」に関わる事情が本編に必要なものかというと、そうも思えない。聞き書きの時も、弥市が年齢をいうことで明らかである。前述したように、「菱池軒」や「弥市」の情報は最早不要と、谷崎は判断したものと推測できるのである。

しかし「盲目物語」以後の小説、「武州公秘話」（昭6・10〜7・11。断続的連載）、「春琴抄」、「聞書抄」（昭10・1〜6）では小説本編の種本が記され、消されることはなかった（後述するが、これらには実作者谷崎とおぼしき「私」が作中に登場する点でも共通する）。「武州公秘話」における「見し夜の夢」と「道阿弥話」、「春琴抄」における「鵙屋春琴伝」、「聞書抄」における「安積源太夫聞書」である。これらのすべてが「菱池軒聞書」ともいうべき「写本」と同じく、谷崎による架空の書である。何故、「盲目物語」のばあいのみ、種本が削除されたのか、依然不明である。

伊藤整（「解説」新書判『谷崎潤一郎全集　第一九巻』昭33・1）は、聞き書き形式の小説には、「共通の構造上の類似」があると述べている。すなわち、「物語が層をなして」いて、その層が「常に作者又は語り手その人の実在、即ち現在から始まつて、次第に過去にさかのぼり、現在の実在感を過去の物語の実在感へとつなぐ役目をする」。「絵巻物の初めが今であり、開くに従つて過去へ遡るやうな手法」であると指摘した。「盲目物語」初稿は当初まさにこの谷崎の物語構造／仕掛けを持つ作品として書き始められていたのである。「現在」が欠落している体裁は「卍」の状態に戻ったといえる。「盲目物語」直後に書かれた「武州公秘話」においても、「作者」が「珍しい材料」・「手記」の提供を受けた顚末や、その資料提供者の氏名、消息が記さた「緒言」が初出誌（「新青年」昭6・10）にはあったのに、後に削除されたことや、「作者」「私」の位置付けに悩んでいるところをみれば、「盲目物語」や「武州公秘話」が「蘆刈」、「春琴抄」の達成に至る「過渡的な形態」（野口、前掲）であったともいえるし、試行錯誤の過程を示す重要な作品ともいえる。

「序」がなくなり、いきなり弥市の聲で始まる現「盲目物語」は、それ自体が生資料のごとき印象を与える。添付された「奥書」は、「○右盲目物語一巻後人作為の如くなれども尤も其の由来なきに非ず」という「予」の紹介から始まる。そして、「写本」／種本の代わりに、本編の内容の真実性を補完すべくその典拠ともまごうべき同時代の実在の軍記をはじめ、地誌、研究書が示されることになった。(3)その内容からみて、これは注釈・補注である。「予」は注釈ができる学識者である。「写本」削除は、紹介者「私」の消滅／「予」の登場と不可分の問題である。

「私」の問題は、「卍」の「先生」とも関連して、実作者谷崎がどこに位置しているのかということと関わってくる。「写本」削除によって翻訳紹介者の「私」が消えたことで、「摂津の国三島郡芥川」、「横山と云ふ旧家」、「慶應理財科」出身の「当主」などの「私」周辺事情も必要なくなる。「私」は当主と「七八年前から」昵懇にしており、「近頃」この「写本」を見たといっていた。この「近頃」を「盲目物語」一篇の発表（昭6）の頃とすれば、「私」は関東大震災（大12・9）後に関西に移住してきた谷崎その人であると想像され、読者がそう読んでしまっても仕方がない設定である。「奥書」の「予」はどうか。

「予」は「于時昭和辛未年夏日　於高野山宿坊しるす(4)」と「奥書」末文に記した。「菊原検校」に三絃を習い、「本文挿絵は道柳子図して予に贈ら」れ、掲載したというのが、「予」と「一巻」との関わりである。この二人は実在の人物で、「菊原検校」は昭和四年三月から岡本梅ノ谷に地唄を教えに来ていたし、九里「道柳子」はエッセイ（「私の姓のこと」昭4・8。原題「『谷崎』氏と蒲生氏郷」）にも登場する友人である。また、蜜月中の谷崎が丁未子夫人と共に高野山で密教の勉強をしていることは昭和六（辛未）年当時の「文藝春秋」ほかのメディアで知られており、「予」もやはり谷崎に重ねて考えることは出来なくはない。「私」と「予」の二人の周辺情報にさほどの差はない。

共に「盲目物語」一巻の紹介者である点は同じだが、「私」は翻訳者であり、「予」は注釈者である。「予」と「盲目物語一巻後人作為の如く」の「後人」とは同一人物かどうかは不明である。翻訳の労を取り、読者の眼に触れる本編の文字を記した「私」に比べて、「予」の役割は不明な点が多く、「一巻」への関与が希薄化されている。曖昧化されている印象が拭えない。「予」の引用した軍記史料は「尤も其の由来なきに非ず」というごとく、「一巻」の内容の確かさを傍証するためのものである。それは逆に、この「一巻」の価値が実在の軍記と同等のものであり、「一巻」の独立性、客観性をも主張しているのである。とはいえ、「予」の関与はその程度に薄められていて、「私」の「写本」を現代語に和らげたという、まさに作者ともいうべき位置から退いている。しかも、「三島郡芥川」、「慶應理財科」などの固有名詞も削除し、「一巻」の虚構性が高められた。「予」は「私」に比べて傍観者の立場をより鮮明にしているといえる。まさに川端のいうように「隠れてゐる」のである。

「一巻」が生資料のごとく提出されたとき、お市の方と同時代人の語りなのに古文ではなく、現代口語文ではないかと読者は疑問に思う筈である。誰かが、現代語に直している、という指摘は出て当然だが、口語文であることに関して「予」は一切語っていない。「昭和辛未年夏月」に紹介するというだけで、「一巻」の由来については、一切知らないというスタンスをとる。「一巻」及び「予」の虚構化であると同時に、「私」は「予」の蔭に、「予」は「一巻」の蔭に隠れてしまったのである。

四

「序」は本編の成立事情、つまり「盲目物語」が聞き書きであることを詳細に報せていた。「盲法師」の体験を「菱池軒」が聞き書きした「写本」を「私」が翻訳したものが「盲目物語」というわけである。「私」の手になる「序」の中に、「菱池軒聞書」とでも題すべき「写本」の「由来」を記した「はしがき」が要約されているという構造である。「私」が「予」に変更されたときに、結局この「はしがき」も姿を消してしまったので、「一巻」の「由来」が不明のまま、「由来なきに非ず」（「奥書」）として注釈が施されるだけで、本編の成立事情は伏せられたままである。その方がかえって本編の虚構性が確保されることはわかる。ここで気になるのは「菱池軒」と「私」のモチーフの違いである。

自分の趣意は立派な文章を作ることにあるのではない。（中略）ただ、法師に代つて彼の言葉を生き写しにして、後世のために残して置きたい。もし我が家の子孫たちが此の書を読んで、さながら親しく法師の聲を聞くやうな感じがしたら、自分の望みは足りるのである。

「菱池軒」は「聞き流すのは余りに惜しい気がし」てメモを始めるが、右のごとくモチーフは「内容」への興味より、「法師の聲」を「生き写し」にすることにあった。

一方、「私」は「当時には珍しい口語体」の聞き書きに価値は認めるものの、「此の物語の興味は、その珍しい文体よりも寧ろ内容にあると云ふことは、読んで下さるうちに自然お分りになると思ふ」と、「内容」に重きを置いている。しかし、現代語に翻訳することとは、「菱池軒」の努力を水泡に帰する虚しい仕事といわざるを得ない。現代語にしてしまっては「法師の聲」が届かず、「菱池軒」の「望み」への裏切りである。「盲法師」の「生き写し」の「聲」を録音テープから消し去ってしまったのである。洋画において俳優の聲は聞けず、吹き替えの日本人の聲しか耳に届かないように。現代口語文体にはほっかむりをしたままの「奥書」への改変は、まさに「私」のモチーフに添ったものであった。当時の谷崎の関心は「現代語」で「古い和文の文脈と調子とを伝へる」(「三人法師」)方法を確立することにあった。古文で小説を発表することが出来ない以上、谷崎にとって最大限の譲歩の弁明が「序」であった。しかし、そのくだくだしさ、言い訳に聞こえてしまう「序」の文章に谷崎自身が嫌気がさしたのであろう。「菱池軒」と「私」の異なったモチーフを並記することに矛盾を感じたのかもしれない。また、古文と現代文の差異の由来も示さず、いきなり生資料のごとく提出し、出典も知らない振りをする「予」が注釈のための資料を提出した方が、「ほんたうらしさ」が保てると判断したのではないか。

　そうすることにより、作者は、本編「一巻」の内容(登場人物の行動や心理や善悪)に責任のない場所に立てる。物語内容にウソがあろうと作者は自由なのである。「文体のなかに、作者は隠れてしまつ」たのである。川端(前掲)は「傍観者に過ぎなかつた座頭」といったが、「傍観者」は弥市だけではない。作者も「傍観者」なのだ。川端評を受けて、千葉(前掲)は「卍」を論じて、聞き書き形

式の作品構造を解析している。いわく、

作者谷崎は〈聞き書〉を装うことによって作中において〈語り〉手と〈聞き〉手との二役を巧みに演じ分けてみせ、アリバイをつくって自己の身を隠しながら〈語り〉手として自由に自己の想像世界に遊ぶ一方、〈聞き〉手の視点からそれを不断に客体化・対象化し、その角逐の中に作品を一つの認識世界へと転換させるのである。

翻訳者「私」が消えて、注釈者「予」の登場をさせることは谷崎の構想に添った改変であった。それは「吉野葛」（昭6・1〜2）の次の言葉を想起させる。

私の知り得たかう云ふいろ〳〵の資料は、かねてから考へてゐた歴史小説の計画に熱度を加へずにはゐなかつた。（中略）正史は勿論、記録や古文書が申し分なく備はつてゐるのであるから、作者はたゞ与へられた史実を都合よく配列するだけでも、面白い読み物を作り得るであらう。

これは「盲目物語」にもそのまま当てはまる。野中雅行の労作「「盲目物語」―各節典拠の一覧表―」（「駒沢大学大学院国文学論輯」昭56・2）を見ても明らかなように、本編のストーリーは典拠となった軍記・研究書の引き写し（口語訳）が多く認められ、谷崎は創作の舞台裏をつい漏らしてしまっているのである。これらの史実に支えられながら、軍記の読者谷崎はその行間に想像を膨らませて、自ら創造した世界を書き記していく方法を採った。そこに聞き書き形式を持ち込むことで傍観者の位置を堅持し、聞き書き構造の文体の蔭に隠れていったのである。

平野芳信は千葉（前掲）の論考を受ける形で、谷崎におけるアイデンティティの危機が聞き書き形式を要請した、という。平野（『卍』論（三）―自己との出会い―」、「山梨英和短大紀要」昭62・12）は、自我が分裂の危機に瀕したとき、「精神的な自己」（真の自己）と「身体化された自己」（贋の自己）に自身を分裂させて、不安定さに対処する、というR・D・レインの説を援用しつつ、作中の話者を真の自己、聞き手を贋の自己と見立て、「執筆する小説の中で、いわば自我を話し手と聞き手に分割するという精神的操作によって、谷崎はかろうじて自我の分裂から我身を救ったのではない」かと分析した。聴くべき意見である。つまり、作中での「私」の位置、それを書く現実生活での作者谷崎の位置の問題である。平野はアイデンティティの危機の原因として関東大震災と関西移住・芥川龍之介の死・佐藤春夫を巻き込んだ千代との離婚騒動などをあげている。

谷崎にアイデンティティの危機はまさにあった。それは自己分裂と同時に大きな喪失感を伴った。関東大震災と関西移住による故郷喪失、芥川の死によるライバルの喪失、離婚による妻・家庭の喪失。ここに中国旅行による西洋（擬似西洋）の喪失も加えたい。谷崎を取り巻くすべてのものが崩壊し、谷崎には喪失感だけが残った。谷崎は居場所を失ってしまったのである。おそらく、松子との出会い（運命的出会いといわれるのは、松子一人の力ではなく、そのタイミングがまさに絶妙だったからである）に谷崎は自己のこれからの芸術と人生を傾注していこうとしたのであろう。もう一つ、谷崎はアイデンティティを喪失した故郷の発見に求めた。その故郷こそ近江であった。松子と近江の発見が「盲目物語」創作に繋がっていった。「盲目物語」を書くことによって、アイデンティティの危機から谷崎は救われたといえよう。（明治の崩壊とともに、現代小説を捨てて、歴史小説、史伝に向かった、森鷗外の行き方も考えの中に入れていかねばならないだろう）。

五

谷崎は「盲目物語」の筆を進めるうちに、口調を伝える、「法師の聲」を伝える文体、聞き書き形式が出来上がっていることの手応えを得たのかもしれない。とすれば「序」による説明はもはや必要ない。「過渡的」ではあっても、文体は出来た、という確信があったのではないか。では、進捗状況から、いつ「序」削除を決めたのかを考察して、本章を終えることにする。

嶋中中央公論社社長への書簡[5]（昭6・5・24付）には、高野山入山直後、「一昨日より原稿書き出し」、「六日まで」には「脱稿出来る」と思う、「百枚といふ予定より長くなりさう」とある。六月六日までに脱稿して、「中央公論」七月号に掲載する筈だったし、そのように仕事は進行していたが、実際には二〇五枚になり、遅らせて九月号にしてもらった（前章参照）。この書簡の五日後の妹尾健太郎宛書簡[6]（昭6・5・29付）で、預けた荷物の中から「日野町誌　上巻」のみ至急送ってくれるよう依頼している。これは「奥書」に「近江日野町誌を可レ見」とあるごとく、本編及び「奥書」の直接資料であることから、この頃（5月29日）には「序」削除／「奥書」添付という変更が考えられていたようである。雨宮宛書簡[7]によれば、六月七日に七〇枚迄、六月一五日に九〇枚迄送っていることがわかる。その九〇枚迄の原稿に添付された書簡には、「過般削除するやうに御願ひしました序のところの原稿は其後電報にて中上ましたやうに或は生かすかも知れませぬ」と谷崎の思いが記されている。この「過般」の書簡、「電報」は未見でいつとは特定できないが、原稿枚数にして七〇枚迄、その前の五〇枚迄の頃に変更が考え始められたと思われる。そして「序」削除は三〇枚迄の原稿と校正刷を見てから決定された（昭6・7・5付、雨宮宛書簡）。

原稿七〇枚迄というのは、改行で確認できる形式段落で二二段（万福丸の件で秀吉、奥方から遠退く）迄、五〇枚迄は形式段落一四段（奥方ら、信長に投降）迄である。ここまでのストーリーからは削除の必然性は見えてこない。

弥市の「左様、左様」「はい、はい」などの受け応えに対応する聞き手「菱池軒」の質問は一〇回である。その内五回が八段迄にあり、巻末（五五・五六段）に三回と偏りが見られる。谷崎は聞き書き形式ということを読者にわからせるために、初めのうちはかなり意識的に聞き手の存在を知らせ、同時に聞き手に聞かれたこととして、ストーリーに必要な周辺情報を、話を前後させながら注意深く弥市に説明させている。われわれ読者にとって初めは読みづらかった「盲目物語」本文も、だんだん慣れてスピードが上がってくるように、作者も漢字・ひらがなの混ぜ方にも慣れてきて、筋に熱中していったのか、聞き手を忘れたかのような弥市の問わず語りが続いて行くのである。このような書き振りから谷崎は五〇〜七〇枚迄書いた頃に、この聞き書き形式が、「法師の聲」を伝える文体がすでに出来上がったという手応えを得て、「序」による説明は不要と、削除を考え始めたと推定出来るのである。

野中雅行（「谷崎潤一郎・昭和期様式の展開」、「駒沢国文」昭62・2）は「序」削除の理由として、「和装本草書体題簽付き」の初刊本『盲目物語』刊行を発想したことを挙げ、「古態な写本装訂本」を「「写本」の現物」として示すことによって、「序」で築いた虚構は保障される、とした。しかし現存の書簡資料で確認できるのは、「あまり俗受け」しそうにないので「贅沢本」にして、装幀も自分に任せてほしい、という嶋中社長への書簡（昭6・8・5付）が最も早いものである。この初刊本『盲目物語』刊行は難航し、また「単行本「吉野葛」は中央公論社長の意見にて「盲目物語」と題し吉野葛の方を従属的に編入いたす事と相成」（昭6・11・13付、妹尾宛）という書簡を見ると、谷崎自身は「盲目物語」より「吉野葛」により思い入れがあったように見受けられる。(8)前述したように、「序」改変は昭和六年五月末頃に思いついていたと推定され、妹尾宛書簡の内容からも、このとき同時に和装本『盲目物語』も発想されたとは考えられないのである。

ともあれ谷崎が「装釘漫談」（昭8・6）に

私は自分の作品を単行本の形にして出した時に始めてほんたうに自分のもの、真に「創作」が出来上つたと云ふ気がする。単に内容のみならず形式と体裁、たとへば装釘、本文の紙質、活字の組み方等、すべてが渾然と融合して一つの作品を成すのだと考へてゐる。

というごとく、谷崎の単行本の形態は、[9]本文同様揺るがせには出来ない問題である。『盲目物語』も『春琴抄』も視覚的効果及び手にする触覚をも勘案して造られている。これら単行本の形態は文体とともに、「盲目」という設定とは不可分の関係にあることはいうまでもない。

註

(1) 「三人法師」の単行本への収録のされ方を見ると、翻訳というより創作扱いをされていて、谷崎のこの作品への意識が反映されている。改造社版『谷崎潤一郎全集』では『第8巻　短篇小説(二)』(昭5・11)に収録、『新槧春琴抄』(昭16・3)では「春琴抄」「蘆刈」と共に収録され、戦後には『三人法師』(昭21・7)のタイトルで「百花文庫3」として、「二人の稚児」を従えて出版されている。現行の中央公論社版『谷崎潤一郎全集』然り。

(2) 初出誌「改造」をみれば一目瞭然であるが、「先生、わたくし今日はすつかり聞いて頂くつもりで伺ひましたんですけれど、でもあの、……折角お仕事中のところをお宜しいんでございますの?」(「その一」昭3・3)と標準語で書き始められ、「その三」(昭3・5)から大阪弁が混入し始め、次回からほぼ完全に大阪弁で書かれるようになるという変則的な掲載に、当時の谷崎の文体への拘りを見ることができる。

(3) 武者小路は、「奥書」は「蛇足で作者の幻影を傷つけてゐる。いかにも作者の思ひつきに根拠があることを示すことで、思ひつきを自慢してゐるやうで、手品のたねあかしのやうで面白くない。もつと自分も一緒にだまされてそのままにしておく方がいい」と否定した。

（4）初刊本『盲目物語』（昭7・2刊）では、「於高野山千手院谷しるす」と改めている。

（5）水上勉『谷崎先生の書簡　ある出版社社長への手紙を読む』（中央公論社、平3・3）所収。

（6）秦恒平『神と玩具との間　昭和初年の谷崎潤一郎』（六興出版、昭52・4）所収。

（7）『芦屋市谷崎潤一郎記念館資料集㈡　雨宮庸蔵宛谷崎潤一郎書簡』（芦屋市谷崎潤一郎記念館、平8・10。細江光が編集、翻刻、解説、注他を担当）所収。

（8）初刊本『盲目物語』の「はしがき」に、「此の書の装幀は作者自身の好みに成るものだが、函、表紙、見返し、扉、中扉等の紙は、悉く「吉野葛」の中に出て来る大和の國栖《くず》村の手ずきの紙を用ひた」とある。こんなところにも谷崎の「吉野葛」への拘り、精いっぱいの嶋中社長への主張が見えている。

（9）初刊本『春琴抄』（昭8・12）について橘弘一郎（『谷崎潤一郎先生著書総目録　第弐巻』ギャラリー吾八、昭40・4）は、「本書は漆塗り表紙という非常に変つた装幀をしているが、装幀者の名は明記されていない、先生の自装と考えていいと思う」と述べている。

《付記》本章は阪神近代文学研究会（平8・12・7）において口頭発表した「谷崎潤一郎・「盲目物語」の構想」をもとにしている。

献身という隠れ蓑

春琴抄

はじめに

昭和八年（一九三三）六月「中央公論」に発表した「春琴抄」で谷崎潤一郎は、自分にとってあらまほしき女、自分の理想とする女性像を創造した。理想の女を見出だした男が、その女へ献身し尽くすという年来の夢（理想）を実現した話、ともいえる。

作中で春琴は、「強情」で「気儘」、「潔癖」「負けじ魂」「自ら恃する所すこぶる高く」、「傲慢」「驕慢」、「変態な性慾的快味を享楽」する「嗜虐性の傾向」があり、「嫉妬」深く、「のぼせ症で冷え症」、「貪慾」で「計数に敏く」「到来物を一々自ら吟味」し、「極端に奢侈を好む一面極端に吝嗇で慾張り」……と語り手「私」の紹介する春琴はたいそう扱いにくい女である。客観的に見て良い女とは思えない。

ただ一つ良い評価は美貌であったこと。しかし、それも佐助一人のいっていることであって、語り手「私」は「春琴を視ること神の如くであつたらしい検校から出たものとすればどれほど信を置いてよいか分らない」(1)といい、また「春琴女が三十七歳の時」(2)の「その朦朧とした写真では大阪の富裕な町家の婦人らしい気品を認められる以外に、うつくしいけれども此れといふ個性の閃めきがなく印象の希薄な感じがする」（2）と、報告しているにすぎない。

この現実の春琴の属性がひどければひどいほど、サディスティックであればあるほど、マゾヒストの性向をもつ佐助の拝跪の対象として相応しいばかりでなく、それがお湯を掛けられる遠因となり、この遭難による春琴の醜貌への変化が佐助の失明に繋がっていく。これによって最後に佐助が勝ち得るのは「観念の春琴」（26）、実際とは「全然異なつた一人の別な貴い女人」（2）であり、拝跪するに相応しい神の如き、自分にとってあらまほしき女性であった。

一

「春琴抄」について、川端康成が「ただ嘆息するばかりの名作で、言葉がない」（「新潮」昭8・7）といい、正宗白鳥が「「蓼喰ふ蟲」以来のこの作家は、東西古今の大作家と、も、芸術の極致に達してゐるやうに、私には思はれてならない。（中略）「春琴抄」を読んだ瞬間は、聖人出づると雖も、一語を挿むこと能はざるべしと云つた感じに打たれた」（「中央公論」昭8・7）と、文芸時評で絶賛したことは有名である。

創作のために生活環境を整え、自己劇化の舞台作りから始める谷崎にとって、書簡も必須の小道具である。根津御奥様（松子）宛の書簡（昭7・9・2付）で

　実は去年の「盲目物語」なども始終あなた様の事を念頭に置き自分は盲目の按摩のつもりで書きました、今後あなた様の御蔭にて私の芸術の境地はきつと豊富になることゝ存じます、（中略）今日から御主人様と呼は《ママ》して頂きます

といい、「蘆刈」（昭7・11〜12）についても書簡（昭7・11・8付、松子御寮人様宛）で、

　女主人公の人柄は勿体なうごさ《ママ》いますが御寮人様のやうな御方を頭に入れて書いてゐるのでござります、（中略）いづれ時機がまゐりましたらば自分の何年以後の作品には悉く御寮人様のいきがかゝつているのだといふことを世間に発表してやらうと存じます

と書き送った。この二作同様、「春琴抄」も松子への恋文という一面を持っている。「春琴抄」発表後も、署名を「潤一郎」ではなく「順市」に変えて、演出家としての谷崎は、

　もはや心の底の底までも召使ひになりきつた積りでをりますけれども矢張り昔のくせが出ましてつい身分を顧みぬ無礼なことを申上げたのでございます、（中略）先日も家来といふのは形ばかりぢや心の底からあるじとしてあがめてゐない（中略）封建の世の主従のやうにせよと仰つしやつていらつしやいましたのを今後は何処までも忘れぬやうに御奉公致します、そして御寮人様

と私との今の世に珍しき伝奇的なる間柄を一つの美しい物語として後の世まで伝へたうござりま
す（昭8・6・17付、松子御寮人様宛）

と「奉公人の分際」を忘れぬよう勤めるとの書簡を送り、谷崎は自己劇化に努めている。
また、その松子と結婚する半年前（打出の家での同棲時代）に、谷崎は生涯の友笹沼源之助（昭9・5・6付書簡）に対して、自己の結婚観を次のように述べている。

過去に於ける再度の結婚生活の経験に徴するに普通の夫婦生活をしてハ結局小生の我儘が出て不幸に終る恐れなきにあらず、矢張何処までも夫人は実家の森田姓を名のり小生ハ春琴抄の佐助の如くにして生涯を送り度と存候（中略）要するに夫婦よりハ他人行儀に、遠慮あり礼譲ある関係を続度候

このような自己劇化によって、谷崎は描くべき作品世界を現実生活の中でまずシミュレートして、描き得た作品世界をまた現実に移して生きるのである。谷崎松子の『倚松庵の夢』（中央公論社、昭42・7）における次の述懐は夙に有名である。

翌年には春琴抄に執りかゝっているが、此頃になるとすっかり佐助を地でゆく忠実さで、もう

けられた座が結構過ぎて時に針の蓆に感じられる日もあった。好奇心と嫉視との中で私は耐えることと、演出家のイメージを害わぬように神経を使うことに疲れて、病気勝ちであった。（中略）いかに空想力が非凡に豊かと雖も、自ら設定した芸術上の世界に自分を没入させなければ真に迫力のある物が描けないのではないであろうか、と、私なりに考察された。

関東大震災（大12・9）がもたらした関西移住によって谷崎は松子と出遇い、松子を通して「上方」を発見してゆく。松子との出遇いにより谷崎は関西定住に傾き、右記の書簡のあるように松子は谷崎文学の美神と呼ばれるようになる。

また関西移住後、谷崎は創作方法としての「語り」を身に纏った。移住後、初めての本格的創作となる「痴人の愛」（大13・3〜6、13・11〜14・7）は語り手の語りで進行する。つづく「卍」（昭3・3〜5・4。断続的連載）、「吉野葛」（昭6・1〜2）、「盲目物語」、「蘆刈」などは皆、事件の当事者の語りによってストーリーが展開される。これに対して、「春琴抄」における「私」という語り手の、他作品との大きな差異は、作中人物であっても、春琴と佐助の物語（二人はすでに鬼籍に入っている）に直接影響を及ぼすことの出来ない位置にいることである。「ナレーターであると同時にコメンテーターでもあるという重層的な仕掛け」（野口武彦『作家の方法』筑摩書房、昭56・4）になっている。この「先達通りかゝりにお墓参りをする気になり立ち寄つて案内を乞ふ」（1）た語り手「私」とはいったい誰なのか。

私は春琴女の墓前に跪いて恭しく礼をした後検校の墓石に手をかけてその石の頭を愛撫しながら夕日が大市街の彼方に沈んでしまふまで丘の上に低徊してゐた（1）

〇

近頃私の手に入れたものに「鵙屋春琴伝」といふ小冊子があり此れが私の春琴女を知るに至つた端緒であるが（下略）（2）

という「私」は事件の当事者でもその縁者でもない。

＊

「春琴抄」は盲目となった佐助が「来迎仏」（としての春琴）に拝跪する物語である。あるいは「来迎仏」に拝跪するために佐助が盲目になる物語であるともいえる。それは語り手「私」がぼやけた写真の春琴に観世音を見ることと軌を一にしている。「春琴を視ること神の如くであつたらしい」（2）佐助の失明した眼には、「つい二た月前迄のお師匠様の円満微妙な色白の顔が鈍い明りの圏の中に来迎仏の如く浮かん」（23）できたという。一方、「私」は写真の春琴に「古い絵像の観世音を拝んだやうなほのかな慈悲を感ずる」（2）という。この佐助の眼と語り手「私」の眼とがいつのまにか重なってくる。佐助のこととしていう、次のくだり、するど晩年の検校が記憶の中に存してゐた彼女の姿も此の程度にぼやけたものではなかつたであらうか。それとも次第にうすれ去る記憶を空想で補つて行くうちに此れとは全然異なつた一人の別な貴い女人を作り上げてゐたのであらうか（2）

の「あらうか」とは、語り手「私」の思いである。佐助に仮託して、実は「私」自身の思いを述べて、佐助と共に春琴を神に祭り上げている。つまるところ「春琴抄」という書物は、語り手「私」が春琴を一人の「貴い女人」として、人工的に作り上げられた理想の女性として崇拝し、まさに冒頭に「春琴女の墓前に跪いて恭しく礼を」（1）する如く拝跪するに至る話である。語り手「私」は佐助に同化したいという意味において、心情的には佐助に限りなく近い存在である。また語り手「私」は谷崎と限りなく近い。

二

新潮文庫の裏表紙に「春琴がその美貌を弟子の利太郎に傷つけられる」と記されているとおり、従来、春琴にお湯をかけた犯人は利太郎と思われてきた。しかしこれをめぐって、佐助犯人説をはじめ、春琴佐助黙契説、春琴自害説なども出た（この遭難をめぐる諸説については、永栄啓伸『谷崎潤一郎試論―伏流する物語』（双文社出版、平4・6）所収の「『春琴抄』再論」に詳しい）。筆者は犯人探しという読み方を「封じる方向で書かれた作品」とする前田久徳（「物語の構造」、「国文学」平1・7）の見方に賛成する。谷崎も影響を受けたと思われる芥川龍之介「藪の中」も犯人探しが盛んであったが、これも真相不在、「春琴抄」同様、犯人は作者によって用意されていないのである。

> 　今や春琴の身に降りかゝつた第二の災難を叙するに際し伝にも明瞭な記載を避けてあるためにその原因や加害者を判然と指摘し得ないのが残念であるが、恐らく上記の如き事情で門弟の何者かに深刻な恨みを買ひその復讐を受けたと見るのが最も当つてゐるやうである。(20)

また、「要するに臆説紛々として孰れが真相やら判定し難」く、「斯く色々と疑ひ得らるゝ原因を数へて来れば早晩春琴に必ず誰かゞ手を下さなければ済まない状態にあつたことを察すべく彼女は不知不識の裡に禍の種を八方へ蒔いてゐたのである」(21)というところに落ち着くしかない。つまり「察すべ」しというのが語り手「私」の結論だ。語り手「私」は原因究明にはさほど熱心ではない。春琴失明の件でも「要するに此処では敢て原因を問はず唯九歳の時に盲目になつたことを記せば足りる。」(3)とあっさり引き下がる。それよりむしろ、この事件を語る佐助の「彼女を偉くするために重大な意味を持たせ」る「修飾」(3)のあることに注目せよと、焦点をズラシている点に注意すべきである。[2]

　春琴の写真や「鵙屋春琴伝」全文を見られず、鵙沢てる女の証言を耳にし得ないわれわれ読者は、語り手「私」が恣意的に選んで紹介する一部分しか知り得ない。「鵙屋春琴伝」中の二人の真相に読者は語り手「私」以上にアプローチできない構造である。まさに読者にとって春琴「抄」なのである。この墓所で語り手「私」が同じ地面に立ち、同じ時間と空間を共有できるてる女にしても、奉公し始めたのは春琴遭難・佐助失明の九年後であり、てる女の証言も主に佐助からの伝聞である。語り手「私」が語る現在昭和八年は、佐助没後二七年、春琴没後四八年、春琴遭難からは六九年後で、すでに埋め難い時間がある。語り手が結論とした如く、「不知不識の裡に禍の種を八方へ蒔」(21)き、好奇の目に曝されていた春琴と佐助の神秘的な二人の生活、困難を乗り越えて生まれた二人だけの愛の生活こそが、読者の識るべき真相なのであろう。作者谷崎の意図もそこにある。

＊

谷崎は「春琴抄」の手法を「物語風」といってる。「春琴抄後語」(昭9・6)で、「地の文と会話とのつながり工合」に苦心を払い、「ほんたうらしい感じを与へる」ための形式として「物語風の形式」を選び、「会話を地の文に織り込んで」地の文と会話文との境をなくしたという。さらに、「春琴抄」では句読点をも取り去ってしまう。「ほんたうらしさ」の工夫とは虚構の物語を実話だと読者に信じさせるリアリティの手法である。

『文章読本』(昭9・11)でも、「春琴抄」では句読点を排除し、「センテンスの切れ目をぼかし」し「文章の息を長く」し、「薄墨ですら〳〵と書き流したやうな、淡い、弱々しい心持を出す」ことを主眼としたという。真相を曖昧にするための朧化法といえよう。このような文体が物語の現在と語りの現在の時差を埋め、「私」の語りに佐助の直接的会話が繫がっているために、われわれ読者は彼らと同じ時空に居るような錯覚にも陥るのである（「春琴抄」が発表された後、春琴の墓を下寺町に探す人がいたというエピソードは、谷崎の手法の勝利を裏付けている。また、そのような人が今日もいると聞く）。

＊

もう一つの朧化の方法について。語り手「私」が「鵙屋春琴伝」の記述の「疑わしさに言及することによって、佐助の、春琴に対する意識のあり方を浮き彫りにする」（金子明雄「物語る声　声の物語」、「解釈と鑑賞」平3・4）と同時に、「鵙屋春琴伝」の信憑性を云々することで、否定した事柄すら相対的事実として読者に印象付けるという手口なのだ。前述したように語り手「私」は知り得た情報を操作できる立場にある。春琴像は佐助によって創られ、その佐助の情報は語り手「私」に管理され、春琴像は読者からは二重に隔てられた場所にある。例をあげよう。

○これらの記事が春琴を視ること神の如くであつたらしい検校から出たものとすればどれほど信を置いてよいか分らないけれども（2）（傍線筆者）

○此の事に限らず検校の説には春琴女の不幸を歎くあまり知らず識らず他人を傷つけ呪ふやうな傾きがあり俄かに悉くを信ずる訳に行かない乳母の一件なども恐らくは揣摩臆測に過ぎないであらう。（3）

○此の言葉なども多少検校の修飾が加はつてゐはしないか（3）

○多分此の説の方がほんたうなので（中略）疑はしく思はれる（3）

右記の傍線を付したような言い方がまた、曲者なのだ。決定しない。決定を留保することで、一旦読者に判断を預け、迷路を歩く読者にミステリアスな興味を喚起させ、あるときは佐助の意見を容れ、あるときは佐助一人の思い込みだと否定しさる。「春琴を視ること神の如くであつた」佐助より、客観的に見ているというスタンスで「私」に信憑性があるとする。読者を混乱させ、肩透かしを食わせ、弄び、何気なさそうで、それでいて実は結局知る（直接資料に接している）ものの強みから特権的である。語り手の強み、「私」の方が正しいのだ。読者は語り手「私」の結論に従わざるを得ない、という構造に変わりない。つまり佐助の言説を利用しながら、語り手「私」にとってのあらまほしき女性としての春琴を創りあげているのである。

三

Howard《ハワード》 S. Hibbett《ヒベット》による翻訳“A PORTRAIT OF SHUNKIN”（原書房、昭40・1）で気付いたことがある。ヒベットは「検校」を英語に訳さず、〈Sasuke〉あるいは〈He〉としている。「春琴抄」の語り手「私」は「検校」と「佐助」の呼称を明らかに使い分けているのに。

第5の章にはいって、「春琴は毎日丁稚に手を曳かれて稽古に通つたその丁稚といふのが当時佐助と云つた少年で後の温井検校であり」と佐助の出自が紹介され、ここから二人のストーリーが始まる

が、以後語り手「私」は「彼」「彼女」という三人称以外はずっと「佐助」「春琴」と呼ぶ。また佐助は、

今も尚門弟達が彼を「お師匠さん」と呼ぶことを禁じ「佐助さん」と呼べと云ひ此れには皆が閉口して成るべく呼ばずに済まさうと心がけたがてる女だけは役目の都合上さう云ふ訳に行かず常に春琴を「お師匠様」と呼び佐助を「佐助さん」と呼び習はした。春琴の死後佐助がてる女を唯一の話相手とし折に触れては亡き師匠の思ひ出に耽つたのもそんな関係があるからである後年彼は検校となり今は誰にも憚からずお師匠様と呼ばれ琴台先生と云はれる身になつたがてる女からは佐助さんと呼ばれるのを喜び敬称を用ひるを許さなかつた(26)

というように佐助は呼称を厳しく指定している。語り手「私」もこれを記録している。この呼称への佐助のこだわりは注目されてよい。「佐助」と呼ばれることを喜ぶことは何を意味するのか。

てる女が口にする「サ・ス・ケ」という響き、これは春琴存生中、いつも耳にしていた懐かしい響きである。佐助にとって「サ・ス・ケ」が「唯一」の春琴への通路だった。呼び名やその発音が懐旧につながる鋭い感覚は、すでに「ドリス」(昭2・1〜2、4)に描かれている。

此処にゐる此の猫は、長い間その唇の運動を見、その聲を浴びせられてゐたのだ。さうして今

や日本へ渡つて、此の狭くるしい書斎の中へ入れられて、己の胴間聲で「ドリス」と呼ばれても、やつぱり「にやあ」と返辞をする、その金色の瞳には、未だにもとの女主人の唇がはつきり映つてゐるかのやうに。………

視覚と聴覚の違いはあれ、ともに素晴らしい官能的描写である。(3)

「春琴の死後佐助がてる女を唯一の話相手とし折に触れては亡き師匠の思ひ出に耽つたのもそんな関係があるからである」(26)という指摘は「サ・ス・ケ」の音（聲）が春琴への「唯一」の通路だったことを裏付けている。だから佐助にとってこの呼称は大事であるし、語り手「私」もそのことは十分知っていた筈で、だからしつこく書き留めたのだ。

かつて「学校ごつこ」が始まったとき、春琴は「常には「こいさん」と呼んでもよい」が授業の間は必ず「お師匠様」と呼ぶようにと命じ、「彼女も「佐助どん」と云はずに「佐助」と云ひ」、「厳重に師弟の礼を執らせた」(9)。また第一子出産後、春琴は独立して一戸を構えて同棲を始め、「今は誰に遠慮もなく「お師匠様」と呼び「佐助」と呼ばれた。春琴は佐助と夫婦らしく見られるのを厭ふこと甚しく主従の礼儀師弟の差別を厳格にして言葉づかひの端々に至るまでやかましく云ひ方を規定した」(13)。つまりこの呼称は「主従の礼儀師弟の差別」を厳格に保つためのものであり、この「主従の礼儀師弟の差別」はマゾヒスト佐助にとって至福をもたらす不可欠の装置だった。この関係をずっと堅持させたのはおそらく佐助の意思だったのではないか。

春琴遭難、佐助失明の後、佐助は「対等の関係になることを避けて主従の礼儀を守ったのみならず前よりも一層己れを卑下し奉公の誠を盡して少しでも早く春琴が不幸を忘れ去り昔の自信を取り戻すやうに努め」(26)たという。佐助にとって「前よりも一層己れを卑下」することこそ、春琴のためというよりも自分の幸せのための演出であり芝居だった。献身という名の隠れ蓑を纏った傲慢といってもよい。「結婚を欲しなかつた理由は春琴よりも佐助の方にあつたと思はれる」(26)と指摘する語り手「私」は、右記のような佐助の意思に気付き、それを読者に仄めかしているのではないのか。

この献身の内実は、「異端者の悲しみ」(大6・7)における章太郎の告白にすでに明らかにされていた。曰く、

人間と人間との間に成り立つ関係のうちで、彼の唯一の重要なものは恋愛だけであつた。其の恋愛も或る美しい女の肉体を渇仰するので、美衣を纏ひ美食を喰ふのと同様な官能の快楽に過ぎないのであるから、決して相手の人格、相手の精神を愛の標的とするのではない。たとへ彼が恋愛に溺れて命を捨てる事があつても、それは恐らく、恋人のためよりも自己の歓楽の為めに献身的になるのであらう。随つて彼は親切とか、博愛とか、孝行とか、友情とか云ふ道徳的センテイメントを全然欠いて居るのみならず、さう云ふ情操を感じ得る他人の心理をも解する事が出来なかつた。

芸術に、恋愛に常にエゴイステックであった谷崎のみごとな自己分析である。

*

話を呼称に戻そう。先にも触れたが、語り手「私」は第1から第4の章までは佐助に対して「検校」という尊称を用いていたが、春琴の手曳きとなる第5からは尊称を捨て「佐助」に統一した。この語り手「私」の呼称意識こそ注目されるべきである。呼称には親疎、上下など人間関係がそのまま映し出される。敬語で容易に関係を映し出せる古典の文章とは違って、現代文の場合は呼称を十分に活用せねばならない。谷崎は呼称には厳密だったし、呼称により間柄のニュアンスを映し出した。「痴人の愛」[4]ですでに、呼称の変化と規定によって、ナオミと譲治の間柄と力関係の変化とを見事に描いていた。

「春琴」と「佐助」は対等な呼称ではない。「春琴」とは師匠の号で本名は「琴」で、釣り合いからいけば「琴（お琴、琴女）と佐助」あるいは「春琴と琴台」となるべきところ。この呼び方に語り手「私」の二人に対する意識のありようが透けて見えてくる。この呼称「春琴」と「佐助」との差異は、語り手「私」の眼の位置（高さ）から生じている。つまり語り手「私」は佐助に近い位置から、佐助と同じように春琴を仰ぎ見（ようとし）ている存在であることを示している。「鵙屋春琴伝」でしか春琴を知り得ない語り手「私」（てる女の証言も元は佐助の言説が殆ど）であれば、自然「鵙屋春琴伝」の作者佐助の眼の高さから春琴を見ることになる。しかしそれだけではない。「春琴抄」冒頭（1）の二基の墓に対する「私」の仕草を思い出そう。「検校の墓石に手をかけてその石の頭を愛撫」する語り手の「私」は春琴の墓石には畏れおおいのか、触れることなく「春琴女の墓前に跪いて恭しく礼をした」だけ。この差に語り手「私」の意思は明白である。

また、遭難後の火傷の顔を見られたくない春琴の心を察した佐助を叙して、「ようござります、必ずお顔を見ぬやうに致します御安心なさりませと何事か期する所があるやうに云つた」(23)と、語り手「私」による客観的描写が突如として挿入されている。この「期する所があるように」と表現できるのは、語り手「私」は佐助をその場で背後から見ていたということか。それはあり得ない。語り手「私」の佐助への同化願望が表出している箇所である。その願望の強さが見てもいないことを「私」に見せたのである。

四

「主従の礼儀師弟の差別」は峻烈で厳格を究めていた。この「差別」が春琴を春琴たらしめ、佐助を佐助たらしめていた不可欠の装置であることは先に述べた。

「春琴の強情と気儘」は「特に佐助に対する時がさうなのであつて孰れの奉公人にもといふ訳ではなかつた元来さういふ素質があつたところへ」、

佐助が努めて意を迎へるやうにしたので、彼に対してのみその傾向が極端になつて行つたのである彼女が佐助を最も便利に思つた理由も此処にあるのであり佐助も亦それを苦役と感ぜず寧ろ

喜んだのであつた彼女の特別な意地悪さを甘えられてゐるやうに取り、一種の恩寵の如くに解したのでもあらう（6）

この「いじめる／いじめられる」関係は二人だけの愛の交歓であり、佐助はこれを望んでいたと語り手「私」は正確に指摘している。案に相違した鵙屋夫妻にしてみればたまったものではない。すかさず語り手「私」はそちら（鵙屋夫婦）の心境に言及する。

鵙屋の夫婦は娘春琴が失明以来だん〳〵意地悪になるのに加へて稽古が始まつてから粗暴な振舞さへするやうになつたのを少からず案じてゐたらしい寔に娘が佐助といふ相手を得たことは善し悪しであつた佐助が彼女の機嫌を取つてくれるのは有難いけれども何事も御無理御尤もで通す所から次第に娘を増長させる結果になり将来どんなにひねくれた女が出来るかも知れぬと密かに胸を痛めたのであろう。（12）

この夫婦の受け取り方は些かの身勝手だと思うが、親とはそんなものだ。しかしみんな佐助が悪いという見方、佐助が娘をサディストに仕立てているとの認識は正しかった。「善し悪し」ではなく「悪し」が夫婦の本音なのだ。

鵙屋夫婦は二人のアブノーマルな関係を「封じて」（12）しまうために、佐助を娘と同じ春松検校の門に入れた。語り手「私」はすかさず、これにより「佐助の運命も此の時に決した」(12)と書いた。筆者には佐助のガッツポーズ姿が浮かんでくる。佐助のシナリオ通りに事が進んでいるのである。そして夫婦が春琴に結婚(佐助を婿に貰う話)を勧めたが峻拒。途端に懐妊。「佐助に瓜二つ」の男児出産。春松検校の死を機に独立。一戸を構え同棲。事実上の夫婦生活に入る。なんと小気味よい筋の進行であろう。この呼吸が小説の醍醐味である。

しかしこの遭難の後、「春琴の方は大分気が折れて来たのであつた」。「哀れな女気の毒な女としての春琴を考へることが出来な」い佐助は「現実に眼を閉ぢ永劫不変の観念境へ飛躍したのである」。「もし春琴が災禍のため性格を変へてしまつたとしたらさう云ふ人間はもう春琴ではない彼は何処までも過去の驕慢な春琴を考へるさうでなければ今も彼が見てゐるところの美貌の春琴が破壊される」(26)という。失明し盲目となった佐助にとって「今も彼が見てゐるところの美貌の春琴」とは何か。「美貌」とは花顔玉容の謂ではない。春琴の「美貌」とは佐助によって仕立てあげられた、そして演じることを強要されている「驕慢」ということになろう。「美貌」の内実である「驕慢」を支える装置として「主従の礼儀師弟の差別」はあった。佐助はこの仕組みを通して「観念の春琴」を喚び起こし、「全然異なつた一人の別な貴い女人」(5)を創り上げていったのである。このズレこそが佐助の夢を実現させていったのである。

五

佐助は春琴を「驕慢」な女に仕立て上げるのである。その背後には自分の好みの女、理想の女性像を作り上げようとするマゾヒスト佐助の傲慢と強烈なエゴイズムがある。エゴイストとしての佐助を語り手「私」はさり気なく、読者に教えている。「されば結婚を欲しなかつた理由は春琴よりも佐助の方にあつたと思はれる。」(26)と。その意味において、この「小説は佐助の失明によつてはじまり、「その後半にこそもつと書くべきことを持つてゐる潤一郎であらう。この意味で春琴抄は寧ろ佐助抄であらう」とする佐藤春夫(「最近の谷崎潤一郎を論ず」、「文藝春秋」昭9・1)の見解に賛成する。

そう考えていくと、第24の章の嚙み合わない会話(佐助一人芝居)も了解できる。春琴はいう。「佐助痛くはなかつたか」、「よくも決心してくれました(中略)ほんたうの心を打ち明けるなら今の姿を外の人には見られてもお前にだけは見られたうないそれをようこそ察してくれました」と、春琴は胸襟を開き、佐助が自ら手を下した「決心」、その痛さをひたすら気遣っているのに、佐助は「御霊様に祈願」しただの、「神様も私の志を憐れみ」だのと、春琴に応えようとはせず、佐助の行為(眼を潰したこと)は明々白々であるにもかかわらず、あくまで白を切り、滔々と喋り続ける。ついに春琴は「佐助もう何も云やんな」(この人には何をいうてもあかんわ)という外なく、佐助の演技に押しきられてしまう。ここで春琴と佐助の力関係は逆転する。あるいは、二人の関係が露呈した箇所といえよう。

この佐助の作為（演技）は最早明瞭である。佐助は春琴に感謝されてはいけない、春琴の「気が折れて」はいけない、そのような関係を望んではいない。

＊

突然の失明を告げた佐助に「佐助、それはほんたうか、と春琴は一語を発し長い間黙然と沈思してゐた佐助は此の世に生れてから後にも先にも此の沈黙の数分間程楽しい時を生きたことがなかつた」(23)という。また「唯感謝の一念より外何物もない春琴の胸の中を自づと会得することが出来た今迄肉体の交渉はありながら師弟の差別に隔てられてゐた心と心が始めて犇と抱き合ひ一つに流れて行くのを感じた」(23)と佐助は官能的な歓びを感じ、まさに至福の時を迎えたわけだが、佐助にとって「後にも先にも」というようにこれ一度でよかったのである。二人の主従（上下）関係に穴が開くのはここだけである。この後、前述のように気の折れてきた春琴を「対等の関係になることを避けて主従の礼儀を守つたのみならず前よりも一層己れを卑下」(26)することで、この厳格な主従の枠組みから逃れられないようにしていくのは佐助の方であった。すでに春琴は佐助が居ないと物理的にも生きて行けなくなっていたし、そのように仕向けた佐助であった。つまり完全に演出家佐助の支配下にあった女優春琴は、「驕慢」という「美貌の春琴」を演じる外なかったのである。

＊

小鳥道楽のエピソード（第16～17の章）は川端（前掲）には非難されたが、谷崎の芸術観を示した箇所である。「天鼓」の囀りについて「是れ技工を以て天然の風景とその徳を争ふもの也音曲の秘訣も此処に存り」(16)という。聲も、芸術も、女性もその理想は「天然の美」よりも「人工の美」にある。創り上げる醍醐味なのである。これが谷崎の一貫した芸術観である。春琴のメタファーとしての鶯の「天鼓」や雲雀が「人工の美」の極致として描かれている所以である。

女優春琴の演じる「美貌の春琴」は、演出家佐助の「技工を以て」創り出された「驕慢」という名の人工の美の極致であった。谷崎は佐助と語り手「私」とに仮託して、それを創造したのであった。

註

(1) 作者が○印をもって各章を区切っているものを、以下本章では便宜上、前から番号を付す。(2)は第2の章を意味し、全部で27の章がある。

(2) 「私」はかなり恣意的に語りを進めている。二〇八頁に引用した「伝にも明瞭な記載を避けてある」(20)というのを見ても、「私」は何か知っているのに明かさないようだ。だから傍線部も、「がない」とはいわず、「避けて」というのである。

(3) 明里千章「谷崎潤一郎イメージ考」の「猫」(『国文学』平10・5。「特集…谷崎潤一郎―いま、問い直す」)参照。

(4) 代表的なものを挙げておく。

◎断つて置きますが、私はこれから彼女の名前を片仮名で書くことにします。どうもさうしないと感じが出ないのです(一)

◎「ナオミちゃん、これからお前は私のことを『河合さん』と呼ばないで『譲治さん』とお呼び。」

（三）

◎此の「ベビーさん」と「パパさん」とはそれから後も屢く出ました。ナオミが何かをねだつたり、だだを捏ねたりする時は、いつもふざけて私を「パパさん」と呼んだものです。（五）

◎「ぢや、いつ迄立つてもあたしのことを『ナオミちやん』と呼んでくれる？」（五）

◎「さんはいやだわ、やつぱりちやんの方がい、わ、あたしがさんにして頂戴つて云ふまでは」（五）

◎「おい、ナオミ！」（中略）（断つて置きますがもうその時分、私は彼女を「ナオミ」と呼びつけにしてゐたのです）（一八）

◎「あたしのことを『ナオミ』なんて呼びつけにしないで、『ナオミちやん』と呼ぶか」／「呼ぶ」／「きつとか」／「きつと」（二八）

（5）「春琴抄」は一人の男が、自分の願望を時と場所を得て実現させていく話。「刺青」以来、持ち越しのテーマである。大店のお嬢様など最初から相手になる筈のない奉公人の佐助であるが、相手が盲目となれば、と期待しても無理はない。現に鵙屋夫婦はいっていた。「不具の娘であつてみれば対等の結婚はむづかしい佐助ならば願つてもない良縁であると思ふのも無理からぬ所である。」(12）と。佐助は他の三人の娘には無関心であった。健常者では高嶺の花だったからである。

「痴人の愛」を見てみる。平凡なサラリーマンが十五歳のギャルをナンパした。そして成功。語られているとおり、キュートなギャルを二十八歳のサラリーマンがつかまえることができたのは、やはり相手の女が「浅草千束町」に住み、娘の「貞操」を問題にしない家庭であってみれば、素敵なギャルと同じ土俵に立ってると、譲治が考えたのも無理からぬこと。いや、むしろ上に立って、見下ろしている。「それだけ一層ナオミがいぢらしく、哀れに思へてなりませんでした」（二）と。この譲治のようなまなざしが、佐助にもあった筈である。

「永遠女性」の完成

少将滋幹の母

はじめに

「少将滋幹の母」は昭和二四年（一九四九）一一月一六日から翌二五年二月九日まで八四回にわたって「毎日新聞」に連載された。「毎日新聞」の担当者であった野村尚吾（『谷崎潤一郎　風土と文学』中央公論社、昭48・2）の証言によると、連載決定は昭和二三年の秋ごろの、「細雪　下巻」が出る少し前で、翌二四年二月には出版も許可され、谷崎と新聞社側双方の諒解の下に原稿は掲載前に全部脱稿していた、という。また長野甞一（『谷崎潤一郎―古典と近代作家―』明治書院、昭55・1）は執筆の時期を同年四月から一〇月に至る期間と推定している。遅筆の谷崎としては、本作は締切を気にせず、古典文学研究をしながら比較的余裕をもって執筆されたことがわかる。

この頃の谷崎のようすを伊藤整は新書判『谷崎潤一郎全集　第二七巻』（中央公論社、昭33・5）の「解説」で次のように記している。

作者は戦後京都に住んでゐたが、この作品が新聞に連載されてゐた昭和二十五年二月、熱海市の別邸（雪後庵）を求め、冬期と夏期はこの土地で過すやうになつた。また「少将滋幹の母」が完結して三月目の、昭和二十五年六月から、作者は新訳「源氏物語」の執筆をはじめてゐる。だから、この前後は、戦後の谷崎潤一郎の仕事の最も盛んであつた時期に当る。「細雪」を戦前から引き続いての仕事とすれば、「少将滋幹の母」は戦後の創作活動の頂点をなすものと言ひ得るであらう。

二度目の「源氏物語」の訳を控えていたこの時期は、谷崎の書斎には多くの古典文学書の類が堆く積まれてたと想像される。所謂谷崎の古典主義の時代は、「乱菊物語」（昭5・3〜9）、「吉野葛」（昭6・1〜2）、「盲目物語」（同・9）、「蘆刈」（昭7・11〜12）とすでに成果をあげていた。伊藤は、谷崎の方法は「古い記録類や文学作品についての随想的な寄り道をしながら、読者を物語の世界へ次第に引き込んで行くこの作品の書きかたは、「春琴抄」や「吉野葛」に似た方法で、もつと複雑なもの」（前掲）であると評している。

「此の物語はあの名高い色好みの平中のことから始まる。」と語り始める語り手は本文中に「筆者」[1]として登場するところから谷崎自身と見做してよい。「随想的な寄り道」というよりも「源氏物語」「河海抄」「今昔物語」「平中物語（平中日記）」「古今集」等の本文を引用しての平中、時平の人物論の講義が、いつのまにか小説となり、またいつのまにか講義に戻ると、文体の上からも、構成・内容の上からも典拠と創作の境が判然としない渾然一体化した語り口なのである。どちらが「寄り道」ともいえない書きぶりである。

しかし、「少将滋幹の母」はそのテーマとも呼ぶべき要素として、野村（前掲）がいうごとく、「色情（性）と老いと母性崇拝の二つの部分に分けることができるが、そこに一貫しているもの」として「女性讃美」があることは、誰にも首肯できることである。母性思慕の小説として読むのが一般的である一方、大久保典夫（「『少将滋幹の母』の頃・〈戦後〉の意味」、「国文学」昭53・8）のように「北の方を時平に譲った大納言国経の煩悩」にこそ主題があり、四〇年ぶりの母子再会をライトモチーフとする見方は採らないという立場もある。また、森安理文（『谷崎潤一郎　あそびの文学』国書刊行会、昭58・4）は「国経及び平中の生涯を通じて一貫している痴人像の造型は悲劇的、喜劇的のいずれであっても、作者にとって母恋いなどとは比較にならぬほど切実感のこもった重いモチーフであったはず」であり、「滋幹のいたいけな母性思慕」は「凄惨な国経の痴人像を描くためにこそ」「必要な背景」であったとしている。国経に中心を置く読みも根強く、説得力をもっている。その書かれている分量、ストーリー展開からいって、この小説の題名はむしろ「大納言国経の妻」とした方がよさそうに思われる。

論者は「大納言国経の妻」を視座として読んでいきたいと思うが、「少将滋幹の母」の典拠との差異や、作者谷崎が作中にどのように投影されているかを検討することで、谷崎潤一郎の「少将滋幹の母」の独自性が明らかになってくる筈である。

谷崎の処女作は「栄華物語」を典拠とするレーゼ・ドラマ「誕生」（明43・9）であった。また、生まれて初めて入洛するとき、古典で親しんだ土地を目のあたりにできる興奮が「朱雀日記」（明45・4～5）に記されている。谷崎が古典文学通であったことは有名であり、谷崎が平安朝の古典を渉猟していたことは、次の江口渙の『わが文学半生記』（青木文庫、昭33・1）の大正八年九月の一節を見てもよくわかる。

　たちまちにして谷崎と無想庵と芥川のあいだに、談論が風をよぶようにまき起された。（中略）話題はおもに平安朝文学だった。源氏物語や枕の草子、伊勢物語や竹取はむろんのこと、宇治拾遺に今昔、うつぼやおちくぼ、とりかへばや、などの物語類、大鏡、増鏡、さては蜻蛉日記や土佐日記から紫式部、泉《ママ》式部の日記類、つづいて古今集、新古今集をはじめとしての八代集のところどころ。およそ自分が読んでいるかぎりの日本の古典の知識のありったけをつぎからつぎとさらけ出しては、おたがいに一センチでもうしろへおされてはなるものかというほどの勢いで、さかんに渡りあった。（中略）そのときうけた印象としては、平生われわれのあいだで、博学をもって自他ともに許していた芥川よりも、谷崎潤一郎のほうが、一段と豊かな知識をもっているということだった。とくに谷崎において眼立ったことは、談論におけるその気魄のはげしさだった。

意見の対立の大切なポイントにくると、「そんなことはあるもんか」とか、「そりゃ。君、ちがってらあ」というような言葉でつよくいいきって相手を圧服せずにはおかないという風があった。

そして、殊に芥川に対しては「きびしい威圧の意志を示した」とあり、芥川龍之介を意識していることは興味を惹く。後年、二人の間で交わされた昭和二年の「話のない小説」論争が芥川の自殺で幕となったのが、これの八年後である。長い引用になったが、谷崎の古典への並々ならぬ自信とその口吻を伝えている。ここにもその名が出ている「今昔物語」集中の巻第二十二の第八「時平大臣、取国経大納言妻語」は、すでに谷崎は読んで知っていたと考えてよいだろう。

問題は谷崎がいつ、「少将滋幹の母」を構想したのかということである。これにヒントを与えてくれるのが、谷崎の「乳野物語　元三大師の母」（昭26・1～3、原題「元三大師の母」）と「小野篁妹に恋する事」（昭26・1、原題「『篁日記』を読む」）の二作である。それぞれ巻末に（昭和庚寅九月稿）（昭和二十五年晩秋稿）とあり、「少将滋幹の母」の連載が二五年二月に終わり、初出本文に訂正を加えた初版本が毎日新聞社から刊行されたのが同年八月五日であるから、これらの三作は谷崎の中でほぼ同時に進行していたと考えられ、その素材も手法も似通っている。

「乳野物語」によれば、谷崎は摩訶止観を学ぶため、弟子の今東光に天台宗の碩学山口光円師を紹介してもらい、師が近江の寺から洛北一乗寺の曼殊院に門跡として移った昭和二三年五月頃から晋山式に招かれるなど親しい交際が始まり、「それからは月に一二回出かけて行つて教を受けるやうにした」という。その年の秋には「師に乞うて曼殊院で父母の法要を営んで貰つ」てもいる。

そのうち私は毎日新聞のために「少将滋幹の母」を執筆することになつたが、此の作品を書きつゝある間に、光円師の教を乞はねばならないことがつぎ〳〵に出て来た。たとへばあの中には不浄観のことが書いてある。又滋幹の母が隠棲したことになつてゐる地、西坂本の中納言敦忠の山荘のあつた所と云ふのは、ちやうど現在の曼殊院のあるあたりになる。滋幹は叡山の横川にある良源和尚の坊から、或る日雲母越えを下つて来て、偶然敦忠の山荘のほとりへ出、昔の母に遇ふやうになるのであるが、その雲母越えは曼殊院の直ぐ上を行く坂道なのである。／それやこれやで私はたび〳〵師を訪ねて、不浄観の教理や実践の方法、叡山、雲母坂、一乗寺辺の地理や道程などについて質したのであつたが、師は私のうるさい質問にいつも快く応じてくれたばかりでなく、進んで有益な示唆をも与えてくれたのであつて、ありていに云へば、私があそこへ良源和尚を点出したのも、師の入れ智慧に依ったのであつた。（中略）元三大師とは此の良源和尚のことであつて、私はその時にも大師の逸話を二三聞かされてゐたのであつた。そして私は、大師その人の事蹟には格別の興味も感じなかつたのであるが、大師が実は宇多法皇の胤であること、大師の母は大師が偉い坊さんになつてからも大師を慕ふこと一方ならず、わざ〳〵大師に逢ふために比叡山の麓に庵を結んでゐたこと、大師も亦天台座主の身を以て密かにしば〳〵山を下り、麓の里へ母を訪らひに来たこと、等々の物語には何となく心を惹かれ、これは事に依ると書けさうだなと、当時もさう思つてゐたのであつた。

そして、

もうひとつの「小野篁妹に恋する事」によれば、谷崎は「篁日記」を昭和二三年に刊行された『平朝三日記新釈』（「平中日記」、「成尋母日記」と併せて宮田和一郎が注釈を加えたもの）で初めて読んだ。

私は実は、去年「少将滋幹の母」を書く時に平中日記を読む必要が起り、ちやうど折よく此の三日記新釈が出たのを広告で知つて取り寄せたのであつた。（中略）私は少将滋幹を書きつゝあるあいだもしば〳〵此の日記（論者註…「篁日記」）のことが頭に浮び、これをも小説に書いてみたいと云ふ気が動いた。しかし平安朝を背景にした物語を二つもつゞけて書くことも如何であるし、歴史物は史実や故実を調べるのが大儀なので、何となく躊躇してゐるうちにいつか感興が去つてしまつた（後略）

とある。これらを見ると、「細雪　下巻」を脱稿した昭和二三年五月頃の谷崎は、すでに次の仕事に向かっていくつかの構想をもっていた。昭和一〇年から四年かかった『潤一郎訳源氏物語』が刊行されたのは昭和一四年から一六年。そして『新訳源氏物語』にとりかかるのが二六年の初め。つまり「源氏」に挟まれた時期であり、「歴史物は史実や故実を調べるのが大儀」というほど平安朝を勉強していたことは想像に難くない。多くの素材としての候補者のなかで少将滋幹、良源元三大師、小野篁の三人に絞られ、最終的に滋幹が選ばれたことになる。

　では何故「滋幹」が残ったのか。この二作のほかに次の事実も考慮したい。

○昭和22年5月9日（「京洛その折々」昭24・9）
　婦人公論五月号の原稿（論者註…「細雪　下巻」）と全国書房の「二月堂の夕」「母を恋ふる記」を校正す

○昭和23年9月16日（榎克朗「『少将滋幹の母』から『新訳源氏物語』へ」、普及版『谷崎潤一郎全集』「月報28」、昭50・1）
　続群書類従の一冊を取り上げて世継物語の一節を示しながら、「その、左大臣時平が伯父大納言国綱の妻を盗み取った話は、今昔物語にも載っていて、今昔の方では国経となっているが、この老大納言とまだうら若い北の方との間に、子供があったか無かったか、それをまず至急に調べてもらいたい」と仰ったことを覚えている。

○昭和23年11月23日（同日付、中央公論社方嶋中雄作宛書簡）
　毎日の連載物ハ武州公続篇を止めて他の歴史物に致候既に執筆開始致候武州公続はいづれ貴社より出すべく候

○昭和24年1月1日（「少将滋幹の母作者の言葉」、同日付「毎日新聞」）

要するに私は、なるたけ史実の尊厳を冒さないやうにしながら、記録の不備な隙間を求めて自分の世界を繰りひろげようと思ふのである。

以上の日付や内容から推論すると、山口光円師からの教えの中で、谷崎は元三大師の母子相思の話に興味をもった。この曼殊院のあたりはかつて中納言敦忠の山荘があった場所であることを知り、その父時平に行き当たり、時平の登場する「今昔」の「時平大臣、取国経大納言妻語」を思い出したのではないか。それは夫の眼前で妻が奪われる話（夫が妻を譲る話）であり、そこには老夫に嫁した我が身を歎く妻の心情が記されており、悔しいけれどこれが妻の幸せなのだという夫の思いも書かれてあった。このようなシチュエーションの話が谷崎をして何かしら創作に駆り立てたのではないか。

また、谷崎自身「少将滋幹の母」でも引用している「百人一首一夕話」の権中納言敦忠の項にある、敦忠が「まことは国経卿の胤なり」という記事などは、前引の元三大師への関心のありようなどをみても、何か書けそうだと思わせたのではないか。先の当時谷崎の助手を務めた榎の証言（前掲）にある「老大納言とまだうら若い北の方との間に、子供があったか無かったか」ということに疑問をもち、そこに関心があったということは、このとき（昭和二三年九月頃）すでに、谷崎の中ではかなりの部分まで構想が出来上がっていたのではないか。「世継」と「今昔」の異同も知っていた。戦後、新装版という形で次々に出版された谷崎作品の一冊にすぎないが、「母を恋ふる記」を校正したことも「少将滋幹の母」のひとつの誘因と思われるのである。つまり、「母」を主題のひとつとした小説の構想である。「その十二」における滋幹と母の出会いの直前に、「良源元三大師」を点出したのは「光円師の示唆に依」ると谷崎は明かしているが、これはこの小説のラスト、母子再会の場を暗示する重要な伏線であり、後段で改めて考察したい。

二

「少将滋幹の母」は二段の構成である。前半は「大納言国経の妻」とも称すべき内容で、北の方奪取事件そのものを扱い、後半は北の方に係わった男たちひとりひとりの後日譚を記し、最後に北の方本人（滋幹の母）を登場させるという整理された構成である。

「少将滋幹の母」を読みながら芥川龍之介の「藪の中」（「新潮」大11・1）が気に掛かっていた。同じく「今昔物語」を典拠とした歴史小説であること、二部構成であること、「性」に係わる異常な出来事を扱っていること、そして「ひとつの真相」に向かって作中人物たちがそれぞれの視点から意見を述べるという重層的な構造をもっていること、などの類似点があることに気づかされる。

「藪の中」では、妻の裏切りによって、中有に迷っていてさえ嗔志を覚えずにいられない夫の、女性不信と絶望によってもたらされた孤独地獄がテーマであった。典拠の「今昔」巻第二十九「具妻行丹波国男於大江山被縛語第二十三」では、木に縛りつけられた夫の眼前で妻を手ごめにされる状況を描き、「女云フ甲斐無ク、男ノ云フニ随テ、本ノ男被縛付《しばりつけられ》テ見ケムニ、何許《いかばかり》思《おもひ》ケム。」と、夫の心理については読者に判断を委ねているのである。そこで、この「何許思ケム」に応えようとしたのが「藪

の中」のモチーフである。芥川は夫の死の真相については隠蔽した。が、不毛な犯人探しはいまだに続いている。(2)

さて、「少将滋幹の母」では、北の方の心の内が明らかにされないまま終わっているようである。先程、「ひとつの真相」に向かってそれぞれの視点から意見が述べられているといったのはこのことである。谷崎には「藪の中」のごとく、真相を明らかにしていない作品が多い。(論者はこのような「真相」隠しの手法を芥川から学んだのではないかと想像している。)例えば「卍」(昭3・3〜5・4)は嘘のつき合いの果てに、一人死にそびれた園子が何を信じていいのかわからないまま身悶えする。恋人光子への懐疑を残したまま、真偽のほどは藪の中である。また「春琴抄」においては、春琴に傷を負わしたのは誰か、その犯人探しの論争は今日も続いている。たつみ都志(「『春琴抄』真相不在―叙述区分による分析―」、「日本近代文学」第42集、平2・5)の「真相は初めから――作者の構想の中にすら――ないのだ。従って「犯人追求」はすべて妄想にすぎない」という考えに賛成する。小説は論文ではない、結論は要らない。小説は読者を俟って初めて完結するものであれば、作者は読者を信じて読者の脳裏にそれぞれの感動を生じせしめればよい。

「少将滋幹の母」作中の男たちは皆、北の方の心の内を知りたがっているのに、語り手である「筆者」は直截な表現や説明は控えている。これは諸家の指摘するところでもあるが、一種の朧化表現である。その男たちの懐疑を聴いてみよう。平中は「さればどう云ふお心持でをられますか、実際のところは分りかねます」(その一)という。国経は「いつたい此の人は心の奥でどんなことを考へてゐ

	前半〈事件〉
その一	・平中と侍従の君のエピソード ・明朗闊達な貴公子としての時平 ・平中と時平～「どちらも女好きな貴族の美男子」「馬が合ふ」
その二	・平中と時平 大納言国経と北の方の噂、北の方の品定め、老人の性生活 平中、北の方との関係認める
その三	・時平、国経に如才なく接近 ・国経と北の方の閨での会話～若い妻に申訳ない・妻の心の神秘と謎 ・正月三日、時平、国経邸に年賀
その四	・正月三日、時平、国経邸に年賀（承前） 国経、妻譲渡＝北の方奪取事件
その五	・国経、妻を譲渡した心理の自己分析 自分の幸福～美貌の妻をもつ誇り、幸福 妻の幸福～愛しい人への罪の償い 妻から恨まれ呪われているという強迫観念からの解放

北の方に係わった男たちのその後 Part①～④

その六	①平中　北の方との贈答～滋幹の腕に歌を書く 侍従の君のお虎子の話 悩み死に

後半〈後日譚〉				
その七	その八	その九	その十	その十一
②時平とその一族（中納言敦忠も） 菅公の怨霊の祟り～三十九歳で卒去	③滋幹～写本の滋幹の日記より ・母の記憶～甘い匂のする香・母の顔（平中との恋の取次の時） 40年の間に、理想的なものに美化、浄化された「母」となる ・父の記憶～徹頭徹尾、恋しい人に捨てられた、世にも気の毒な老人	④父子、滋幹と国経 ・父の記憶～薄気味悪い 白楽天の「鶴を失う」 秋の夜の恐ろしい思い出……不浄観の修行	← 不浄観の解説・母を汚す父への反発 不浄観でも解脱できずに死ぬ	北の方のその後 父～永劫の迷いを抱きつつ死ぬ ↓母の美しさを冒瀆せずに死んでくれた↓滋幹の喜び 母～どんな余生だったか↓つつましく後家を通した？ 滋幹～四〇年の空白↑浮世の義理や掟の為 ↑父と共に見限られたという思いのせい ↑現実の母に会うことを恐れる気持ちのせい 母と再会↓六七歳の幼童に戻る

るのだろうか」（その三）と思い、「自分は天下に自分ほどの仕合はせ者はないと思つてゐるけれども、妻の方では何と思つてゐるであらう」（その五）と述懐する。また滋幹は「さう云へば一体、我が子の腕にある平中の歌に一掬の涙を惜しまなかつた母は、父と云ふものをどう思つてゐたのであらうか」（その八）と訝る。そして「筆者」は「どんな風にして余生を送つてゐたことであらうか」と述べ（余生については「彼の日記を信用して」とことわって、「筆者」の推測としてその答えを記している）、「それにしても、前の夫の老大納言が彼女に焦れつゝ、苦しみ悶えて死んだことや、平中が彼女に背かれた悔し紛れに侍従の君を追ひ廻して、とう〳〵そのために命を落とす羽目になつたことなどを聞いては、どんな感想を持つたことであらうか」（その十一）と記している。

次にこれらを詳細に見ていくのであるが、これらはすべて、「妻」としての北の方は「夫」としての大納言をどのように評価していたかという疑問、つまり「妻」から「夫」へのまなざしが問われているのである。この事実は後に述べる谷崎自身の作品への投影とも係わっている。先に述べた「春琴抄」などのごとく真相は、つまり「妻」から「夫」へのまなざしの真相は作者谷崎によって用意されなかったのであろうか。典拠にはないまなざしを縦糸として、実のところ谷崎は北の方の正体を描出しているのである。

三

「母」は谷崎文学の主要なテーマのひとつであるが、「妻」もそれ以上に重要なテーマであった。「妻」

から「夫」へのまなざしが問われている箇所を検討してみたい。野口武彦（『谷崎潤一郎論』中央公論社、昭48・8）は「作者がヒロインの心理と生理をどこまでも謎としておいて内部に踏み込まず、その正体については一貫して男たちに外から想像させる文体で通している」というように、北の方の心理についてはこのような指摘が多い。表面的にはそうとれる。しかし「外から想像させる」ように書きながら実は、北の方の心理は明らかにされているのである。前田久徳（「陰翳の美学―『少将滋幹の母』の構造と方法」、「国語と国文学」昭57・6）が「北の方の美の強調に反してその実体が示されないところに、この作品の最も顕著な特徴があり、ひいては作品解明の鍵もここにある」と述べているが、「実体が示されない」のではなくて、「実体」を見えにくくしてあるというべきである。だからこそここに「作品解明の鍵」があるのである。

この小説では問題の北の方の肉声が僅かながら聞えてくる箇所がある。伝聞の形をとるばあいもある。まず「その二」は、平中と時平による北の方の品定めの会話で占められている。北の方が「やうやう二十歳ばかり」で、国経が「七十七か八」であり、平中は

北の方とは五十以上も違つておいでになると云ふ訳で、それではあまりあの北の方がおいとほしい。世に珍しい美女にお生れになりながら、選りに選つて祖父か曾祖父のやうな夫をお持ちなされたのでは、嘸御不満なことがおありであらう。御自身でもそれをお歎きになつて、あたしのやうな不運なものがあるだらうかと、お側の者にお洩らしなされて、人知れず泣いておいでにな

ることがある、など、、その女房が申したり致しましてな。………

と、時平の誘導尋問に北の方との関係を白状してしまう。この女房とは平中と北の方との間を取りもった老女讃岐である。この箇所は「今昔」の「「年老《おい》タル人ニ副《そひ》タルヲ極《いみじ》ク侘《わび》シキ事ニナム思タル」ト聞《きき》候ヒシカバ」に依っている。伝聞として、北の方の侘しさが第三者の耳にまで届いているということは、北の方のこの心情は紛れもない事実、周りの者の了解事項なのである。これが平中と浅からぬ関係になる行動の原理となっているのである。北の方の淫婦としての心理と生理がなにげなく提示されているのである。

また、時平に「矢張老人との間は巧く行つてゐないのでせうね」と国経との夫婦仲を尋ねられて、平中が応える。

さあ、身の不仕合はせを歎くやうなことを申されて、涙ぐんでをられたこともございましたが、大納言殿は世にも親切なお人で、非常に大切にしてくれる、など、も仰つしやつてをられました。されぱどう云ふお心持でをられますか、実際のところは分りかねます、何しろ可愛い若君もおいでになりますし、………　（傍線論者）

右の傍線部は谷崎の創作である。北の方を我がものにしたい時平は北の方の心の「実際のところ」が知りたい。一方、平中は「あの大納言のやうな好人物の眼を偸んでさう〳〵不義なことをするのは」「気が済まない」と思い、「憐愍の情」を感じて手を引いた。「妻は夫の眼を掠め、夫は妻の眼を掠めて、無理な首尾をし、危い瀬戸を渡り、こつそりと切ない逢ふ瀬を楽しむところにこそ恋の面白味は存する」と「色事師」（その六）を自認する平中が、この夫国経への「憐愍の情」や「惻隠の情」を殊更強調するところに、夫の眼を掠めて不義をする妻への批判も聞き取れるのである。また、妻の側からみれば、モラルに優先する恋、及び性の肯定とも解釈でき得る。

北の方が美貌であること、「而もその人が時々夫の眼を忍んで情人を呼び込んでゐる」という噂を聞き、「取つて代るべし」と「ひそかに野心を燃やしてゐた」時平であったから、平中との不義の事実を聞き出して、北の方奪取に確信がもてた。「実際のところは分りかねます」とはいうものの、「実際のところ」は身の不運を歎き、夫の眼を忍んで不義をはたらく女である。後段「その六」で平中は時平の行動を「色道の方でも仲間の仁義を無視した」「暴挙」と決めつけ憤慨し、「あんなおしやべりをしてしまった「己れの浅慮」を悔い、「老人を不幸に陥れた元凶は自分であ」ると歎くのである。確かに時平に道を開いたのは平中ではあるが、彼はストーリー全体の狂言回しの役どころを負わされているにすぎない。元にあるものは北の方の心であり、すべてはここに発しているのである。

＊

「その三」では大納言国経と北の方の閨での会話が記述されるが、これも典拠にはない谷崎の創作である。まず、北の方と「一と晩ぢゆう少しの隙間も出来ないやうにぴつたり体を喰つ着けて寝る」

老人は「北の方を手で以て愛撫するだけでは足らず、とき〴〵一二尺の距離に我が顔を退いて、彼女の美貌を讃嘆するやうに眺め入ることが好き」なのだと、最近になって「愛し方が執拗にな」ってきたことを記している。

これについて三枝康高（『谷崎潤一郎論考』明治書院、昭44・6）は「かれが自分の所有物として宝物を愛でるように北の方を愛撫したのは、かの女をただ性感覚の対象としてのみ認め、玩弄物扱いしたことを意味」せず、「玩弄物をはるかに超えて、かれはかの女のために励まされ、勇気づけられ、唯一の生きがい」であったとする。老人の「唯一の生きがい」であったことは確かであり、北の方奪取事件後の国経のありさまは「唯一の生きがい」をなくした人のそれであろう。この執拗な愛撫は国経が不如意になってから顕著になっており、北の方を失いたくないという焦燥が触覚と視覚とによるそのような行為となって表出しているのである。「こんなにもすぐれた器量」、「これほどの宝物」、「これほどの美女」、「此の若い人の肉体」としか表現し得ないところに国経による北の方の捉え方がよく見えている。国経には「痴人の愛」（大13・6、13・11〜14・7）の譲治のおもかげがある。譲治は「私にとつてナオミは妻であると同時に、世にも珍しき人形であり、装飾品でもあつた」（五）といい、その美しさを「交際場裡で褒められて見たい」「野心」（八）をもっていた。これは国経の「その五」に示される「世にも稀な人を自分が妻にしてゐる」「幸福をみせびらかして、羨ましがらせてやりたい」と思い、時平の羨望に対して「云ふに云はれぬ誇り」をもつ心理と同質のものである。「僕の可愛いナオミちやん、僕はお前を愛してゐるばかりぢやない、ほんたうを云へばお前を崇拝してゐるのだよ。お前は僕の宝物だ」（五）という譲治のことばからもわかるように、谷崎において「性感覚の対象として」」の肉体を「玩弄物扱い」することと「崇拝」することとは乖離しない。それぞれその美しさへの賛嘆、拝跪という点で通底している。唯一の「玩弄物」であったとして何の不都合もない。それは「恋愛及び色情」（昭6・4〜6）で平安朝の男の代表として「源氏物語」の主人公をして、次のようにいっていることに徴しても谷崎においては矛盾しない。

形から云へば女を玩弄物扱ひにしたことになるが、しかし制度の上で「女が男の私有物」であつたと云ふことゝ、男が心持の上で「女を尊敬してゐた」と云ふことゝは必ずしも矛盾するものではない。

国経にとって北の方は「玩弄物」であり、「崇拝」の対象でもあった。妻が去った後、息子の滋幹の前で、かつて妻の身につけていた衣裳に「自分の顔を押しあてゝ長い間身動きもせずに」いる「執心の強」さは、滋幹を「気味悪く」させ、父を遠ざけてしまうことになる（その九）。また、「筆者」は次のように解説する。

いつたい、普通の心情からすれば、逃げ去つた妻を諦めきれない夫として、その妻が彼に生んでくれた一人の男の子を、今少し可愛がつてもよい筈であり、妻への愛情をその子に移すことに依つて、いくらかでも切ない思ひを和げようとすべきであるが、滋幹の父はさうでなかつた。彼の場合は、彼を捨て、行つた妻そのものを取り戻すのでなければ、他の何者を、たとひその人の血を分けた現在の我が子を持つて来ようとも、決してそんなものに胡麻化されたり紛らされたりするのではなかつた。それほど父の母を恋ふる心は純粋で、生一本であつた。（その十）

「普通の心情」からとはいささか皮肉めいた表現であるが、ここにこの小説の主題のひとつである老人の性の妄執をみてとるのはたやすいことであろう。その証拠に国経は「人間のいろ〳〵な官能的快楽が、一時の迷ひに過ぎないことを悟」らんがために、不浄観を試みるのである（その九）。ここで「筆者」が「逃げ去つた妻」、「彼を捨て、行つた妻」と明言していることは注目してよい。

＊

さて、また閨（その三）に戻る。「低い声でしかものを云はない北の方は、耳の遠い老人に分らせることが困難なので、自然夫に対しては言葉数が少く、分けても閨に這入つてからは殆ど無言で通す」というなにげない記述の中に、「筆者」は北の方の夫に対する冷淡さを伝えている。

国経はここ一二年体力が衰え、「何よりも性生活の上に争はれない証拠が見え出し」、「その遣る瀬なさは、自分の悦楽が思ふやうに叶へられないと云ふよりは、此の若い妻に申訳ないと云ふ気持から来る方が多いのであつた」。それに応えて、

「い、え、そんなお心づかひはなさらないで、——」

老人がその胸中を率直に打ち明けて、あなたに済まないと思つてゐる、と云ふ風に詫び言めかして云ふと、北の方はしづかに頭を振つて、却つて夫を気の毒がるのが常であつた。お年を召せばそれが当り前なのであるから、何も気になさることはない、その当り前の生理に背いて無理なことをなさるのこそ、お体のために宜しくない、そんなことより、殿が摂生をお守りなされて一年でも多く長寿を保つて下さる方が私もうれしい、と、北の方はさう云ふ意味に取れることを云ふ。（その三）

しかし、国経はこの言葉を素直には受け取ることができない。老人ゆえの、また不能者ゆえの僻みか分からないが、むしろ「いつたい此の人は心の奥でどんなことを考へてゐるのだろうか」と訝るのである。この訝りは、北の方が自分の悲運を自覚しないのを「不思議」に思い、「内心にさう云ふ訝しみを蔵しつゝ眺めると、ひとしほ此の顔が神秘に満ち、謎のやうに見えて来る」という感慨に発展し、いっそう北の方に対する「いとほし」さをつのらせていくのである。この思いを支えているのは、「こんなにもすぐれた器量」、「これほどの宝物」、「これほどの美女」、「此の若い人の肉体」としか表現し得ないような一個の「玩弄物」としての北の方である。そして「みづからの性的不満などは意に介せず、ひたすらに老いたる夫の命長かれとのみ願つてゐるのが本心であるなら」、「此の人を自由にさせてやりたい」という国経の思いは、時平への北の方譲渡の伏線になっているのである。

「その五」では事件後、国経が時平に北の方を譲ってしまった心理を自己分析をしている。事件前の「その三」と大きく変わったことは、北の方の心理分析である。「自分は天下に自分ほどの仕合はせ者はないと思つてゐるけれども、妻の方では何と思つてゐるであらう」といい、次のように推し量るのである。

*

　自分がどんなにその人を大切にし、いつくしんだにしたところで妻は内心迷惑こそすれ、決して有難いとは感じてゐまい。妻は此方が何を問うてもはつきり答へない人なので、お腹の中は知るよしもないが、ひよつとすると、此の老翁が早く死んでさへくれたらと、いつまでも長寿を保つてゐる夫を恨み、その存在を呪つてゐるのではなかろうか。………

事件後の述懐であるから、何とか自分の気持ちを軽くせねばという思いや、自己弁護ぎみな分析を割り引いたとしても、かなり自虐的である。またこの行為が「献身的なもの」であったことも強調している。この部分は「今昔」の「「女ノ幸《さいはひ》ノ為《す》ル也ケリ」ト思フニモ、亦我レ老《おい》タリト思《おもひ》タリシ気色見エシモ妬《ねた》ク、悔《くやし》ク、悲《かなし》ク、恋シク」に依っており、原典では事件後に、北の方が自分を老いぼれだとみていたことに気づく国経が記されているが、谷崎の国経は平中や時平はすでに知っている北の方の「実際のところ」を知らない。北の方が去り行くとき、「私をお忘れにならないで」といった自分に、

「せめて別れの言葉ぐらゐ聞かしてくれるかと思つ」たという呑気で無自覚な国経が書き込まれている。また、彼は哀れにも自分の「献身的」な「愛情」に彼女もいずれは気づき、「あ、あの人は私のためにこんなに親切にしてくれた、ほんたうに可哀さうな老人であつたと、泣いて礼を云つてくれるであろう」と夢想だにするのである。北の方を失った煩悶も国経にとっては無論深刻だが、おそらく内心嬉々として家を出ていった妻の「実際のところ」を知らない彼こそ哀れである。

そして、国経は「その方が、いとしい人から恨まれたり呪はれたりして暮らすよりは、自分としてもどんなに幸福であるか知れない。」という結論を導きだすのであるが、これは今までみてきた北の方の願望と見合ったものであった。一方、別の見方をすれば、国経の選択は「宝物」を独占している「罪の深さ」から、また妻から疎まれているのではないかという強迫観念からの解放を願った利己的なものであったわけで、その後の「孤独」は当然の報いということになる。

＊

「その四」の大納言邸の酒宴の場では北の方は一転して意識的であり、能動的であった。この章の前半は北の方の眼を通して酒宴の場が写しだされる。時平に魅了された北の方は「たゞ吸ひ寄せられるやうに御簾の方へ体を擦りつけてゐた」し、自分が時平を見つめていることを知って欲しいとも願った。そして、いよいよ車に乗せられる直前の北の方は、「さすがに躊躇するらしく見えたが、でもしなやかに少し抵抗したゞけで、やがてする〳〵と体を起して行」き、「面を深く左大臣の背に打つ俯せて、死んだやうにぐつたりとなりながら、それでもどうやら自分の力で歩みを運んでゐるのであつた」。この能動的な行動は典拠にはない谷崎の創作である。「筆者」はここに北の方の心理を映し出そうとしており、時平の知った「実際のところ」が間違っていなかったことを証明しているのである。

しかも、酒宴に同席する平中へのまなざしはこれまた北の方の心理をよくものがたっている。北の方は「嘗て幾夜となくうす暗い閨の灯火のはためく蔭に、夫の大納言の眼をかすめて此の男の抱擁に身をゆだねた」ことを思い出す。ここで重要なのはこの不義の事実が北の方側から述べられていることである。どこか剽軽な平中の口から聞くよりも、まさに当人の証言として北の方の言葉の方が重い。そのかつての恋人を「堂々たる時平の貫禄におされて、別人のやうに貧弱に見え、蘭灯なまめかしき帳の奥で逢ふ時のやうな魅力がない」と批評する。この平中への一瞥をここに挿入した意味は大きい。つまり、北の方は男を比較商量し、簡単に批評し一刀両断のもとに斬ってしまえる女なのである。

「今昔」では北の方が時平に添うべき人と自分との境遇の違いを歎く形をとっている。つまり典拠では、「何《いか》ナル人此《かか》ル人ニ副《そひ》テ有ラム。我レハ年老《おい》テ旧臭《ふるくさ》キ人ニ副《そひ》タルガ事ニ触テ六借《むつかし》ク思ユルニ」と、老人に連れ添う厭さをいい、時平と国経とを比べているのである。「筆者」は時平と国経との比較を時平と平中との比較に変更し、北の方が夫国経を直截批評することを避け、搦め手から北の方の心理に照明を当てたのである。北の方がこの老人をどのようにみていたのか。答はすでに明白である。

「筆者」は北の方の淫婦性を明らかにしているのに、北の方にはあからさまに直截表現させることを殊更避けている。またそのような妻、母であることを夫と子は知らない。何故か。語り手としての「筆者」と作中人物としての北の方、国経らとの差異は何処にあるかといえば、後者は自分の体験の範囲でしか物事を認知できず、前者は全知全能である。北の方の淫婦性が明らかになった「その四」の酒宴の場では、国経は泥酔状態で妻の能動的行動を知らないという設定であり、当時五六歳の滋幹も「自分の身に取っても」「一生涯の大事件であった」「母が本院の大臣に連れて行かれた夜のことについては、何もおぼえてゐない」ということにしている。北の方の心理を伏せたことについて前田（前掲）は、「後段の滋幹の登場を視野に入れれば、その理由の一つは誰の目にも明らか」で、「滋幹により美化、浄化された母の像に毀傷を来たさないためであった」とする。しかしその必要があったのであろうか。次にこの滋幹を中心として、子から母へのまなざしに係わるこの問題を考えていきたい。

四

その前に、この作品への「筆者」谷崎の投影について触れておきたい。前述した性的能力を失った国経の心情を説明するためによく引かれるのが、谷崎松子の『倚松庵の夢』（中央公論社、昭42・7）の次の一節である。

或は他の女性の場合なら、と本気で浮気をすすめてみたが、割合淡々と聞き流していた。たゞ私が十七歳若いので可哀そうだ。と時に涙を流しながら思い決したように、却って「浮気をしても構わないよ」と云ったが私は「どういう風に男の人に云い寄ってよいのやら勝手がわからない」など、笑いにはぐらかした。思いめぐらせば、こういう話をする時はいつも書斎に限られていたが、この時「少将滋幹の母」の原稿が机上に載せられていた。

谷崎はすでに六十歳をすぎていて、執筆に差支えるほどの高血圧症に悩まされていた。これについて、「作者谷崎が作中の国経像に或る程度自分自身の問題を書きこんだとわれわれが想像することにいっそうの信憑性を与える」と野口（前掲）がいうように、このような事実があったとするならば国経に谷崎自身が投影されているということになろう。また、この引用部分のすぐあとに、小説を描く上において「自分は作品の中に持って来る女性には相当近づかないと書けない方なので」という谷崎の言葉も記録されている。「谷崎文学ほど作者に密着している作品も珍しいので、そのモティフは作者の実生活と密接にかかわっている」と大久保（前掲）が指摘するとおり、主要作品には必ずモデルが備わっている。

作家は自らの内的欲求に動かされて筆を執る。小説は虚構ではあるが、作家の脳裏から生まれる文章や行間に作家の肉声が漏れ聞えてくる。谷崎はかつて「早春雑感」（大8・4）で、次のように自らの創作の基礎を語ったことがあった。

芸術家に取つては、何処までが彼の幻覚であり、何処までが自然現象であるか殆んど区別がつかない。（中略）空想に生きて居る芸術家には、幻想の世界も亦経験の一部なのである。／所謂ロマンテイシズムの作家とは、空想の世界の可能を信じ、それを現実の世界の上に置かうとする人々を云ふのではなかろうか。芸術家の直観は、現象の世界を躍り超えて其の向う側にある永遠の世界を見る。

つまり、谷崎には空想と現実、芸術（小説）と生活の区別は存在しない。

千代夫人との結婚を「究極する所私の芸術をよりよく、より深くする為の手段」（「父となりて」大5・5）と規定した。昭和五年八月、千代夫人を佐藤春夫に譲り、所謂妻君譲渡事件として世間を騒がせたことへの弁明の書「佐藤春夫に与へて過去半生を語る書」（昭6・11〜12）には、千代夫人とは「精神的にも肉体的にも合致し」なかったと記し、「大体君に千代子を譲らうと云ふ決心をした最初の動機は（中略）彼女そのものが可哀さうでならず、何んとかして幸福にしてやりたいと云ふ念願があつたからだ」と述べており、国経が北の方を譲渡した心理がすでに谷崎の実体験を通して語られている点に注目したい。ここには多少弁明の意図もあろうが、一〇年越しの小田原事件の終結、佐藤との和解により離婚が現実味を帯びてきた昭和三年から四年にかけて書かれた「蓼喰ふ蟲」にもはっきりと同趣のことが述べられている。

○たゞどうしても妻を妻として愛し得られない苦しさの余りには、此の気の毒な、可憐な女を自分の代りに愛してくれる人でもあつたらばと、夢のやうな願ひを抱きつゝあつたに過ぎない。

（「蓼喰ふ蟲」その八）

○もし適当な相手があつて、此の気の毒な、いとしい人を、今の不幸な境涯から救ひ上げ、真に仕合はせにしてやることが出来るのであるなら、進んでその人に彼女を譲つてやつてもよい、いや、譲るべきが至当である。

（「少将滋幹の母」その五）

殆ど同形の表現である。性生活のない夫婦の、閨での会話の夫の思いであり、しかも原因は国経が「生理」上、「蓼喰ふ蟲」の要は心理上の違いこそあれ、シチュエーションも全く同じである。

六年後の「鍵」（昭31・1～12）における妻の貸与（譲渡）は森安（前掲）の指摘するとおり、「おのれの不能を補うための残された強烈な刺戟」を得るためのものであった。しかし、ここにはその色合いはない。「佐藤春夫に与へて過去半生を語る書」によれば、千代夫人が谷崎の芸術上、そして生活上疎ましいものとして、谷崎の重荷になっていたことが記されている。「蓼喰ふ蟲」では要は「性的に彼女を捨てかけてゐた当座」の「女心の遣る瀬なさを訴へてゐる此の声に脅かされ」、「声の意味が分れば分るほど、可哀さうだと思へば思ふほど、なほさら自分と妻との距離の遠ざかるのが感ぜられ」、「彼はこれから生涯のあひだ、何年となく夜な〳〵此の声に脅かされることを思ふと、もうそれだけでも独り身になりたかつた」という心情が記されている。

言葉の上では女の幸福を言いつつも、心の重荷を下ろしたいという谷崎自身の負担軽減願望も否定できないだろう。谷崎の千代夫人を重荷に思う心情が「蓼喰ふ蟲」の要の口を借りて吐露され、同様に松子夫人に対する心情は「少将滋幹の母」の国経に重ねられているとみてよいだろう。

ここで、知りたいのは女の心である。

「夫婦でもないのに此処にゐるのは辛いんですもの」と告白する美佐子。「慰み物にされてゞもつと愛されたかつたんです」と「女心の遣る瀬なさを訴へる」彼女は、愛人阿曾との「生れて始めて知つた恋」に自身の心理と生理を制御できない。谷崎作品には数少ない、子供を産んだ女として登場する美佐子であるが、母性を全く感じさせない女である。「子供の愛に惹かされて自分たちの身を埋木にするのが愚かしいと云ふ考にも二人ながら行き着いて」おり、夫婦の行動に足枷はないのである。

この美佐子をそっくり受け継いだのが北の方であることに気づく。平凡な主婦美佐子と違う点は、北の方を、

　前の夫の老大納言が彼女に焦れつゝ、苦しみ悶えて死んだことや、平中が彼女に背かれた悔し紛れに侍従の君を追ひ廻して、とう〳〵そのために命を落す羽目になつたことなどを聞いては、どんな感想を持つたことであらうか。（その十一）

という妖婦としていることである。この「感想」については、もとより「筆者」はなにも記していない。ここには所謂「宿命の女」のおもかげがある。岩佐壮四郎（『世紀末の自然主義─明治四十年代文学考』有精堂出版、昭61・6）は「刺青」（明43・11）に「宿命の女」の誕生を見ている。松浦暢（『宿

命の女　愛と美のイメジャリー』平凡社、昭62・6）がいうとおり、妖婦型の「宿命の女」には「自己愛が中心で、じぶんの欲望をみたすために、男を利用し、無用になると破滅させてしまう悪魔性があり」、「男をとり憑かせる強烈なエロチシズムと悪女的欺瞞性」が不可欠の要素であるとすれば、北の方は「宿命の女《フェイタル・ウーマン》」の要素を備えた女としてよい。フェイタル・ウーマン（宿命の女）としての母に対して、滋幹はどのようなまなざしをむけていたのか。まとめの段に入りたい。

五

谷崎は「世継物語」を読んだとき、大納言国経と北の方の間に子供がいたことを知らなかった。「今昔」は北の方奪取後の国経の歎き以降は散逸しているが、「世継」は北の方のその後を伝えており、腕に歌を書く場面（その八）の原型が次のように記されている。谷崎の見た『続群書類従　第三十二輯下』（昭2・5）から引用する。

又ある人の語りしは。若君のかいなに書て。母にみせ奉れとて。やりたりけるとも申す。
　昔せし我かねことの悲しきはいかに契りし名残なりけん
此の歌こそちゝ《こイ》のかいなにかきて。母にみせ奉れといふに。わか君みせけり。女いみしく泣て。又かいなにかきて。返し。
　現にてたれ契りけん定めなき夢路にたとるわれは我かは

相手の男は「へいちう」である。谷崎が問題にしたのは、この「若君」が誰の子かということである。「母」とは北の方であることは文脈から明らかである。この贈答は「後撰集」（七一〇・七一一）にもあり、詞書には「かの女の子の五つ許なる」とある。三瓶達司（『近代文学の典拠　鏡花と潤一郎』笠間書院、昭49・12）は「これを滋幹にもっていったのは、まさしく谷崎の創作である」とした。たしかにこの平中との贈答のエピソードは説話を語り終えた後、「誠わすれにけり」と書き足された印象を与える箇所であり、谷崎の創作上ヒントを与えたものと思われる。この「世継」に依れば、北の方は時平に添うたあと「うつくしけなるおのこゝう〔み〕つ。その子中納言に成て本院の中納言あつたゝと云は此人成けり」とあり、文脈からは「若君」は中納言敦忠と読むのが自然である。ところが、谷崎は「若君」を滋幹とした。「世継」では将来を契った二人の遣る瀬ない悲恋が腕に書かれた二首に醸し出されているこの贈答の場であるが、その雰囲気を変えてしまった。谷崎は遣手婆のごとき老女讃岐を介在させて、母が父を捨て「余所の男の所へ走つてしまつ」（その八）たあとですら、人目を掠めて昔の男と意を通じているという現場にしてしまったのである。ましてや捨てた夫との間に生まれた子に「母と平中との恋の取次」（その八）をさせているのである。「筆者」はこれを滋幹にとって「異常な思い出」といい、四十四五歳になってもなお「母のことが忘れられず」にいた理由の一つとした。

谷崎は初版本『少将滋幹の母』（昭25・8）の序文で、作中「たゞ一つ、作者が勝手に創作した「種本」、――つまり架空の書物」があり、「それに関聯した部分だけは作者の空想の産物である」ことを明らかにした。「後撰集」「大和物語」に見える藤原滋幹の史料を作中に示したのは実在したことの証拠として提出しただけで、「尊卑分脈」に見える「大納言国経」の子であり、「左近少将」「母筑前守在原棟梁女」という系図の史実を小説に用いたのである。「大和」百三段にある「しげもとの少将」と「尊卑分脈」の記事から「少将滋幹の母」というタイトルが決まった。が、前述のように腕の稚児が滋幹である可能性はあっても断定はできない。「滋古閣文庫所蔵の写本の滋幹の日記」がその「架空の書物」にあたる。この日記は「殆ど全部が母を恋ふ文字で埋まってゐる」とあるが、以後の滋幹に関するすべて記述は谷崎の創作となる。

＊

さて、滋幹は「七八歳の幼童」の折、秋の月の光の下、父が女の死骸に向かい不浄観を行じている場面を目撃する。その夜、父は滋幹に対して、「自分は何とかして自分に背いた人への恨みと、恋慕の情とを忘れてしまひたい、心の奥に映つてゐるかの人の美貌を払拭して、煩悩を断ち切つてしまひたい」（その十）という思いから不浄観の修行をしていると説明する。ここには国経が北の方を「自分に背いた人」と認識していたことが語られている。では、生前に父は母の裏切りに気づいていたかというと即断は許されない。なぜなら「筆者」は「彼が日記に書き留めてゐるのは、父の語つた言葉そのまゝではなくて、後年、大人になつてからの彼の解釈が加はつてゐるものなのであ」（その十）ると記しているのである。「春琴抄」における架空の書「鵙屋春琴伝」の記述と「私」の語りとの区別が判然としなくなるように、先に引用した「逃げ去つた妻」、「彼を捨て、行つた妻」という認識は、滋幹のものか「筆者」のものか判然としないが、国経のものでないことははっきりしている。滋幹の覚えている父は「徹頭徹尾、恋しい人に捨てられた、世にも気の毒な老人と云ふ印象に盡きる」(その八)とあるのを見れば、先の「自分に背いた人」という認識は滋幹のものであったとみてよい。しかし、状況からすれば、滋幹自身「徹頭徹尾、恋しい人に捨てられた、世にも気の毒な」子供とも言い換えられる。

父同様滋幹にとっても、母は「神秘」であり「謎」であった。

さう云へば一体、我が子の腕にある平中の歌に一掬の涙を惜しまなかつた母は、父と云ふものをどう思つてゐたのであらうか、滋幹はつひぞ母からそれを聞かされたことはなかつた。彼は几帳のかげで母の膝に抱かれた時、自分の方からも父のことを云ひ出したことはなかつたが、母も、お父さまはどうしていらつしやる、と云ふやふなことを、嘗て一度も問うたことはなかつた。

(その八)

ここも「父」を滋幹と置き換えて読んでもよさそうである。この体験を「筆者」は「異常な思ひ出」と評した。また「普通の人情」からいっても疑問視されるところである。このような感想を記すところに、母の冷淡さを滋幹に意識化させている「筆者」の意図が表れている。芳しく、美しい母の印象しか持たない滋幹に母へのマイナス評価を与えたものは乳人の衛門と世間の噂であろう。「ほんたうにおいとほしいのはお父さまでございますよ」という乳人は、「別段母を悪くは云はなかつたが」讃岐に反感を持っていたという（その九）。言外に母への批判を聞くことができる。そして「父よりも母を偏愛した滋幹は、たとひ母のことについて悪い風聞があつたとしても、そんなことを記す訳はないが、こゝでは暫く彼の日記を信用して」と「悪い風聞」の事実を示唆し、「筆者」は「嘗て老大納言の妻として、平中と云ふ情人を持つてゐた女性であつて見れば、少くとも人目を忍んで誰かと甘いさゝやきを交すぐらゐなことがあつても不思議はないが」（その十二）と淫婦としての北の方を印象付け、それらの事実が滋幹の耳にも達していた筈だという書きぶりである。滋幹はおそらく母の実態を知っていたであろう。だからこそ、次のような浄化された母像が生成されていったのである。

彼に取つて「母」と云ふものは、五つの時にちらりと見かけた涙を湛へた顔の記憶と、あのかぐはしい薫物の匂の感覚とに過ぎなかつた。而もその記憶と感覚とは、四十年の間彼の頭の中で大切に育まれつゝ、次第に理想的なものに美化され、浄化されて、実物とは遙かに違つたものになつて行つたのであつた。（その八）

「実物」を直視せず、母像を浄化していくことは、滋幹の意識的な所為であったことは明らかである。亀井勝一郎（「『少将滋幹の母』覚書」、「文芸　谷崎潤一郎読本」昭31・3）が佐助の行為を例に挙げ、

「滋幹は母の生涯に盲目であることによつて、幼年時代の思ひ出としての「美しい母」のイメージを抱きつゞけることが出来た」と指摘するとおりである。「六七歳の幼童」（その十一）に戻ることが母との再会の要件であることが埋解できよう。

一方、成人し「何事も自分で判断して処理する年齢に達した」滋幹の中で「自分は父の老大納言と共に母に見限られた」という思いは打ち消すことができず、そのひとつの理由を母に似ず父に似た「自分のやうな醜い顔をした子息は」「母は父を嫌つたやうに、必ず自分をも嫌つたであらう」としている。そして、滋幹は次のような諦念に辿りつく。

もうその人は自分などが「母」と呼ぶべき人ではなかつた。悲しいことだが、自分の「母」は既に此の世にゐないものと思はなければいけないのであつた。（その十一）

このように一方的に母を思慕する滋幹の思いは知ることはできるのに、母の滋幹へのまなざしはどこにも記されていないし、「筆者」も語らない。この「母」を「妻」に置き換えれば国経の置かれた状況の説明ともなる。国経は美しい妻の記憶をも不浄観によって消し去ろうとしたが果たせず、「色慾の世界から解脱しきれ」ずにこの世を去った。「安らかな往生ではなかつた」が「それほど父の母を恋ふる心は純粋で、生一本であつた」（その十）ことを滋幹はむしろ「嬉しくさへ」感じている。「永久に昔の面影を抱きしめて」、「いつ迄も母を幼い折に見た姿のまゝで、思慕してゐたかつた」（その十二）という滋幹と同じように、「美しい母の印象をそのま丶大切に保存し」（その十）て父は亡くなったのである。「筆者」はこれを次のように「推量」する。国経が「いとしい人の美しい幻影に打ち敗かされ、永劫の迷ひを抱きつ丶死んで行つた」ことは、滋幹にとって「父が母の美しさを冒瀆せずに死んでくれたことになるので、何物にもまさる喜び」（その十二）であった、と。同じ心を確認できた滋幹の喜びは、北の方を介して父子が一体化したことを表している。すでに手の届かないひとりの女に対して、現実を超えた美の理想としての「妻」像と「母」像が二人の男の中で生成され、「筆者」は読者の前に「妻」と「母」とが一体化したひとつの崇拝すべき理想的な女性像を描出せしめたのである。所謂谷崎文学における「永遠女性」である。

三島由紀夫（豪華版『日本文学全集 12 谷崎潤一郎集』河出書房新社、昭41・10）は淫婦と母の一体化を鬼子母神に例えて次のように分析した。

鬼子母神は、子をとらえて喰ふ罪業を拭はれて、大慈母となるのであるが、氏のエロスの本質を探つてゆくと、この鬼子母神的なものにめぐり当る。ふつう鬼子母神の像は、その怖ろしい伝説の痕跡もとどめぬ豊満な肉体美の坐像であつて、左手に一児を抱き、五人の児がこれを囲んでゐる。女性とは、氏にとつて、このようなダブル・イメーヂを持ち、慈母としての女性の崇高な一面は、亡き母に投影され、一方、鬼子母的な一面は、ナオミズムの名で有名な「痴人の愛」の女主人公に代表されるのであるが、後者ですら、その放埒なエゴイズムと肉体美が、何か崇高なものとして崇拝の対象になつてゐる。

として、「瘋癲老人日記」でこの二つの像が統一されるという。三島のいうように、谷崎の二つの女性像は相手の男によって表面的に様相を変えるだけで、深層では両方の要素を不可分に具有しているのである。そしてこの二つに共通するのは女性崇拝に外ならない。

谷崎文学における「永遠女性」は「蓼喰ふ蟲」で初めて登場する。(3) 要は文楽人形の小春に「日本人の伝統の中にある「永遠女性」のおもかげ」（その二）を認める。お久が「薄着の下にほゞ在りどころが窺はれる肩や臀のむつちりとした肉置きは、此の上品な京生れの女には気の毒なくらゐ若さに張り切つて」いる女、つまりエロスを顕現する女であることを認めつつ（その十）、要は次のように夢想する。

> 多分お久と云ふものが或る特定な一人の女でなく、むしろ一つのタイプであるやうに考へられてゐたからであつた。事実要は老人に仕へてゐるお久でなくとも、「お久」でさへあればいゝであらう。彼の私《ひそ》かに思ひをよせていゐる「お久」は、或はこゝにゐるお久よりも一層お久らしい「お久」でもあらう。事に依つたらさう云ふ「お久」は人形より外にはないかも知れない。（中略）もしさうならば彼は人形でも満足であらう。
>
> （その十四）

「人形のやうな女」お久に要は「永遠女性」のおもかげを発見するのである。この思念は「文楽座」という現実から隔離された古典的雰囲気のなかで生成された。「蓼喰ふ蟲」を嚆矢とする「所謂古典期の作品群はこの〈永遠女性〉の形象化の試みに外ならなかった。北の方も例外ではない」と前田（前掲）が指摘するとおりである。

＊

「永遠女性」としての「母」が滋幹の前に顕現するためには、必然的なそれなりの舞台が必要であった。本章の一で論者は、「光円師の示唆に依」るという「良源元三大師」の点出は母との再会の重要な伏線になっていると述べた。「筆者」は、滋幹の母が今の京都市左京区一乗寺辺りに住んでいたことは「拾遺集」の歌に「徴して明かで」あると強調する。しかし、「当時滋幹は、しば〳〵叡山の横川に定心房良源を訪ねて仏の教を聴いてゐた」（その十二）という設定は勿論、「筆者」の創作である。良源の母子相思の話に谷崎が興味を覚えたことは先に述べたが、良源の話を俟たずとも、谷崎は「今昔」の巻第十五「源信僧都母尼往生語第三十九」で感動的な源信の母子相思の説話を知っていた筈である。この二つの母子相思の話は聖地「横川」に由来するものであり、滋幹と母との再会に向かう道行きは「横川」をあくがれ出でなければならなかった。即ち、「横川の良源の房に一宿した滋幹」は「ふと、急に心が惹かれるやうになつて、雲母坂の方へ道を取つた」のである。宮内淳子（『谷崎潤一郎―異郷往還―』国書刊行会、平3・1）は「吉野葛」で「平凡な田舎娘のお佐和が津村の「永遠の女性」に変ずるためには、吉野という伝説に育まれた土地が必要だった」とし、谷崎は「既に『蓼喰ふ虫』『吉野葛』『蘆刈』などで、伝説や古典の中に確立した女性像や土地のイメージを用いて、「永遠の女性」が立ち現われる空間を完成させていた」と指摘する。氏の指摘は「少将滋幹の母」における母に纏わる伝説の地横川点出の必然性をも説き明かしてくれる。また西口順子（『女の力　古代の女性と仏教』平凡社、昭62・8）によれば、「比叡山の横川のふもと雄琴千野の安養寺は、中興良源の母の廟所で」、「吉野金峯山のふもとには役行者の母公堂があり」、これらは「母をとおして開山に結縁」する場であったという。つまり、これらの土地が「母」に通じる土地であったことが、仏教史からも裏付けられるのである。

『母を恋ふる記』の世界を作っている月、水、女、死といった要素」（宮内）もここには備わり、はたして滋幹は母と再会する。「母を恋ふる記」は夢の中の出来事だったが、ここは「自分は夢を見てゐるのか」と思わせる幻想的な場面である。E・ノイマン（『女性の深層』紀伊國屋書店、昭55・3）が、月は「エクスタシーと陶酔の司であり、それによってさらに魂とその狂躁的な高揚の支配者ともなる」という如く、滋幹は「何か現実ばなれのした、蜃気楼のやうにほんの一時空中に描き出された、眼をしばだゝくと消え失せてしまふ世界のやう」な「幻じみた光線の中」を月の光に導かれ、陶酔し「魔物」に憑かれたように歩いているのである。ここではすでに「北の方」という呼称は似合わない。「母」としかいえない陶酔の境地が描かれる。「筆者」谷崎の筆力に感心せざるを得ない。

＊

母子再会の場ははたして「永遠女性」の出現の場となった。松浦（前掲）は、清純な女神と恐ろしい魔女・妖婦という一見対照的に見える像も「じつは同一物の二面、両極性のあらわれにすぎない。こうした多様性、両極性こそ、〈宿命の女〉のかね備えた特性」であり、「人間性の奥底にひそむ恐ろしい両極性こそ、魅力的で男の心をとらえて放さない〈宿命の女〉が生まれてくる」と説明している。そして「〈宿命の女〉は、まさに男のえがく理想の女性像、ユング流にいえば、アニマ、男の内奥にひそむ女性部分、まだ活性化されていない精神の無意識の未分化部分をえがきだす心の像」であるとしたが、ここに谷崎文学の女性たちが説き明かされていると思う。また河合隼雄（『無意識の構造』中公新書、昭52・9）の「アニマが肯定的にはたらくとき、それは、生命力や創造性の根源となる。多くの芸術家が、その内に存在する「永遠の女性」を求めて努力するのも当然である」という言葉はそのまま谷崎の創作の原点を語っている。

三島（前掲）はユングの影響を受けながら、「慈母の像に全くエロスの影が認められぬかといふと、さうとは云へないところが谷崎的である。ただ、母のエロス的顕現は、意識的な欲望の対象としてではなく、無意識の、未分化の、未知へのあこがれという形でとらえられるので、そのときの主体は子供でなくてはならない」とした。「少将滋幹の母」における「六七歳の幼童」への回帰の根拠として、「後撰集」の「かの女の子の五つ許なる」が挙げられるが、その必然性は先に指摘したとおり滋幹にとって「美しい母」はこの時期に限られるからである。

所謂母性思慕の主題を持つ小説群では主人公が五歳から八歳の子供として登場してくる。これは谷崎自身の体験に係わるであろうことは随筆類から推測できる。「女の顔」（大11・1）で「多分私が七つか八つの子供だつた頃の、若い美しい（私の母は美しい女でした）母の顔を浮かべます。それが私には一番崇高な感じがします」と述べている。「十一二歳の頃から十五六歳迄の数年間」を回想した「或る時」（昭27・3）には、両親の性行為を偶然目撃してしまったときの私を見た「両親の謎のやうな笑顔」を思うとき「私は生涯に一度でも、父と母のさう云ふ光景を見た記憶のあることをたいへん有難く思ふ」と記されている。また「幼少時代」（昭30・4〜31・3）には「ばあやに聞くと私は六歳ぐらゐまで母の乳を吸つたと云ふのであるが、自分にもその記憶がある」。「もうその時は精二がゐた。私は、精二が乳を吸つたあとで、母の膝に腰かけて乳房をいぢくりながら吸つた」とき、母は「羞渋《はにか》むやうな顔をしながら吸はせてゐた」という生々しい記憶が綴られている。精二の誕生は潤一郎の五歳のときである。明治二七年、谷崎九歳のとき、家業不振で家が没落し、自身乳母日傘の境遇が奪われたことより、美しかった母が所帯やつれしてゆくのを見るのが辛かったとも記している。五歳頃からの数年間に谷崎にとって母をめぐる想念にひとつのターニング・ポイントが存在したことは想像に難くないが、ここでは指摘するだけに留めたい。この問題については精神分析の立場から「インセスト・タブー（近親相姦）」の視点[4]で解明が試みられている。

＊

「少将滋幹の母」はふたつのテーマを持つ。小説の大半を占める「大納言国経の妻」に対する老夫の性への執着と、「少将滋幹の母」に対する子の母性思慕である。前者は妻の老夫へのまなざしを軸に、妻が美しすぎる宝物であり、唯一の玩弄物であり、崇拝の対象であったがゆえに解脱しきれなかった国経の煩悶が語られていた。後者では美しい母の記憶のみを大切に保存し、醜悪な面には意識的に盲目になり、それゆえに浄化され神聖化された、所謂結晶作用による母像を創り上げていく滋幹が描かれた。それは美しい者だけに許された美とエロスの肯定であった。「すべて美しい者は強者であり、醜い者は弱者であつた」という文壇的処女作「刺青」以来の谷崎の思想は生き続けている。

この父子の共に仰ぎ見た女性は、谷崎が希求した「永遠女性」としての「ただ一人の女」であった。これは谷崎文学のふたつのタイプの女性像の統一であることはすでに述べた。前半では夫に対する妻のまなざしは明らかに見えていたが、後半殊に滋幹に対する母のまなざしは見えてこないまま終わっている。「筆者」によって用意されていなかったというべきであろう。谷崎にとって切実な問題は、むしろ前者の「夫に対する妻のまなざし」であり、そのまなざしを通して自己の老いとエロスの課題を作品化することにあった。ここにこの小説のモチーフがある。「永遠女性」の形象化を試みた谷崎の古典主義の時代はこの「少将滋幹の母」をもって幕が引かれる。

＊

「その二」で「筆者」は「余談であるけれども」と断って、当時話題になった歌人川田順の「おいらくの恋」事件を、「現代に於いてさへかう云ふ組み合はせの性生活は類稀なこと丶して世の視聴を惹くのであるから」と老大納言の性生活の注釈としてわざわざ書き加えた。この事件は他人事の「余談」、また単なる注釈でないことは明白である。老いとエロスの問題に谷崎自身が直面していたのである。

「少将滋幹の母」を嚆矢とする老いとエロスの主題は、古典の枠を取っ払って、作者谷崎の生きている昭和の現在を舞台にした「鍵」・「瘋癲老人日記」（昭36・11～37・5）に引き継がれていくのである。

註

（1）本章においては他の章と違い、「筆者」とは小説の本文中に登場する「筆者」をさし、明里は「論者」と呼ぶことにする。

（2）明里千章「『藪の中』試論—芥川龍之介の語りかけるもの」（東京家政学院中・高紀要「ばら」第21号、昭58・7）

（3）「前科者」（大7・2～3）の主人公は「女性崇拝者」であるが、崇拝の対象は「己の『悪い魂』が空想して居る女性の幻影」で、現実の「女の中に自分勝手な幻影を見て居る」にすぎないと告白する。そして知人のKはゴオティエやボードレールを引用しながら、「君のやうなMasochistの頭の中にある女の幻影も、やつぱり或る一人の女性ではなくて、完全な美しさを持つ永遠の女性なんだらう」と指摘する。この頃の谷崎には理念としての「永遠」はあっても、具象物、形代をまだ見つけ出してはいなかった。のちに「饒舌録」（昭2・2～12）に幼少期の思い出として、祖父の形見である「西洋の名画の複製」の「聖母マリアの像」に、「少年の頭では明確に摑めなかつたけれども、何か「永遠の女性」と云ふやうなもの丶あるのが、朧げに感ぜられた」と述べている。

（4）米倉育男「谷崎潤一郎とその母　病跡学よりみた母親」（『日本人の深層分析1　母親の深層』有斐閣、昭59・10）など。

・「今昔物語」の本文は『新日本古典文学大系 36 今昔物語集四』（岩波書店、平6・11）、同『37 今昔物語集五』（平8・1）に依った。
・本章は平成三年七月二四日、第五回残月祭（京都 アトリエ・ド・カフェ）で行なった講演に加筆したものである。

をかもとの宿は住みよし——岡本梅ノ谷の家

神戸市東灘区岡本七丁目にあった、茅渟の海を眼下に見下ろす岡本梅ノ谷の家は谷崎の私生活上、また谷崎文学においても大きな転換期の舞台となった象徴的存在であった。岡本御殿ともいわれたこの家は平成七年（一九九五）一月一七日、兵庫県南部地震、阪神大震災によって倒壊した。地震嫌いの谷崎の関西移住のきっかけが関東大震災であったことを思えば、なんとも複雑な心境である。この年はちょうど谷崎の生誕一一〇年、没後三〇年にあたった。

岡本の家について、谷崎は「岡本にて」（昭4・7）、「東京をおもふ」（昭9・1〜4）、「半袖ものがたり」（昭10・5）、「三つの場合」（昭35・9〜36・2）などで触れている。同居していた末弟谷崎終平の「回想の兄・潤一郎」（「月報2〜14」普及版『谷崎潤一郎全集』中央公論社、昭41・12〜42・12）、昭和四年三月から一年半を大阪弁の助手として住み込んだ高木治江の『谷崎家の思い出』（構想社、昭52・6）は当時の様子を教えてくれる。ほかに家の内部を取材した市居義彬『谷崎潤一郎の阪神時代』（曙文庫、昭58・3）、たつみ都志『ここですやろ谷崎はん』（広論社、昭60・3）などが備わる。これらを参考にしながら、平成元年六月に見学したときのことを思い出しながら、この家について述べてみた

岡本の家（平成元年６月４日撮影）

い。

大正一二年九月一日、箱根で関東大震災に遭遇し、東京への陸路を断たれた谷崎は関西から東京に入り、家族を連れて再び海路神戸に着いた。以後、京都、苦楽園、本山村北畑、岡本好文園と引越を繰り返した後、昭和三年春、岡本梅ノ谷の四五〇坪の広大な土地と民家を買い取り、「東京の偕楽園から棟梁が来て、兄の設計で、日本と支那との合ノ子の様な家が西側に新築され」（「回想の兄・潤一郎」）、秋に完成をみた。谷崎専用のバスルームは西洋風に作り、この和洋中三つの様式を取り入れた書斎としての別棟は、当時の谷崎の美意識と文学的傾向を如実に示している点で興味深い。「理想通りの間取りの家を普請して、もう今度こそは落ち着ける、これで長年の放浪生活にもおさらばを告げることが出来たと、さう思つたのも束の間、分不相応な費用を投じた報いには自分の貧弱な収入では邸の維持が困難になり、足かけ四年後にはその土地家屋をきれいさつぱりと人手に渡」（「半袖ものがたり」）すこととなる。事実、転居後半年も経たないうちに、西宮税務所には税金支払い延期を、関西電力にも同様の願いを出さねばならないほど家計は火の車であり、昭和五年暮れには家を売りに出すことになる。総檜造り（実際には米松も使用）で、床暖房など家のすべてが電気仕掛け、谷崎の家族や弟妹、妻の家族、助手、使用人を含め一〇人近く（犬、猫も）の大人数の生活、そして離婚と結婚における出費などは、一時的な「円本成金」では持ち堪えることができなかった。昭和六年暮、大阪堂島の米穀取引所理事文箭《ぶんや》郡次郎氏が買い取られて以来、文箭家、逸見家によって維持されてきたのである。

今回の大地震で東側の母屋は大きく崩れ、南側にあるマンションの壁に支えられてようやく立っており、西側の別棟は跡形も留めないほど倒壊した。地震からちょうど四週間後の二月一四日に解体撤去作業が始まった。

岡本の家（平成７年２月５日撮影）

をかもとの里は住みよしあしや潟海を見つつも年を経にけり

（「春、夏、秋」昭４・11）

関東大震災の罹災者谷崎にとっては一時の避難のつもりだったが、阪神間の風土が気に入り、岡本梅ノ谷の家を購入、普請したことで関西永住の意志を形の上でも示した。この家は所謂モダニズムの終焉「卍」、古典回帰の嚆矢「蓼喰ふ蟲」が書かれたことで有名である。じいやや助手の高木治江は芦屋市精道の小出楢重のアトリエに「蓼喰ふ蟲」の原稿を届けるため坂を下りることを日課とした。菊原琴治検校は上方の郷土芸能に興味を持ち始めた谷崎のために、地唄の稽古に週一度訪れた。上山草人、佐藤春夫、辻潤、萩原朔太郎も来た。
とりわけ興味深いのは、谷崎生涯の三人の妻がその後の運命については何も知らないまま、ここ岡本の家において交錯していたことである。昭和三年暮、高木らと谷崎邸でご馳走になった大阪女子専門学校（現大阪女子大学）在学中の古川丁未子《とみこ》は二年後、同棲ののち、ここで身内だけの結婚式を挙げる（昭6・4・24）。また、根津松子姉妹もやってきて、昭和四年には根津家との家族ぐるみの交際が始まる。昭和五年八月、離婚した千代は鮎子とともに、佐藤春夫に連れられてここを去る。「朝日新聞」が「谷崎潤一郎ゆかりの地打撃」（平7・1・24）として報じた谷崎旧居の中でここが最も懐かしい所以である。

＊

平成七年五月二〇日、たつみ都志氏、細江光氏と共に神戸市役所で記者会見を行い、倒壊した岡本梅ノ谷の家の記録を残すべく、資料提供を呼び掛けた。情報を寄せて下さった方の中に、この地所の前所有者で、谷崎に懇願され仕方なく売り渡した「井上とみ」さんのご遺族がおられ、未発表の書簡二通、土地台帳謄本などを見せて下さった。これによって、谷崎がこの地所を購入する経緯が明らかになった。

改造社の一円均一の全集が大当りを取りまして、（中略）作家が一度に万とつくお金を手に入れましたのは恐らくあの時が最初だつたでございませう。手前もたしか十万円ほど貰つた覚えがございます。（中略）岡本の北畑の張りぼての文化住宅に借家住ひをしとりました手前は、早速その印税の中から金四万円を投じまして、梅の名所の梅ケ谷の中腹にございました、ゆつたりとした畑や森のついてをります古風な農家を買ひ入れました。

右は谷崎晩年の作「当世鹿もどき」（昭36・3～7）の一節である。これには、松子との最初の出会いを「大正十五年の末、十二月」としているところなど、伝記的事実としては検証すべき点も多く、右の引用部分にも記憶違いがある。「北畑」とあるのは「好文園二号」とあるべきところ。また、この口振りだと「四万円」を楽々支払った印象を受けるが、そうではなかったのである。

岡田嘉子と谷崎潤一郎
（「映画時代」大正15年9月号から）

井上氏所有の岡本梅ノ谷の家を利用していたことがわかる最も早い資料は、古川緑波編集の「映画時代」大正一五年九月号に載った対談記事「一問一答録　第三回　岡田嘉子と谷崎潤一郎」であろう。そこには「大正一五年七月」とキャプションのある二人の写真が掲載されている。この時のことを谷崎終平は、「その時分兄は梅林の近くに勉強部屋を借りて居り」、古川緑波と岡田嘉子を「私は案内した」（「回想の兄・谷崎潤一郎」）と述べている。大正　五年七月は、年譜でいえば、好文園二号に移る（大15・10）前の、本山村北畑に住み、一

井上氏所有の母屋（「古い平屋建」）

回目の中国旅行（大15・1～2）の紀行文を発表したり、「青塚氏の話」の連載が始まろうとしている頃である。

この家は、谷崎終平によれば「母屋は古い平屋建」で「四間」あったという。終平が「勉強部屋」とも「母屋」ともいうこの家を谷崎は、「われは山荘に妻は好文園に住みける頃」と自作短歌の詞書の如く「山荘」といい、また好文園四号への移転を報せる志賀直哉宛書簡（昭3・5・21付）では「山の家」と呼んでいた。

井上とみさんの孫で、今回の資料を提供者である神戸市在住の井上律雄氏の話によると、井上家は三木市の本家から本山村岡本に分家した。律雄氏の祖父井上伊太郎（大7・9没）に嫁したのがとみ。伊太郎は鉄道勤務で、谷崎のいう「農家」ではなかった筈。とみは二十八歳には「そこひ」（白内障）を患い、眼が不自由になったが、琴三絃、お茶お花を嗜む人であった。夫の死後、一人で家を守っていた。そこに谷崎はこの家を売ってほしいと日参したという。梅ノ谷の家を谷崎に譲った後、移り住んだ土地（岡本字野間）は区画整理や戦災に遭い、井上一家はすべてを失った。とみさんに関する資料は写真一枚残っていない。「慈光院真月妙照大姉」、俗名とみ（昭21・12没）は、倒壊した梅ノ谷の家近く、天上川添いの岡本東墓地に眠っている。

ところで、谷崎がとみさんの家を購入しようと動き始めたのはいつ頃であったか。私見によれば、

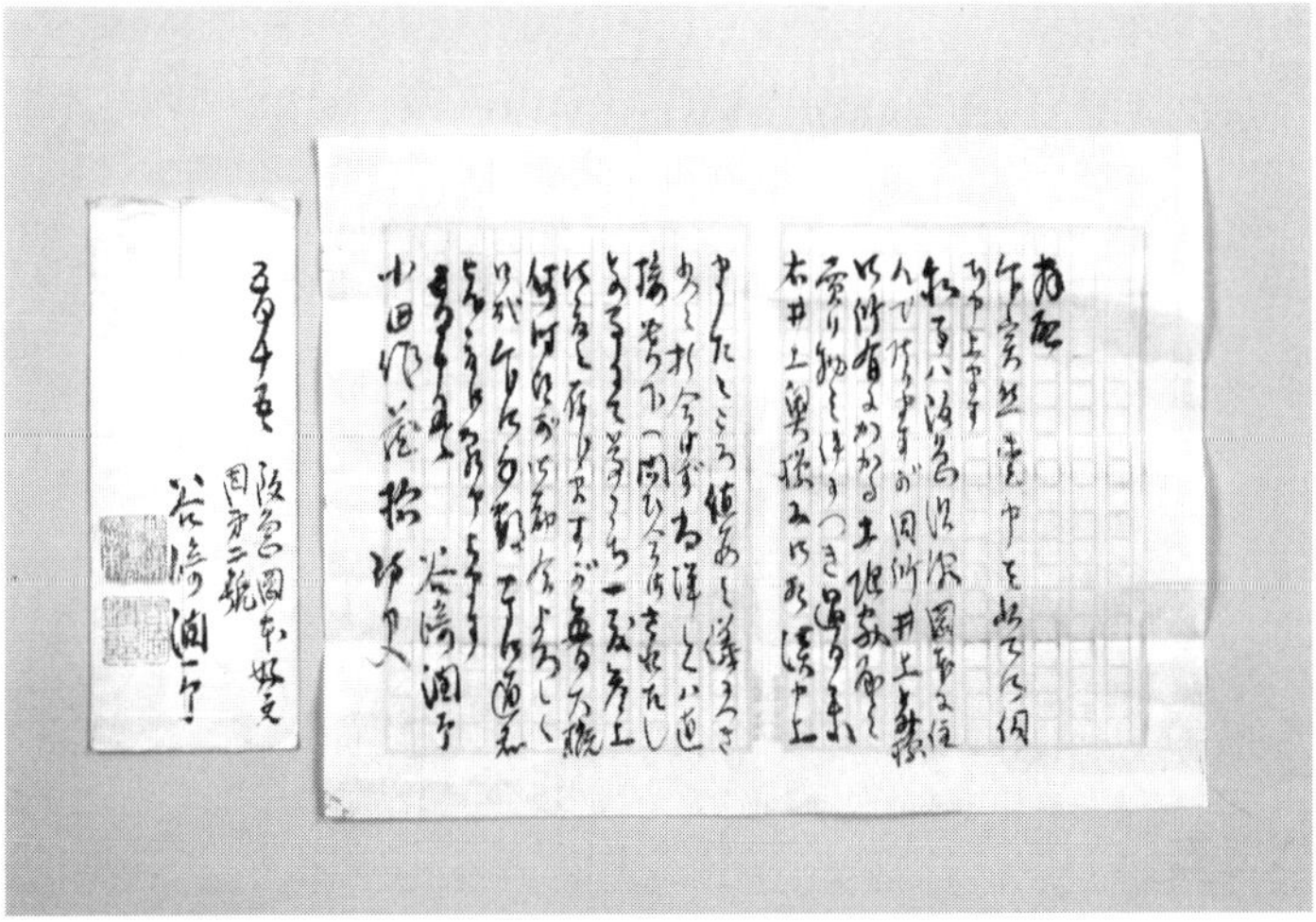

5月15日付書簡（「芦屋市谷崎潤一郎記念館ニュース」№16から転載）

この地所購入に関する記述は、岡田嘉子との対談から七ケ月後の、「例の地所の事や何かで一寸山本氏にも会ひたく」と浜本浩に宛てた書簡（昭2・2・16付）が最初である。翌一七日の改造社社長山本実彦に会うための上京は、購入資金の援助を依頼するためであろう。ちょうど例の円本『現代日本文学全集　24　谷崎潤一郎集』が改造社から刊行されたばかりであった。後の書簡で明らかになるが、谷崎全集の出版を条件に、改造社が購入資金を用立てる約束になっていたようである。一カ月半後の中央公論社社長嶋中雄作宛書簡（昭2・4・4付）には、「今年は普請をするつもりですから洋行する暇はないでせう。耐震家屋でも建てたらば仕事も出来やうと思ひます」と記している。

　そして、今回見つかった書簡の封筒裏には「五月十五日　阪急岡本好文園第二号　谷崎潤一郎」とあり、大正一五年から使い始めた「摂州武庫郡岡本」(白文)、「谷崎潤一郎」(朱文)の角印が捺されている。表の消印は「葺合/2・5・15」と鮮明。そして中央(柱)下に「谷崎潤一郎用紙」と刷り込んだ自家製の、黄色い罫線の和紙の原稿用紙一枚に次のようにある。

拝啓
乍突然書中を以て御伺/ひ申上ます
私事ハ阪急沿線岡本に住/んで居りますが同所井上とみ様/御所有にかかる土地家屋之/売り物之件につき過日来/右井上奥様に御相談申上/ましたところ値段之儀につき/少〻折合はず尚詳しくハ直/接貴下へ問ひ合はされたし/との事にてそのうち一度参上/仕度と存じますが毎日大概/何時頃が御都合よろしく/候哉乍御手数一寸御通知/被下度御願申上ます
谷崎潤一郎
五月十五日
小田作蔵様/侍史

右の「井上奥様」とはとみのことで、その親戚で堂島の不動産事務所に勤めていた小田作蔵が、眼の不自由なとみに代わって、谷崎との交渉にあたったらしい(この書簡は、井上律雄氏が我々の記者会見を新聞で見て、心当たりを調査するうちに、小田家の仏壇の中から見つかったものである)。これを見ると、昭和二年五月にはすでに具体的な売買金額の詰めの段階に入っていたことがわかる。

また、井上氏所有の西宮税務署発行の「土地台帳謄本」（昭2・5・7付）には、岡本梅ノ谷の井上家の土地は「壱九壱、六参」（地番一〇五五）、「弐五〇、七九」（地番一〇五六）を合わせた、四四二、四二坪だった。これにより、谷崎がいう「四百五十坪程」の地所家屋の正確な数字が確かめられた。翌六月発表のエッセイ「関西文学の為に」で、「どうも関西の人たちとは肌が合はない」としながらも、「関西に居据わるつもりである」と、関西定住を初めて公に表明したことと、この土地購入とは無関係ではない。

ところが、スムーズには進まない。中根駒十郎宛書簡（昭2・7・12付）によると、二カ月後の七月一〇日に、内金として全額の一割を支払い、契約書を取り交わす予定であった。「四百五十坪程の地所家屋を」「ざつと四万三千余円」で購入することとなり、前述の全集出版を条件に改造社が引き受けてくれて、「本年中に二回に分けて全額を支払うと云ふ確答」を得ていたのに急に改造社に断られる。そこで新潮社の中根に、「右の地所家屋は実に気に入つた場所なので、既に一部分移り住んでゐることでハあり」、「改造社と同様の條件、もしくは他の単行本発行等のいかなる條件にてもよし」と、なりふり構わぬ借金の依頼をしている。ここ二三年の谷崎本の出版はこのような前借の産物が多かった。「全額の一割」というから、当時の谷崎は四千円の金も動かせなかったのであろうか。

原稿料の前借はこれに止まらず、嶋中雄作（昭2・8・31付書簡）にも、「円本の印税の方も地所を買つたり何かしたので追ひ追ひ残り少なになりそこへ持つて来て円本以外の本の売れ行きが止まつたのでこれからは原稿かせぎをしなければならなくなりました、（中略）千円ばかり貸して頂けますまいか、（中略）乍勝手急ぎますので電報為替で御送金」をと、この頃の書簡はかくの如きものが多い。これで見ると、八月までには売買契約はなんとか成立していたようである。

今回発見のもう一通は昭和三年四月四日の消印があり、宛名は先と同じ。封筒裏に「四月四日　兵庫県武庫郡本山村岡本　谷崎潤一郎」とあり、先と同じ二つの印が捺してある。これは小切手を送った書留で、先と同じ原稿用紙一枚に次のようにある。

拝啓

先日分利子金壱百参拾／八円参拾五銭也別帋小切手／にて封入いたしましたから御査／収のうへは折返し領収証／御送り被下度御手数ながら／御願ひいたします

いづれ残金のうち一万円前／後今月末ごろさし上げ／られるつもりで居ります、先は要用まで

四月四日　　谷崎潤一郎

小田作蔵様／侍史

谷崎は分割払いにしていて、年が明けてもまだ一万円以上も未払い分があるらしい。これより三日前に書かれた中根駒十郎宛書簡（昭3・4・1付）では、「目下ぽつぽつ建築にかかつてゐるので金がいつて困ります」という理由で、新潮社版長篇小説全集の印税「千円か千五百程ハ至急電為替で」と催

促している。

全壊した書斎を解体した瓦礫の中から「上棟　昭和三年八月二十五日」と記された棟札が見つかった。右の中根宛書簡の「建築」云々から、上棟までおおよそ五カ月かかっているのは、基礎工事に時間をかけたのか、資材の関係か、資金不足の影響か。「蓼喰ふ蟲」執筆当時を語る「私の貧乏時代」（昭10・1）に記した、円本で「所謂印税成金になつたので、あの前後四五年と云ふものは殆ど生計の苦労を知らずに、極めて悠々たる月日を過した」というのは疑わしい。

こんなにまで苦労して、谷崎は自分好みの書斎を普請した。何がここまで谷崎を駆り立てたのだろうか。書斎が完成して転居した谷崎は佐藤春夫に、「をかもとの宿は住みよしあしや潟／海を見つつも年をへにけり」（昭4・5・2付書簡）と詠んだ。また後年「リンディー」（昭30・11）には、「あまりよい思ひ出を残してゐない岡本の家」とも記している。筆者はこの「岡本の家」に対する谷崎の執念のようなものを感じるのである。古川丁未子との結婚式を済ませて間もなく、谷崎は「今度負債整理のため暫く家をたゝみ」（昭6・5・18付、谷崎精二宛書簡）、もう「岡本の家」へ帰ることはなかった。

谷崎文学についての二、三の事柄

一

関西移住後に書かれた「蓼喰ふ蟲」は、谷崎潤一郎文学の転換点の要に位置している重要な小説である。この小説から谷崎文学の二、三の問題について述べてみたい。

「蓼喰ふ蟲」は「大阪毎日新聞」「東京日日新聞」の夕刊に、昭和三年一二月三日から翌年六月一七日(「東日」は一八日)まで八三回にわたって連載されたが、休載が多くその掲載率はほぼ五割という異常な少なさであった(この前後の新聞小説「痴人の愛」、「黒白」、「乱菊物語」では休載は一度もない)。なのに谷崎は後の回想で「毎日たのしく、楽々と、心を労することなしに」(「『蓼喰ふ蟲』を書いたころのこと」昭30・2)連載の筆を進めたと述べているが、信用しがたい。というのも、「蓼喰ふ蟲」の連載が始まると途端に、すでに「改造」に連載中であった「卍」(昭3・3〜5・4)は破綻をきたすのである。つまり昭和四年二〜三月号掲載分(初出「その十二」「その十三」)は、翌四月号(初出「その十四」)で「作者の聞き違ひのために事実を誤まつたところが多い」(「作者註」)と断った上で内容は完全に逆転され、初版本(昭6・4刊)で削除される。

右の事実からわかったことは、「卍」では夫と園子と愛人（光子）の関係を、「蓼喰ふ蟲」では夫と美佐子と愛人（阿曾）の関係を並行して書きながら、谷崎は「妻」の形象に最も難渋していたということであった。二作とも事の起こりは夫の妻に対する性的無関心（その結果生じる妻の夫に対する性的不満足）にある。ことは夫婦間の、男と女の問題である。

さらに注目すべきは、「卍」で「夫や子供のある女」（初出「その一」）であった園子が、避妊を「実行して目的を達してる」（初出「その十五」）女に改変され、「母」ではなくなっている点である。おかげで園子の恋は自由奔放である。そういえば「蓼喰ふ蟲」で「元来は母婦型」といわれる美佐子には母婦型たる母性が希薄である。世間体を気にしているようでいて、「子を捨てて迄も」別れることはできないといいながら、頻繁に須磨に通う。「卍」は光子さんが括弧付きの「光子観音」になる話であったように、「蓼喰ふ蟲」は美佐子が括弧付きの「美佐子」という「全く別な人間」になる話である。「母婦型」から「娼婦型」への変身譚だったはずである。視点人物の五感を駆使して、「妻」としての美佐子は驚くべきディテールで描写されている。しかし美佐子の母性は希薄で、園子は母性を剥奪された。谷崎は「妻」は描けても、「母」の子供へのまなざしが書けなかった。谷崎は母へのまなざしを描いた小説「少将滋幹の母」（昭24・11～25・2）などでは名作を残しているのに。

「春琴抄」（昭8・6）では子供は皆里子に出される。佐助にとって春琴は女であり、母であることを認めなかった。結局谷崎は女が「女」以外になることを許さなかった。母であることを認めなかった。谷崎が松子夫人が母になることを許さなかったことは象徴的にそのことを示している。

二

その代わり、「父」要の息子弘に対する情愛は苦悩とともによく書き込まれている。「この小説の主題は、主人公夫婦の〈交錯することのないまなざし〉を核心部に据えて生成する」（笠原伸夫『谷崎潤一郎―宿命のエロス』冬樹社、昭55・6）。さらにこの小説の凄さは斯波家の「気づまりな思ひ」や「けはひ」（ある時は「のどか」「まどかさ」）を執拗に描き出し、「気分」を写し取ったところにある。谷崎が客観小説の形式を用いたのはこのためである。「この小説の見事な奥行き」となっている「少年の悲哀に充ちたまなざし」（笠原）に応えようしているのは、母ではなく父の方である。

要が容易に離婚できない最大の理由が、「独りっ子弘への配慮から」（笠原）だとすれば、次の記述はどう読むべきか。「子供の愛に惹かされて自分たちの身を埋もれ木にするのが愚かしいと云ふ考にも二人ながら行き着いてゐた」。これは本心か。おそらくこれは、お互いが涙なく別れるための観念的な申し合わせであり、妻の気を楽にするため（少しでも娼婦型に近づけるため）の要の配慮でもある。美佐子に提示した六カ条の離婚「条件」の意味もわかってくる。「世間」を欺くのも、阿曾との「愛の試験」に失敗したら「従来の通り要の家にとゞまること」も、試験に成功し結婚しても「要は二人の友人として長く交際をつゞけること」も、すべて弘のためであったのである。一見非現実的な「条件」も、子供の弘を視野に入れれば納得できる。

「父と母とがどうならうともお前は永久に二人の子だ」、「古い道徳に囚われ」るなと、「子供の理性に訴へるつもり」という要の目論見も、淡路島から弘に絵葉書を出すのも、弘の感情に直接触れることをなるだけ避けながら、それでいて「子供を安心させたさに惹き擦られて、喜ぶ顔が見たい」という父の精一杯の気持ちの現れであった。この辺りには夫婦の危機に直面している谷崎が、実際これを書きつつある岡本梅ノ谷の新築に一緒に住む娘の鮎子が念頭にあったのかもしれない。

ともあれ、ここまで子供の心が斟酌して書かれ、子供に心を砕く父が谷崎によって書れたことはなかった。家族のなかの子供を、子供へのまなざしを描いた作品のきわめて少ない谷崎文学の中で、要のなかの「要」となっている弘は、重要な人物といえよう。「蓼喰ふ蟲」はそのモチーフ、テーマともに今日的であり、現代小説として通用する新しさをもっている。

三

「それまで愉快にしやべつていた子供の顔に、ひよいと不安の影がさした」。父母（夫婦）の危機に感づいている弘は高夏登場で久々の「平和さ」を味わっているときに、「東京」の一言で急転直下地獄へ突き落とされる。それは「江戸つ児の癖に東京の三越を知らないなんて」という話の流れから偶然出てきた「東京」であるが、それが一家離散の宣言に聞こえたのだ。そして予感は当った。「細雪下巻」（昭22・3〜23・10）において幸子は「ロクでもないことが起る」東京との「悪因縁」を歎き、「東京」は「鬼門」だという。弘は、蒔岡家の人々より早く、これを経験していたのである。弘にとって「東京」は通過儀礼のトポスであり、また「鬼門」だったのだ。

谷崎が異郷である関西に「故郷」を再発見したこと、生まれ故郷の東京に反感をもっていたことは谷崎の随筆などによってよく知られている。しかし、要は「東京」から自由になっていない。要が関西の古典芸能などの芸術空間に身を置くとき、必ず幼年時代の古い東京の記憶が蘇ってくる。関西理解のための商量としてつねに東京がある。この要の見方は、「私はいつ迄たつても東京人たる本来の気質を失はないであらう。従つて私の観察は、やはり何処迄も「東京から移住した者」の眼を以てすることになる」(「私の見た大阪及び大阪人」昭7・2〜4)という谷崎のそれと重なってくるし、これは一生貫かれた基本的姿勢であった。

お久(関西)と肌が合わないのは「東京ツ児」の美佐子だけだろうか。要も「東京人の見えや外聞を気にする癖」から抜けきれず、「東京の下町に育つた彼が下町の気分を嫌う筈はな」い。なによりも斯波家の人々は大阪弁を喋らない。喋ろうとしない。「弘の奴は大阪弁がうまくなつちやつて困るんだよ」と図に乗って喋る弘は父に叱られる(幸子が「阪神間の奥さん達の間では、いつぱしの東京弁が使へる組」という記述も考え合わせるべきである)。要が惹かれたのは伝統的な「上方」であって、現実の関西ではない。「小春の人形」としての「お久」である。谷崎は関西に馴染んだように理解されているが、どのレベルでかを、見定めなければなるまい。谷崎にとって、「東京にはもはや未練はないといいながら、一面生まれ故郷として懐かしさを感ずるが故に、それはやはり震災後に関西の地に現出した自己の理想を毀ちかねない「鬼門」とも見做された」(千葉俊二『谷崎潤一郎　狐とマゾヒズム』小沢書店、平6・6)はずである。関東大震災のとき、「しめた、これで東京がよくなるぞ」、「焼けろ焼けろ、みんな焼けちまへ」(「東京をおもふ」昭9・1〜4)という有名な叫びは、なによりも東京への谷崎の愛情表現であった。関西に上方文化を学びにきたエトランジェ谷崎の中心はあくまで「東京」にある。谷崎は晩年の対談でも、ちゃきちゃきの東京弁で捲くしたてている。「谷崎は矢張本当の江戸っ子であった、(中略)谷崎の方で、上方の総べてに溶け込んで行かうとしてくれる気合がなければ、始終、衝突を避けられなかったのでは」(『湘竹居追想』昭58・6)という証言は、谷崎の関西定住に深い係わりのある谷崎松子の言葉だけに重く受けとめるべきであろう。

あとがき

『谷崎潤一郎＝渡辺千萬子 往復書簡』（中央公論新社、平13・2）で貴重な資料を公にされた、渡辺千萬子さんが主催する残月祭から誕生した谷崎潤一郎研究会も、今年で六年目になる。毎年活発な質疑応答が愉しみな研究会だが、その懇親会での僕の口癖が「谷崎に足を向けて寝られない」。嬉しいことにこの頃、この言葉は千葉俊二さんや三島佑一さんら仲間の賛同を得つつある。谷崎文学に出遭い、研究してきたことで、大学に職を得、一家が生活をしている。家業を継げと言い続けた親も、僕の研究生活をやっと認めてくれた。研究者仲間、谷崎関係者とも知り合えた。だから谷崎潤一郎と出遭えたことに感謝したい。谷崎は大正九年五月、大正活映の脚本部顧問に招聘され、「自分が予ねてから憧れて居た活動写真の仕事に関係するやうになつたことを、その歓びを感謝せざるを得ない！」（「其の歓びを感謝せざるを得ない」、「活動倶楽部」大9・12）と述べた。同じ気持ちである。

僕の勤める大学の母体金蘭会学園はもうすぐ創立百周年を迎える。前身の金蘭会高等女学校に谷崎（当時森田）松子が在籍していたという偶然にも、谷崎との縁を思わずにはいられない。

谷崎文学を研究してみたいと思ったのは大学時代、一九七四年（昭49）六月一二日水曜三限、三田の山一〇六番教室であった。その年の檜谷昭彦先生の「国文学Ⅱ・C―現代文学―」は「文学における方法論」というテーマのもとに、塾内外の研究者、作家を講師に招く授業で、その日の池田彌三郎先生の講義「大正文学における肉親の問題」に刺戟され、そのテーマを頂いて卒業論文だけのつもりで取り掛かったのが、今日にまで及んでしまったのである。公私にわたりお世話になった二人の恩師との出会いにも「感謝せざるを得ない」。卒業論文から二十五年が経ち、お二人はすでに泉下の人となった。四半世紀の成果がこれだけかと思うと情けないが、谷崎文学が好きだからこれからも谷崎を追っ掛けたいと思う。「無能無才にして此一筋につながる」（芭蕉）のだと決めている。

読めば読むほど好きになる。それにしても上手いなぁ！　これが偽らざる気持ちである。こんなに読者を夢中にさせ、虜にし、離さない魅力は何だろう、という素朴な疑問が研究の出発点にある。また、谷崎という人の生き方に親しさを感じ、共感もしている（僕はマゾヒストではないが）。だからいつのまにか、自分の年齢と谷崎の人生とを重ねて見る癖がついた。僕の今年は、「谷崎的」には『文章読本』刊行、丁未子さんと離婚、松子さんと結婚し芦屋に住み、『潤一郎訳源氏物語』に取り掛かる、という年だというふうに。おこがましくもひとつのバロメーターになっている。言うまでもなく、比べる度に自己嫌悪に陥るのだが。

成績優秀、小心で善良な谷崎少年の前途を貧困が奪った。関東大震災が故郷を奪った。離婚もした。戦争が発表の場を奪う。高血圧症と老いが襲いかかる。……不幸に出遭う度、すべてを肥料《こやし》にしていった谷崎。市井の幸福に背を向けざるを得なかった青年は悪魔と手を結び、血みどろの絢爛たる芸術を手に入れた。谷崎文学は「人生いかに生くべきか」とは一行も書かなかった。だが、すべてを犠牲にして芸術に打ち込んだ谷崎その人に僕は人間の生きるべき姿、生き方の規範を見出だすのである。

谷崎は人生における負性を、アイデンティティの危機を、文学に打ち込むことによって、乗り越えていった。谷崎の文学は自己劇化による自己実現の軌跡だと思う。だから谷崎文学の面白さ、豊饒で眩い真の魅力は「谷崎潤一郎」という生き方に発している。

*

本書の収録文は初めからこのような形でまとめることを意図して書かれたものではないので、叙述方法等が不統一である。しかしこのように並べてみて、僕の谷崎への関心のありように今更ながら気付かされた気がしている。僕にとって谷崎文学の魅力は、「たとへ神に見放されても私は私自身を信じる」と言い切る谷崎潤一郎という生き方に発しているのだと。本書で言及した作品を並べてみると、僕自身がその作品に自己を投影して読んでいたことに気付かされる。本書の副題の「自己劇化」とは僕自身のことでもあるのだ。本書は自分がその時その時谷崎の作品に癒され救われた記憶、記録だといっていい。これを谷崎研究の中じきりとして、今後は大正期と晩年の作品にアプローチしていく予定である。

機会あるごとに言っているのだが、中央公論新社さんへ、世界のタニザキの名に相応しい新しい谷崎潤一郎全集を作っていただきたい。宜しくお願いします。

最後に、本書の刊行を快諾下さった和泉書院の廣橋研三社長に心から感謝します。装幀についても我儘を言いましたが、それには谷崎のこだわりが影響しています。本作りを通して様々のことを学ぶことが出来ました。ワープロ時代になっても、未だに自分の文章が活字になる歓びはあります。映画少年だった僕の活字デビューは三十年前、「キネマ旬報」の「読者の映画評」でした。そして本書は僕にとって初めての単著です。廣橋社長と初めて出版の相談を終えた天王寺からの帰り道、僕はまさに「俄に九天の高さに登つた気がした」（「青春物語」）。すなわち荷風の激賞文が載った「三田文学」を持つ谷崎の「手頸が可笑しい程ブルブル顫へるのを如何ともすることが出来なかつた」という「青春物語」の文章を思い出しつつ歩いていました。

そろそろまとめたらと和泉書院に紹介してくれた、僕の東京時代の同僚一條孝夫さんの友情にも感謝したい。そのほか今僕がこうしていられるすべての人やものに感謝したい。Thanks! 映画「リトル・ダンサー」のラスト、出番を待つ舞台のそででビリー・エリオットが口にした“Thanks”と同じ気持ちを込めて……。

＊

二〇〇一年四月

明　里　千　章

初出（掲載順）

「研究誌」（金蘭短期大学）第26号　一九九五・一二
（原題「〈運命〉との戦い―文壇登場前夜の谷崎潤一郎」）
『三田文学の系譜』中村三代司・松村友視編（三弥井書店）一九八八・一二
（原題「初期谷崎に於ける『飈風』の位置」）

＊

「金蘭国文」（金蘭短期大学国文科）第4号　二〇〇〇・三
（原題「谷崎潤一郎・「呪はれた戯曲」論序説」）
「金蘭国文」（金蘭短期大学国文科）第5号　二〇〇一・三
（原題「劇中劇のリアリティ―谷崎潤一郎・「呪はれた戯曲」再説」）
「ばら」（東京家政学院中・高等学校紀要）第26号　一九八八・三
（原題「谷崎潤一郎と「蓼喰ふ虫」」）

＊

「金蘭国文」（金蘭短期大学国文科）創刊号　一九九七・三
（原題「谷崎潤一郎「盲目物語」初稿―冒頭の翻刻・解題」）

「昭和文学研究」（昭和文学会）第34号　一九九七・二
（原題「谷崎潤一郎・「盲目物語」の周縁」）
「金蘭国文」（金蘭短期大学国文科）創刊号　一九九七・三
（原題「「盲目物語」への階梯―削除された初稿〈序文〉をめぐって」）
「金蘭国文」（金蘭短期大学国文科）第3号　一九九九・三
（原題「献身という隠れ蓑―「春琴抄」ノオト」）
「研究紀要」（箕面学園高等学校）7号　一九九一・一〇
（原題「「少将滋幹の母」のモチーフ」）

＊

「芦屋市谷崎潤一郎記念館ニュース」No.14一九九五・三、No.16一九九五・九
（原題「をかもとの里は住みよし」）
（原題「をかもとの宿は住みよし―谷崎、「岡本の家」購入の経緯―」）
『日本近代文学を学ぶ人のために』上田博・木村一信・中川成美編（世界思想社）一九九七・七
（原題「谷崎潤一郎　作家論・作品論の可能性」）

本書作品中、今日の人権意識に照らして不適切と思われる語句が用いられているが、作者は既に死去されており、時代的背景と作品の価値とにかんがみ、そのまま用いる事にした。

著者略歴

明里 千章（あかり ちあき）

1952年、大阪府吹田市生れ、池田市で育つ。東京都世田谷区、港区、大田区を経て、現在は兵庫県三田市在住。

1976年、慶應義塾大学文学部国文学科卒業。

1980年、慶應義塾大学大学院文学研究科国文学専攻修士課程修了。

現在、金蘭短期大学国文科助教授。芦屋市谷崎潤一郎記念館専門運営委員。

専攻：日本近代文学。

谷崎潤一郎　自己劇化の文学　　和泉選書 128

2001年6月1日　初版第一刷発行©

著　者　明里千章

発行者　廣橋研三

発行所　和泉書院

〒543-0002　大阪市天王寺区上汐5－3－8

電話06-6771-1467／振替00970-8-15043

印刷　亜細亜印刷／製本　渋谷文泉閣／装訂　森本良成

ISBN4-7576-0114-X　C1395　定価はカバーに表示